그 개의 이름은 아무도 모른다

その犬の名を誰も知らない

By Hiroshi Kaetsu, Taiichi Kitamura

Copyright © ShoPro 2020

Original Japanese edition published by Shogakukan-Shueisha Productions Co., Ltd.

Korean Translation copyright © 2024 by BOOKMENTOR Publishing Co., Ltd.

This Korean edition is published by arrangement with CUON Inc.

그 개의
이름은
아무도
모른다

가에쓰 히로시 글

기타무라 다이이치 감수

염은주 번역

북멘토

1968년 2월 남극.

일본 남극 관측대 쇼와 기지 근처에서

가라후토견 한 마리의 사체가 발견되었다.

이 일은 일반인에게 알려지지 않았다.

반세기가 지난 지금까지.

한국에는 진돗개라는 토종견이 있다고 들었습니다. 진돗개는 가족에게만 마음을 주고 가족을 지키는 본능이 있다고 하지요. 사실 이 책에 등장하는 일본의 개들도 진돗개와 같은 특성이 있습니다. 개들은 주인만 믿고 주인을 위해 헌신합니다. 그러나 남반구의 땅끝 남극에서 일본의 개들은 생각지도 못한 비극을 겪게 되었습니다.

왜 그런 비극이 일어났을까. 저는 여러 가지 우연한 기회를 통해 그 까닭을 알게 되었는데, 거기에 더해 60년 넘게 알려지지 않았던 놀라운 진실까지 알게 되었습니다. 《그 개의 이름은 아무도 모른다》는 그 진실을 추적하는 과정을 이야기로 엮은 책입니다. 이 책이 제가 정말 좋아하는 나라 대한민국에서 출간하게 되어 꿈만 같습니다.

제가 사는 후쿠오카에서 부산까지는 배로 몇 시간이면 도착해서 한국에는 친구가 많습니다. 그중에서도 이 책을 번역한 염은주 씨는 오랫동안 알고 지낸 매우 소중한 친구입니다. 자신이 쓴 책을 소중한 친구가 번역하는 일은 기적과도 같은 행복입니다.

이 책에는 여러 마리의 개가 등장하는데 그 개들은 극한의 땅 남극에서 인간과 함께 월동하며 인간과 교감을 나누고 인간의 탐험을 도왔습니다. 이후 개들에게 닥친 운명에 관해서는 다양한 해석을 할 수 있을 것 같습니다. 언젠가 이 책에 나오는 개들에 관한 이야기를 한국의 독자와 나눌 수 있기를 바랍니다. 그런 날이 꼭 오리라 믿습니다.

2024년 2월

가에쓰 히로시

차례

그 개의 이름은
아무도 모른다

その犬の名を誰も知らない

한국어판 서문 __6

프롤로그 __18

1

재시동 (2018년)

1차 남극 월동대 개 담당자 29 | 한 마리 더 살아 있었다 31 | 공식 보고서의 기록 34 | 9차 대원의 증언 38 | 물증이 없다 40 | 검증 재개 43

2

남극으로 (1955년 9월~1957년 2월)

남극 관측 실현 가능성 51 | 개썰매 채용 54 | 가라후토견 58 | 타로, 지로와 만남 63 | 훈련의 성지 왓카나이 67 | 썰매팀 편성 72 | 남극행 티켓 75 | 왓카나이로 출발 78 | 이게 개라고? 83 | 이루어지지 않은 수의사 동행 86 | 남극 관측선 소야호 출항 89 | 푸른 남극 92 | 월동대원 발표 95 | 개썰매의 첫 출전 98 | 대원이 빠진 상륙식 101

3

월동 (1957년 2월~12월)

장엄한 빛의 커튼 109 | 천연 냉동고 112 | 식탁의 위기 117 | 제2의 선도견 120 | 개들이 좋아하는 것 126 | 첫 남극 개썰매 탐사 130 | 벡의 마지막 133 | 리키의 귀환 137 | 가에루섬 탐사 140 | 대륙으로 이어진 발자국 146 | 힛푸노쿠마의 자존심 150 | 설상차 탐사 포기 152 | 보쓴누텐을 향해 157 | 마지막 난관 162 | 영광의 라스트 런 166 | 개들과 약속 171 | 고래의 잔해 174 | 데쓰의 이상한 행동 178 | 수의사의 부재 183 | 마지막 탐사 187 | 데쓰의 죽음 193

4

절망 (1957년 12월~1959년 3월)

마지막 임무 203 | 혼란 속의 인수인계 208 | 이름표와 목줄 215 | 예기치 못한 권고 220 | 목줄만이라도 224 | 월동 철회 230 | 비난의 폭풍 233 | 다시 남극으로 235 | 개들이 살아 있다! 241 | 타로와 지로, 기적의 생존 244 | 사체 찾기 248 | 부서진 희망 252 | 고로의 마지막 식사 255 | 러시안룰렛 259 | 부자연스러운 '법칙성' 262 | 극한 상황에서의 본능 266 | 수장 269

5

검증 (2019년)

봉인된 진실 283 | 직무 전념 의무 289 | 후쿠시마 대원 시신 발견 292 | 부작위의 작위 298 | 털 색깔과 체격 정보 305 | 검역 증명서 308 | 첫 번째 단서 314 | 두 번째 단서 318

6

해명 (2019년)

최대 수수께끼, 무엇을 먹었나 327 | 다양한 가설 331 | 세 곳의 먹이 창고 338 | 제1 먹이 창고 343 | 제2, 제3의 먹이 창고 347 | 보호 본능과 리더십 357 | 남은 후보 363 | 슈퍼 도그 366 | '나는 선도견' 372

연표 —378

감수를 마치며 —380

맺는말 —385

참고 자료 —390

남극 대륙

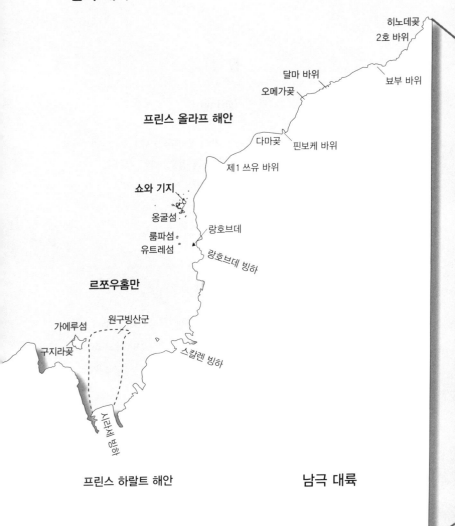

히노데곶

2호 바위

달마 바위

오메가곶

뵤부 바위

프린스 올라프 해안

다마곶   핀보케 바위

제1 쓰유 바위

쇼와 기지

옹굴섬

룸파섬   랑호브데

유트레섬

랑호브데 빙하

르쪼우홈만

가에루섬   원구빙산군

구지라곶

스칼렌 빙하

시라세 빙하

프린스 하랄트 해안   남극 대륙

• 보쏜누텐

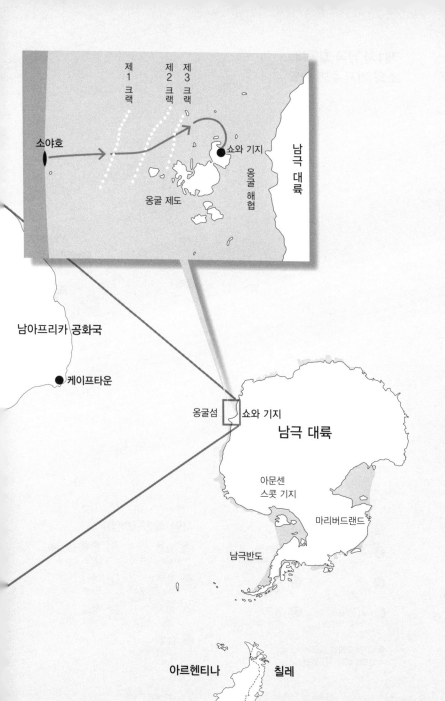

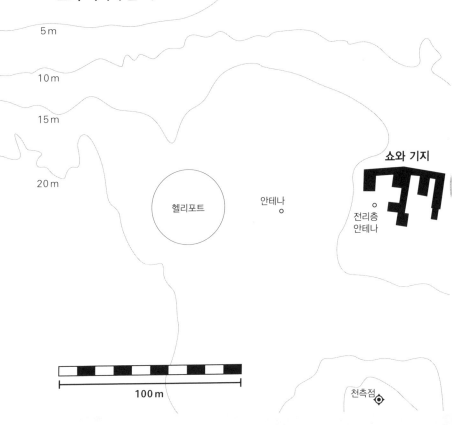

제1차 남극 월동대
쇼와 기지 주변 지도

5 m

10 m

15 m

20 m

헬리포트

안테나

쇼와 기지

전리층
안테나

100 m

천측점 ◉

행방불명 (6마리)

❶ **후렌노쿠마**
(목줄, 이름표)

❾ **데리**(털만 발견)
*목줄, 이름표

❷ **잭**
(목줄, 이름표)

⓬ **리키**
(목줄, 이름표)

❹ **시로**(털만 발견)
*목줄, 이름표

⓭ **앙코**
(목줄 일부, 이름표)

● 안의 숫자는 발견, 확인 순서
* 25차 월동대가 발견

사망 확인 (7마리)

❸ **고로**
(목줄, 이름표)

❽ **몬베쓰노쿠마**
(목줄, 이름표)

❺ **모쿠**
(목줄, 이름표)

❿ **아카**
(목줄) *이름표

❻ **페스**
(목줄, 이름표)

⓫ **구로**
(목줄, 이름표)

❼ **포치**
(목줄) *이름표

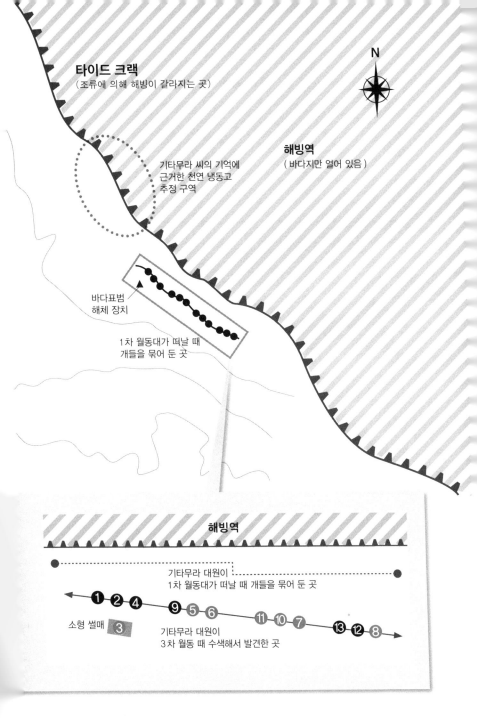

타이드 크랙
(조류에 의해 해빙이 갈라지는 곳)

해빙역
(바다지만 얼어 있음)

N

기타무라 씨의 기억에
근거한 천연 냉동고
추정 구역

바다표범
해체 장치

1차 월동대가 떠날 때
개들을 묶어 둔 곳

해빙역

기타무라 대원이
1차 월동대가 떠날 때 개들을 묶어 둔 곳

소형 썰매 ③

기타무라 대원이
3차 월동 때 수색해서 발견한 곳

제1차 남극 월동대 가라후토견

사망

고로

페스

몬베쓰노쿠마

모쿠

포치

아카

구로

데쓰
월동 중 사망

벡
월동 중 사망

생존

시로코

타로

지로

행방불명

리키

후렌노쿠마

앙코

잭

시로

데리

헛푸노쿠마
월동 중 행방불명

프롤로그

"도대체 이게 무슨…?"

기타무라 다이이치는 귀를 의심했다.

1982년 봄, 도쿄 긴자의 커피숍.

눈앞에는 1차 남극 월동대 동료였던 무라코시 노조미가 앉아 있다. 무라코시에게 들은 이야기의 의미를 이해할 수 없었다. 갑자기 커피숍 내부의 습도가 올라간 것 같았다.

1957년부터 1958년까지 실시된 1차 남극 관측 월동.

기타무라와 무라코시는 일본 최초의 월동 대원으로 남극 쇼와 기지에서 엄혹한 1년을 보냈다. 당시 기타무라는 교토 대학 대학원생으로 오로라 관측 담당이면서 썰매 끄는 개들을 돌보는 일을 맡았다. 기상 담당이던 무라코시는 매일 면밀한 기상 관측 기록을 남겼다. 무라코시는 기타무라보다 다섯 살 많았으나 두 사람은 마음이 잘 맞아 저녁 식사 후에도 밤늦게까지 이야기꽃을 피우곤 했다. 남극에서 관측하는 오로라의 웅장함, 남극 기상 관측의 어려운 점 그리고 저녁 메뉴 별점 매기기…. 특히 가라후토견에 관해서는 날마다 새로운 발견이 있었고 기타무라는 그날 일어난 일을 열심히 무라코시에게 전했다. 무라코시는 기지 안에서 정점 관측(일정한 곳에 머물며 기상과 해양 등을 관측하는 일)을 하는 기상 담당이었기 때문에 기지 밖에서 썰매 끄는 개들을 만날 기회는 별로 없었다. 하지만 늘 온화한 표정으로 기타무라의 열변을 들어주곤 했다.

그로부터 반세기 후, 기타무라는 초고층 지구물리학을 연구하는 규슈 대학 조교수가 되어 있었다. 오랜만의 무라코시와 재회는 도쿄에서 열린 모임에 참가했던 어느 저녁의 일이었다. 이날도 기타무라는 가라후토견 타로와 지로 이야기를 하고 있었다. 많은 일본인이 알고 있는 이야기다. 남극에 남겨진 채 1년간 생존해 인간과 재회를 이룬 형제 개의 기적에 관한 이야기는 전국의 신문들이 1면 톱으로 실었고 미디어에서도 대대적으로 보도되었다.

잠시 후 나의 이야기가 끝나기를 기다렸다는 듯이 무라코시가 무겁게 입을 열었다.

"기타무라 군, 실은 할 이야기가 있네. 타로와 지로 이야기가 나왔으니 큰맘 먹고 물어 보겠네만."

뭐지? 무라코시의 표정이 진지하다.

"1968년, 그러니까 14년 전의 일이야. 쇼와 기지에서 가라후토견의 사체가 한 구 발견되었네. 자넨 그 사실을 알고 있었나?"

'가라후토견의 사체라니? 그게 무슨 말이야? 무슨 뜻이냐고?'

"아…, 역시 몰랐나 보군."

무라코시는 당혹스러워하는 기타무라의 표정을 보며 머리를 감싸 안았다.

"무라코시 선배, 그게 도대체 무슨 말입니까?"

무라코시는 깊은숨을 쉬며 팔짱을 끼더니 허공을 바라보며 계속 입술을 핥았다.

그가 생각을 정리할 때 나오는 습관이다.

"그래? 역시 몰랐다는 말이군. 그럼 처음부터 순서대로 이야기해 주지."

1958년 2월 11일. 1차 월동대는 남극 관측선 소야호에 전원 철수하였다. 열다섯 마리의 가라후토견은 2차 월동대와 함께 계속 활동할 계획이었기 때문에 쇼와 기지에 묶어 둔 상태였다. 그러나 악천후가 회복되지 않았고 급기야 24일에는 2차 월동 포기를 선언하게 되었다. 그 순간 가라후토견들은 쇠사슬에 묶인 채 극한의 공간에 남겨지게 되었다. 개들의 운명은 절망적이었다.

그런데 기적이 일어났다. 1년 후인 1959년 1월 14일, 3차 관측대가 쇼와 기지에 도착했을 때 무려 두 마리의 개가 살아 있었다. 타로와 지로다. 그 개들을 확인한 사람은 기타무라였다. 남극에서 개들은 살아남지 못하고 다 죽었으리라 생각했고, 그 개들을 위해 진심 어린 장례를 치뤄 주고 싶다는 마음으로 기타무라는 3차 월동대에 지원했다. 그런 마음이었기에 살아 있는 타로와 지로를 보았을 때는 정신을 잃을 지경이었다. 두 마리를 끌어안고 설원을 뒹굴었다. 믿기 어려운 이 뉴스는 전 세계로 퍼져 나갔고 일본은 환희로 들끓었다. 당시 거의 모든 일본인은 '남극 월동대'라는 말에서 '타로와 지로'를 떠올렸다. 그 이외의 것들은 거의 모른다 해도 무방할 것이다.

타로와 지로는 살아 있었다. 하지만 현실은 비참했다. 남은 열세 마리 중 일곱 마리는 눈얼음 아래에서 사체로 발견되었다. 그중 한 마리를 해부한 결과 '완전 아사'였다. 체중은 대원들이 떠난 시점의 반으로 줄어 있었다. 여섯 마리는 목줄 또는 그 밖의 흔적을 남기고 사라져 최종적으로 '행방불명'으로 처리되었다. 두 마리는 기지에 생존, 일곱 마리는 사망 그리고 여섯 마리는 행방불명. 이것이 오랜 세월에 걸친 정설이었다.

"어린 타로와 지로 형제만 기지에 머물면서 사력을 다해 서로 의지하고 도와 열악한 남극에서 살아남았다. 그 스토리를 우리는 오랫동안 믿어 왔지."

"그런데 쇼와 기지에서 또 다른 개의 사체가 발견됐다고요?"

확인하듯 기타무라가 되물었다.

"그렇다네. 그러니까 기지에는 제3의 개가 있었던 거야. 타로, 지로와 함께."

14년 전에 발견된 것을, 세상에, 이제야 알게 되다니!

깊게 한숨을 내쉬며 기타무라는 소파에 몸을 묻었다.

"개의 사체를 발견한 사람은 누구였나요?"

"9차 관측대 대원이었어. 우연히 나도 그 근처에 있다가 달려갔지."

남극 관측대는 두 개의 그룹으로 나뉜다. 남극 기지에 함께 들어가 단기간만 머물다 귀국하는 통칭 '하계 연구팀'과 그대로 1년 동안 머무르며 연구하는 '동계 연구팀(월동대)'이다.

1968년 1월 남극에 도착한 9차 관측대는 옵서버를 포함해 하계 연구팀 열여섯 명, 동계 연구팀 스물아홉 명의 대가족이었다. 무라코시는 하계 연구팀의 일원으로 참가했다.

"그해는 남극의 기온이 높아서 눈이 많이 녹았어. 그래서 눈에 묻혀 있던 개의 사체가 드러나게 된 거야."

"왜 저한테 곧장 알려 주지 않았습니까?"

"비상 상황이었어. 4차 월동 당시 조난되었던 후쿠시마 신 대원의 시신이 그때 발견되었거든. 자네도 알지 않나?"

기타무라는 잠시 숨을 멈추었다. 후쿠시마 신 대원은 일본의 남극 관측대 관계자 중 최초의 사망자다. 기타무라와도 인연이 깊은 인물이라 매우 안타까운 일이었다.

"남극에서 후쿠시마 군을 화장해 한시라도 빨리 유골을 유족에게 전해야 했지. 모두 필사적이었어. 혼란스러운 데다 시간도 인원도 부족했지. 그런 시점에 개의 사체가 발견된 거야. 어쩌겠어? 그 누구에게도 여유가 없었네."

무라코시가 그때의 상황을 설명하며 다음 말을 이었다.

"그렇다고 해도 제3의 개에 관해서는 자네에게 알려야 했다고 봐. 오늘 자넬 만난다고 생각해 옛날 사진을 꺼내 보다가 갑자기 생각이 나서 말이야…. 이제 와서…, 미안하네."

고개를 숙이는 선배를 보며 기타무라가 말했다.

"돌이켜 보니 정말 타이밍이 안 맞았네요."

무라코시가 하계 연구팀 활동을 마치고 일본으로 돌아왔을 무렵, 기타무라는 캐나다로 연구 유학을 떠났다. 길이 엇갈린 것이다. 당시는 한 번 해외에 나가면 연락이 두절되던 시절이었다. 설사 무라코시가 제3의 개에 관한 소식을 전하려 했어도 기타무라의 소재를 파악해 연락하는 일은 쉽지 않았을 것이다.

아무튼 이제는 제3의 개에 관해 더 자세히 알고 싶다.

"사체는 어디서 발견되었습니까?"

"기지 근처였네. 우리가 떠날 때 개들을 묶어 둔 곳이라고 추측하지만 확증은 없어. 아마 공식 기록도 남은 게 없을 거야."

정말 그런 일이 가능한가. 기타무라는 고개를 흔들었다. 남극 관측대원의 구성은 초고속 지구물리, 기상, 지질 등 각 분야 과학자들의 집합체다. 기록은 과학자의 본능이 아닌가.

"사체에…. 상처 같은 건 없었는지요?"

"아니, 몸은 깔끔했어."

"그럼 외견상의 특징은 알 수 있었습니까?"

"글쎄, 그건 어땠는지…, 곧바로 수장을 했으니."

"그럼 자세한 검시 기록도?"

"없을 거야."

"사진은요?"

"모르겠네. 아무튼 정신이 없었다네."

무라코시가 손목시계에 눈길을 옮겼다. 볼일이 있는 것처럼 보이지는 않았다. 시계판을 보는 것도 아니었다.

자리에서 일어날 때다. 오랜 공백이 있었지만 이야기를 해 준 것에 감사했다.

기타무라는 계산서를 집어 들고 일어났다.

커피숍 입구에서 무라코시와 헤어진 후 기타무라는 크게 숨을 들이켰다.

쇠사슬을 풀고 행방불명이 된 여섯 마리. 그중에 제3의 개가 있다. 도대체 어느 개인가. 기록은 정말 존재하지 않는 걸까. 의문을 남긴 채 제3의 개는 역사 속에 묻혀 버렸다. 그 개의 존재를 명백히 밝혀야 하는 사람은 다름 아닌, 개들을 두고 떠난 1차 월동대 썰매개 담당자인 나 자신이다. 기타무라는 마음을 굳게 먹었다.

'그 개의 정체를 밝히자.'

고개를 들어 보니 벌써 벚꽃이 지기 시작한다.

남극에 불어닥치는 블리자드처럼, 앞이 보이지 않는 규명의 여행이 시작되었다.

1

재
시
동

(2018년)

* 타로, 지로와 남극에서 재회한 기타무라 씨.

1차 남극 월동대 개 담당자

*

2018년 후쿠오카 시내의 주택형 유료 노인 요양소에 입소해 있는 기타무라 다이이치 씨를 방문한 것은 2월이 거의 끝나갈 무렵이었다. 당시 나는 후쿠오카에 본사를 둔 신문사의 편집국에 재직 중이었다.

기타무라 씨가 남극에서 타로, 지로와 기적적으로 재회한 것은 1959년. 그로부터 딱 60년째 되는 해였다. 중장년층 이상의 일본인 중에 타로와 지로 이야기를 모르는 사람은 거의 없다. 나는 두 가지 이유로 기타무라 씨를 만나고 싶었다.

타로, 지로와 재회와 관련해 아직 알려지지 않은 에피소드가 있다면 꽤 흥미롭지 않을까 하는 그런 단순한 호기심이 하나, 다른 한 가지는 시간이었다. 약 60년 전에 실시된 1차 남극 월동대에는 두 명의 개 담당자가 있었다. 기타무라 씨와 지질 조사소에서 파견된 기쿠치 도오루 씨. 그러나 기쿠치 씨는 2006년 캐나다 밴쿠버에서 사망했다. 이제 곧 여든일곱이 되는 기타무라 씨는 개들을 담당했던 유일한 생존자다. 지금 이야기를 듣지 않으면 더는 기회가 없을지도 모른다.

오후 2시 30분 기타무라 씨의 방문을 두드렸다.

"들어오십시오."

가느다란 목소리가 들렸다.

방으로 들어가니 책상을 향해 휠체어에 앉아 있는 기타무라 씨가 보였다.

옛날 일을 떠올려 보려고 오래된 자료들을 읽고 있었다고 한다. 인사를 마치고 인터뷰를 시작하기 위해 가방에서 자료와 사진을 꺼냈다. 기타무라 씨는 내가 든 사진 한 장에 눈길을 주었다.

"그건 무슨 사진인가요?"

3차 월동대원으로 다시 남극 땅을 밟은 기타무라 씨가 1년 동안 살아남은 타로와 지로 사이에서 웃고 있는 유명한 사진이었다.

당연히 남극에서 타로, 지로와 찍은 사진은 얼마든지 갖고 있겠지만 대화를 트는 계기가 되었으면 하는 가벼운 마음으로 가져간

사진이다. 그러나 기타무라 씨의 반응은 의외였다.

"아, 반가운 사진이군요. 좀 더 가까이서 봐도 되겠습니까?"

사진을 건넸다. 기타무라 씨는 책상에 올려 둔 안경을 쓰고는 뚫어지게 사진을 바라보다 한숨을 지었다.

"사실 저한테는 남극 시절 사진이 한 장도 남아 있지 않아요."

인터뷰는 전혀 예상치 않은 지점에서 시작되었다.

"선생님, 남극에서 사진이라면 아주 많이 찍지 않으셨습니까?"

"네. 그야말로 몇천 장이나 찍었지요. 소중하게 잘 보관해 두었는데 말이죠."

언제 어떻게 사라졌는지 전혀 기억이 없다고 한다. 그런 일이 일어날 수 있다는 말인가.

"그래서 이 사진이 너무나 반갑습니다."

의도하진 않았지만 그 사진은 선생님께 드리는 선물이 되었다.

한 마리 더 살아 있었다

*

타로와 지로 이야기는 예상했던 것보다 흥미로웠고 새로 알게 된 점도 많았다. 특히 기타무라 씨와 두 마리의 개가 재회했을 때 이야기는 전국민을 울렸던 드라마틱한 영화 〈남극 이야기〉와는 사못 다른, 당사자만이 전할 수 있는 현장감이 있었다.

"솔직히 나는 무서웠어요. 두 마리 다 으르렁거리며 머리를 낮추고 있는 게 나를 공격하려는 게 아닐까 생각했거든요. 하기야, 얼마나 원망스러웠을까요. 1년이나 버려진 신세였으니까요."

"두 마리를 발견한 헬리콥터가 알려 준 정보로는 쿠마나 고로 또는 모쿠가 아닐까 했어요. 하지만 실제 눈앞에 있는 두 마리가 어느 개인지 저로서는 판별할 수가 없었습니다. 그게 타로와 지로라고는 전혀 생각하지 못했어요."

"게다가 개들이 뼈만 앙상하게 남았을 거라 상상하겠지요? 1년이나 굶다시피 제대로 먹지도 못했을 테니까요. 그렇지만 그 두 마리는 둥글둥글 살이 쪄서는 마치 아기곰들처럼 보였어요. 너희 대체 누구냐, 그랬지요."

현실은 영화 같지 않았나 보다.

개들은 기타무라 씨가 다가가는 거리만큼 뒷걸음질을 쳤다. 교착 상태가 이어졌다.

"이러다가는 끝이 없겠다 싶어 입에서 나오는 대로 아무 이름이나 불렀습니다. 그런데 반응이 없었어요. 마지막으로 남은 이름이 타로와 지로여서 반신반의하며 불렀더니…."

"반응을 하던가요?"

"네. 타로는 아주 격렬하게 꼬리를 흔들었고 지로는 손을 주는 행동을 했습니다. 지로의 버릇이었지요. 그렇게 드디어⋯."

기타무라 씨는 연령과 지병의 영향 때문인지 말하는 속도가 느렸다. 그렇지만 한 마디 한 마디 신중하고 성의를 다해 이야기하려는 마음만은 충분히 전해졌다.

인터뷰를 시작한 지 한 시간 정도 지났다.

창문으로 부드러운 햇살이 비쳐 들어와 실내에 따스한 분위기가 감돌았다.

그때까지 천천히 이야기를 이어 가던 기타무라 씨가 문득 말을 멈추었다. 타로와 지로 그리고 자신이 함께 찍은 사진을 가만히 들여다보고 있었다.

"그다음 순간에 이 사진이 촬영된 거군요."

나는 정적을 깨고 성급히 말을 이었다.

"그랬지요. 너무나도 기뻐서요."

기타무라 씨는 말을 하면서도 사진에서 눈을 떼지 않았다.

그리고 결심한 듯 고개를 들고 시작한 이야기는 타로와 지로에 관한 것이 아니었다.

"기자님도 그렇겠지만, 사람들은 쇼와 기지에서 살아남은 개가 타로와 지로뿐이라 생각하지요. 하지만 사실은 다릅니다. 한 마리가 더 살아 있었어요."

나는 문자 그대로, 말을 잃었다. 믿을 수 없는 증언이었다. 기타무라 씨는 나를 만나기 전부터 이 말을 하려고 마음먹었다고 한다.

제3의 개가 쇼와 기지에 살아 있었다는 것.

그러나 3차 월동대가 도착하기 전에 숨을 거둔 것으로 추측된다는 것.

그 사체가 1968년 9차 관측대원에 의해 쇼와 기지 근처에서 발견되었다는 것.

그러한 일련의 사실을 1982년이 되어서야 1차 월동대의 동료였던 무라코시 노조미 씨로부터 듣게 되었다는 것.

제3의 개가 어느 개인지 규명하고자 결심했다는 것.

그 내용이 꽤 구체적이라 나는 점점 기타무라 씨의 이야기에 빠져들었다.

취재는 하루 만에 끝낼 수 있는 게 아니었다. 그후 나는 몇 번이고 기타무라 씨를 찾아갔다.

공식 보고서의 기록

＊

"그럼 선생님은 그때 처음으로 제3의 개의 존재를 알게 되신 건가요?"

"그렇습니다. 정말 놀랐지요."

그도 그럴 테지. 그러나 단순한 의문이 생긴다.

3차 월동 이후에도 남극에는 차례로 새로운 개들이 다녀갔을 터다. 1차 월동대가 남기고 떠난, 행방불명이 된 여섯 마리 말고도 쇼와 기지에는 많은 개가 있었다. 그중 한 마리일 가능성은 없을까.

"그럴 가능성은 없습니다."

기타무라 씨는 내 질문을 예상이라도 한 듯 설명을 시작했다.

쇼와 기지에 있던 개들의 생사는 모든 공식 기록에 남아 있다. 4차 월동 중에 사라진 개가 한 마리 있었으나, 기지에는 항상 대원이 있기 때문에 사라진 개가 쇼와 기지에 돌아오지 않았다는 사실이 확인된 바 있다. 다른 나라 기지에서 도망쳐 나온 개라고 가정하더라도 쇼와 기지에서 가장 가까운 외국 기지까지는 천 킬로미터 정도나 떨어져 있어 무사히 돌아오는 건 불가능한 일이다. 즉 '다른 개일지도 모른다'는 가능성을 배제한 결과, 1차 월동대에서 잔류 후 행방불명이 된 여섯 마리 중 하나로 좁혀진 것이다.

"그 여섯 마리 중 어느 개일지, 뭐든지 정보가 될 수 있는 실마리를 얻을 수 있는 방도가 있다면 그건 사체를 발견한 9차 대원의 증언이겠군요. 단, 객관적인 정보라면 역시 9차 관측대의 공식 보고서일까요?"

"맞습니다. 무슨 수를 써서라도 9차 월동대의 보고서를 입수해야겠다고 생각했습니다."

무라코시 대원은 제3의 개에 관한 공식 기록은 없을 것이라 했다. 하지만 기타무라 씨는 의문을 가졌다 한다.

남극 관측은 과학 조사다. 과학자들은 조사하고 분석한 결과를 상세히 기록해 국가에 제출한다. 물론 개의 사체 발견 보고는 본래의 의무가 아니다. 그러나 동물 생태학적으로 보면 남극에서 사망한 개한테서 귀중한 검시 데이터를 얻을 가능성이 있다. 그런 관점에서 어느 정도의 기록은 남겼을 터다.

기타무라 씨는 인맥을 동원해 9차 관측대의 공식 보고서 사본을 입수했다. 두꺼운 문서를 간절한 마음으로 뒤적였다고 한다.

"무라코시 씨는 그렇게 말했지만 저는 사실 기대하고 있었습니다. 관측대의 보고서는 아주 상세하기 때문이지요. 꼼꼼히 읽었습니다."

그러나 9차 관측대의 '하계 연구팀 보고서'에도 '월동대 보고서'에도 제3의 개의 사체에 관한 기술은 한 줄도 없었다.

기타무라 씨는 믿을 수 없는 심경이었으나 문득 무라코시 대원이 한 말을 떠올렸다. 제3의 개 사체 발견은 4차 월동 때 행방불명되었던 후쿠시마 신 대원의 시신 발견과 맞물린 시점이었다는 것이다.

후쿠시마 대원의 시신이 발견된 것은 1968년 2월 9일이다. 9차 관측대가 남극에 도착해 전임인 8차 관측대와 교대하는 시기였다. 어쩌면….

기타무라 씨는 다시 한번 인맥을 동원해 이번에는 8차 관측대의 보고서를 입수했다. 찾았다!

4차 월동시 조난당한 후쿠시마 신 대원의 시신 발견 보고 문서의 말미에 이렇게 적혀 있었다.

"올해 여름은 쇼와 기지의 기온이 매우 높아 (…) 융설 현상이 심했다. 그래서 1차 관측대가 두고 떠난 가라후토견의 사체가 발견되었다는 점을 추가로 기록한다."

기록은 있었다. 그러나 이뿐이었다. 어느 개의 사체인가 하는 가장 중요한 정보는 기재되어 있지 않았다. 기타무라 씨에게 이것은 예상치 못한 결과였다. 과학자들은 자신이 확인한 사건, 현상, 물체 등에 관해 가능한 상세히 기록한다. 하지만 실제로 개의 해부 소견이나 사진 등 제3의 개를 특정할 수 있는 그 어떤 정보도 공식 기록에는 전혀 남아 있지 않았다.

"선생님, 개의 사체가 발견되었다는 것만으로는 제대로 된 기록이라고 할 수 없지 않습니까? 예상이 빗나갔네요."

"실망이 이만저만이 아니었지요. 이렇게 되면 개의 사체를 발견한 9차 대원의 증언에 제3의 개를 특정할 만한 정보가 있다고 할 수 있습니다."

9차 대원의 증언

*

다행히 대원 명부는 이미 구한 상태였다. 9차 관측대원은 옵서버를 포함 마흔다섯 명이었다. 개를 발견한 사람이 누구였는지 무라코시 씨가 기억하지 못했기 때문에 한 사람 한 사람 연락해서 물어볼 수밖에 없었다. 기타무라 씨가 듣고 싶었던 건 어느 개의 사체인지를 특정할 수 있는 외관 정보였다. 기타무라 씨는 명부 중에서도 면식이 있는 사람들을 택해 연락을 취해 갔다. 대학 관계자, 국가 공무원, 민간인 등, 증언을 얻을 수 있는 사람은 열 명 이상이었다. 모두 "쇼와 기지 근처에서 개의 사체 한 구가 발견되었다. 틀림없는 사실이다"라고 증언했다.

8차 월동대의 보고서에 기재된 '가라후토견의 사체'가 명확히 존재했다는 사실이 증명되었다. 그렇지만 가장 궁금했던 사체의 상황에 관한 증언들은 불분명하고 들쭉날쭉했으며 앞뒤가 맞지 않았다.

의외였다. 발견된 지 14년이 지났다 해도 사체의 외관 정도는 기억할 수 있을 법하지 않은가. 개의 크기나 털 색깔 또는 얼굴의 특징 같은 정보를 얻을 수 있기를 바랐다. 그러나 그런 상세한 정보를 물으면 명확한 답을 얻지 못했다. 결국 증언은 거기까지였다.

은근히 개의 사체 사진도 기대했다. 누군가는 사진을 찍어 현재까지 잘 간직하고 있을지도 모른다고 기대했다. 하지만 사진을 소유한 사람도 없었다. 제3의 개의 특정은 불가능했다. 그것이 1982년의 엄혹한 결론이었다.

듣고 있자니 작은 의문이 생겨 용기를 내어 여쭈었다.

"아무리 옛날 일이라 해도 9차 대원들의 증언이 들쭉날쭉한 것은 석연치 않군요. 다들 과학자고 구체적인 증언을 해 주실 수도 있을 것 같은데 말이지요."

나의 의문에 기타무라 씨는 대원들의 증언을 긍정적으로 해석했다.

"어찌 되었건, 그 시점에서 결정적이지는 않지만 일관된 증언을 얻을 수 있었다는 점은 평가하고 싶습니다. 증언을 바탕으로 저는 제3의 개의 정체에 대해 고찰을 시작했습니다. 시간을 들여서요. 그리고 논리적이지는 않지만 혹시 그 개일까 하는 개를 떠올렸습니다. 물론 단순한 인상론에 근거한 추정입니다. 그 개일 가능성은 생각할 수 있습니다. 그 정도의 막연한 상상이었습니다. 좀 더 앞뒤를 따져 추론을 전개해 갈 필요가 있지요. 저로서는 대원들의 증언 덕에 비로소 검증을 시작할 수 있었다, 그런 마음이었습니다."

물증이 없다

＊

결정적인 증거가 없다. 재판으로 비유하면 물증이 없는 것이다. 그렇다면 합리적인 정황 증거를 만들어 갈 수밖에 없다. 과학자로서, 1차 월동대의 개 담당자로서, 스스로 납득할 수 있는 정황 증거를 만들어야 한다.

개들을 남겨 두고 귀국한 후 친구들이나 동료들이 기타무라 씨를 위로해 주었다.

"어쩔 수 없었어."

"악천후 탓이야. 네 잘못이 아니야."

하지만 아무리 위로를 받아도 마음이 편치 않았다. 이미 저지른 일이었고 돌이킬 수도 없었다.

그런데 생각지도 못한 때에 제3의 개가 타로, 지로와 함께 생존해 있었다는 사실을 알게 되었다. 개의 사체를 발견한 대원들로부터 증언도 확보했다.

어느 개였을까. 그것을 밝혀내 내 나름의 마무리를 짓고 싶다. 찾을 때까지 포기할 수 없다.

열다섯 마리 개들을 아무도 없는 남극에 남겨 두고 떠났다. 어떤 식으로 위로받은들 그 무거운 사실은 엄연히 존재한다. 외면할 수 없다. 굶어 죽어 간 개들, 목줄에서 빠져나갔지만 남극의 어디선가 죽어 간 개들을 위해서라도 개 담당자였던 내가 제3의 개의 수수께끼와 마주해야 한다.

제3의 개를 특정하는 작업은 간단하지 않았다. 그렇기에 기타무라 씨의 결의는 더 단단했다. 몇 년이 걸리더라도 제3의 개의 수수께끼를 풀리라.

타로와 지로만이 아니다. 극한의 땅에서 목숨을 잃은 이름이 알려지지 않은 개들이 있다. 얼음과 눈 속에 묻힌 그 개들에게도 빛을 비춰 주고 싶다. 그것이 몰살된 모든 개들에 대한 속죄이기도 할 것이다.

단순한 인상론보다는 확률의 추론으로 기타무라 씨의 검증은 이제부터 본격적으로 시작될 참이었다.

그런데 그 무렵, 기타무라 씨의 전공 분야인 오로라, 우주선(우주에서 지구로 쏟아지는 높은 에너지를 지닌 각종 입자와 방사선 등을 총칭. 우주살) 등 초고층 지구물리학에 관한 연구는 선진 각국에서 급속도로 고도화되고 있는 중이었다. 일본인으로는 처음으로 남극에서 오로라를 관측했고, 그 후 오로라 연구가 활발한 캐나다로 두 번이나 연구 유학했던 학자로서 기타무라 씨도 본업에 전념할 수밖에 없는 시기였다. 연구가 너무나 바빠 검증에 수년간의 공백이 생기기도 했다. 시간이 부족했다.

게다가 예상치 못했던 불행이 기타무라 씨를 덮쳤다.

1994년 규슈 대학 교수였던 기타무라씨는 대학 탐험부 학생들과 함께 중국 고대 신화의 유적지 중 한 곳인 커커시리 고원을 탐사 중이었다. 커커시리는 티벳 말로 '푸른 산들'이라는 뜻이다. 해발 약 4,700미터의 고원에서 기타무라 씨는 쓰러졌다. 고산병이었다. 한때는 생사의 갈림길에 서기도 했다. 다행히 의식이 돌아왔으나 후유증이 남았다.

검증을 지속하기에 원래부터 시간이 충분하지 않았는데 육체적으로도 힘들어졌다. 제3의 개는 어느 개였을까. 검증을 중단하기에 이르렀다.

이는 동시에 검증과 병행하며 조금씩 모아 왔던 다른 개들에 관한 정보 수집의 길이 막혀 버린 것을 의미했다. 개들과 일심동체가 되어 1년을 보낸 담당자로서는 견딜 수 없는 어중간한 상태였다. 기타무라 씨는 괴로운 심경이었다.

제3의 개 검증 작업에서 '혹시?' 하고 예상되는 개를 떠올린 것은 일종의 영감이었다. 신뢰도 높은 자료를 모아 과학적인 검증을 계속해 모두 납득할 수 있어야 의미가 있다. 일정한 추론에 다다랐다 해도 아직 반밖에 오지 않은 상황. 그러나 이제는 검증을 계속할 시간도 체력도 없다. 약해질 대로 약해진 기타무라 씨의 심신에 작은 목소리가 들려왔다.

'지금 제3의 개의 정체를 밝힌다 해도 어디에 발표를 하나?'

'내 나름으로는 예상하는 개가 있다. 그걸로 충분하지 않나?'

그런 타협은 하고 싶지 않았다. 하지만 현실적으로 어떻게 검증한단 말인가….

기타무라 씨는 끓는 쇳물을 삼키는 심정으로 억지로 자신을 납득시켰다.

언젠가 반드시 기회가 올 것이다. 제3의 개의 정체는 내 평생 꼭 밝히리라. 그런 마음을 품고 살아가자고.

검증 재개

＊

그리고 사반세기가 흘렀다. 지적 탐구심이 줄어드는 일은 없었으나 기억은 점점 옅어지고 몸의 기능이 회복되지 않은 탓에 새로운 자료 수집이나 검증도 2018년 현재까지 중단된 상태였다.

내가 기타무라 씨를 처음 만난 건 후쿠오카 시내에 매화가 만개한 무렵이었다. 제3의 개라는 수수께끼 같은 존재에 대한 흥미 때문에 나는 그 뒤로도 몇 번이나 기타무라 씨를 찾아뵙고 이야기를 들었다. 기타무라 씨의 컨디션이 좋은 날은 어두워질 때까지, 그다지 좋지 않은 날에는 한 시간 만에 자리를 떠날 때도 있었다.

어느 날 내가 휠체어를 밀고 있으니 기타무라 씨가 천천히 뒤를 돌아보면서 이렇게 말했다.

"실은 부탁할 것이 있습니다."

기타무라 씨의 표정에 거절은 받아들이지 않겠다는 단호함이 있었다.

"저는 제3의 개의 정체를 어떻게든 밝혀내고 싶습니다. 그 작업을 도와주시겠습니까? 개들이 남극에서 어떻게 살았고 어떻게 죽었는지 모두 증언할 테니 그것을 기록으로 남겨 주십시오."

오래전에 이미 잊었다고 생각했던 60년 전의 일들을 구술하는 동안 기타무라 씨의 기억들이 되살아났다. 그때마다 개들을 향한 감정이 더욱 구체화되었고 그것이 이제는 단호한 결의가 되었다.

개들이 남극에서 필사적으로 살았던 증거를 기록으로 남긴다. 그것은 시간과 싸움이었다. 1차 월동대원으로 개들과 깊고 진한 1년을 함께 보낸 사람은 담당자 두 명뿐이다. 그러나 다른 한 명인 기쿠치 도오루 씨는 2006년에 세상을 떠났다.

남극에서 일어난 개들의 진실을 말할 수 있는 사람은 이제 자신밖에 없다. 올해 여든일곱, 언제까지 살 수 있을지 모른다. 지금 이야기하지 않으면 진실을 전할 기회를 영원히 잃게 된다. 굳게 결심한 자의 강철 같은 눈빛이 화살이 되어 나를 관통했다.

"개들은 이름 없는 월동대원입니다. 타로와 지로 외에는 지금도 이름 없는 존재일 뿐이지요. 그렇기 때문에 더더욱 그 개들이 남극에서 즐거워하고 힘들어했던 그 모든 시간의 진실을 세상 사람들에게 알리고 싶습니다. 그러지 않으면 저는 죽어도 편히 눈을 감을 수 없을 것 같아요."

당연히 나는 고개를 끄덕였다.

제3의 개의 검증이 사반세기 만에 다시 시작되었다.

기타무라 씨의 지시는 적확했다.

"더 자세하고 명확한 검증을 위해서는 더 많은 자료가 필요합니다. 그것도 공적인."

검증에 필요한 공적 자료를 수집해 기타무라 씨의 논리적인 검증을 뒷받침하는 일이 나의 일이 되었다.

오랜 세월 신문기자로 살았기에 자료 수집은 익숙한 일이었다.

나는 4월 말에 신문사를 퇴직했다. 그래서 자유롭게 이 일을 할 수 있게 되었다. 자료는 생각보다 훨씬 순조롭게 모였다. 그러나 그 수가 방대해지면서 다 읽는 것이 예삿일이 아니었다. 고령인 기타무라 씨에게 이 작업은 육체적으로나 정신적으로 큰 부담이었다. 모든 것을 다 찾아내지 않으면 만족하지 않는 그의 성격도 점차 알게 되었다. 하지만 그러다가는 아무리 시간이 많아도 충분하지 않으며 무엇보다 기타무라 씨의 건강이 걱정되었다.

자료를 취사 선택하기로 했다. 작업을 하다 보니 기타무라 씨가 원하는 자료가 어떤 종류의 것인지 예측할 수 있었다. 점점 서로 호흡도 맞아 갔다.

신기하게도 정보 수집 작업을 시작하니 그때까지 아무 소식 없던 관계자들이 기타무라 씨를 찾아오거나 편지를 보내왔다. 국립 극지연구소의 나카무라 다쿠지 소장이 기타무라 씨를 찾아와 '전면적으로 협조한다'는 취지의 글을 써 주었다. 그것은 극지연구소가 보관하고 있는 자료를 수월하게 구해 볼 수 있게 했고 검증 작업에 가속이 붙게 했다.

어느 1차 월동대원의 유족으로부터 편지가 도착했다. 봉투 안에는 예전에 기타무라 씨가 대원에게 보낸 편지의 사본이 들어 있었다. 기타무라 씨는 이런 과거의 개인적인 자료에 촉발되어 이제껏 말하지 않았던 새로운 사실을 떠올리기도 했다.

기타무라 씨의 기억은 처음 만났을 때와 달리 놀라울 정도로 되살아났다. 처음엔 주의해서 들어야 알아들을 수 있었던 말투도 점차 명료해졌다. 기타무라 씨의 머릿속에서 무슨 일인가 일어나고 있는 것처럼 느껴졌다.

"1차 월동대에 관한 모든 것을 들려주십시오. 당시에는 별것 아니라 생각했던 것에 중대한 힌트가 숨어 있을지도 모르고 증언하시는 과정에서 떠오르는 기억이 있을지도 모르니까요."

얼마 전의 기타무라 씨라면 주저했을 것이다.

'이미 60년이나 지난 일이라서요. 잊어버렸어요'라고 대답할 때마다 자신감을 잃고 있었다. 그러나 지금 기타무라 씨는 자신감과 기력이 넘친다.

"물론이지요. 지금부터 시작합시다."

기타무라 씨에게 이제 더 이상의 망설임은 없다.

조용히 이야기를 시작했다.

2

남극으로

(1955년 9월~1957년 2월)

* 왓카나이 훈련소에서 썰매 끌기 훈련을 하는 가라후토견.

남극 관측 실현 가능성

✳

1955년 9월 1일, 국제지구관측년 연구연락위원회 위원장인 하세가와 만키치 교토 대학 교수를 필두로, 다섯 명의 일본 대표단은 하네다 공항을 출발해 벨기에 브뤼셀로 향했다. 브뤼셀에서 열리는 제2회 남극회의에 출석하기 위해서였다.

기상이나 지자기^{地磁気}, 오로라 등 지구물리에 관한 현상은 지구 규모로 동시에 관측하는 것이 중요하다. 이러한 관점에서 전 세계가 연계해 연구를 추진하는 국제학술연합회의 내에 IGY(국제지구물리관측년) 특별위원회가 창설되었고, 이 위원회 중 '남극회의'에서 남극의 국제 관측 계획을 토의하기로 되어 있었다.

제1회 회의는 1955년 7월 파리에서 개최되었고 일본은 회의에 출석할 수 없었으나 참가 의사를 표명하는 안을 제출한 상태였다. 그것이 인정될지 여부가 9월 8일 브뤼셀에서 열리는 제2회 남극 회의에서 정해진다. 일본 정부 측 내부 사정은 복잡했다. 전쟁이 끝난 지 겨우 10년. 패전국에 대한 승전국의 시선은 곱지 않았다. 게다가 일본의 국내 상황도 폐허와 잿더미에서 다시 시작해야 하는 복구와 부흥의 시기였다. 그렇기에 더 적극적으로 과학 기술 분야에서 세계에 공헌하겠다는 의지를 드러내야 한다는 것이 일본 학술회의 가야 세이지 회장을 중심으로 한 과학자들의 생각이었다. 일본 정부로서는 경제 부흥이 당면한 과제다 보니 방대한 자금이 필요한 남극 관측을 국가 사업으로 인가해 줄 수 있는 형편이 아니었다. 남극 관측 실현 가능성에 직할 관청인 문부성(지금의 문부과학성)은 긍정적이었으나, 대장성(지금의 재무성과 금융청)은 맹렬한 반대를 표명했다. 당시 2차 하토야마 내각의 문부성 장관이었던 마쓰무라 겐조는 남극 관측에 호의적이었으나 반대하는 각료도 많았다. 정부 내에서도 의견이 갈린 것이다. 9월 2일에 겨우 정부의 허가를 받았지만 예산도 확보되지 않았고 구체적인 계획도 입안되지 않은 상태였다. 일본의 남극 관측 실현을 위한 첫발은 마치 외줄타기를 하는 것처럼 위태로웠다.

일본 대표단 단장인 교토 대학 하세가와 교수에게는 은근한 자부심이 있었다.

'남극 관측 사업은 교토 대학이 이끌어 갈 것이다.'

머릿속에는 몇 가지 구상이 있었다. 누구를 관측대원 후보로 삼을 것인가. 그중에는 자신의 직계 제자이며 교토 대학 대학원에서 오로라를 연구하는 기타무라 다이이치의 이름이 있었다. 브뤼셀 회의에 참가하기 직전 하세가와는 대학 캠퍼스에서 만난 기타무라에게 말했다.

"내가 없는 동안 잘 부탁하네. 그런데 자네, 혹시 남극에 가지 않겠나? 오로라를 관측할 수 있다네."

기타무라는 하늘이라도 날 것 같은 심경이었다. 만약 정말 갈 수만 있다면 일본인 과학자로서는 처음으로 남극에서 오로라 관측을 경험할 수 있다.

오로라는 남극과 북극 주변의 '오로라 오벌'이라 불리는 도넛 모양의 영역에서 볼 수 있는 대기의 발광 현상이다. 그 발생 원리에 관해서는 현대에도 통일된 견해가 없다. 하물며 20세기 중반에는 지구 자기나 전리층과 마찬가지로 초고층 물리학의 영역인 오로라에 관한 연구는 거의 전무하다시피 했다. 그래서 1957년에서 1958년까지 실시된 국제지구물리관측년에 남극에서 오로라 공동 관측은 중요한 테마였다. 기타무라는 이 기회를 절대 놓치고 싶지 않았다.

"가게 해 주십시오!"

기타무라는 더는 숙일 수 없을 정도로 깊이 고개를 숙였다.

브뤼셀 회의에서 일본은 참가를 승인받아 남극의 프린스 하랄트 해안에 기지를 설치하도록 권고받았다. 사실 그 지역은 미국의 조사로 이미 "접안 불가능"이라고 보고되었으나 당시 일본 대표단은 그 사실을 알 턱이 없었다.

개썰매 채용

＊

어찌 되었든 문은 열렸다.

남극 관측 사업을 실질적으로 지휘하는 기관으로 남극특별위원회가 일본학술회의 내부에 설치되었다. 그와 동시에 아무런 준비가 되어 있지 않다는 현실과도 맞닥뜨리게 되었다.

어느 정도의 시설이 필요한가? 자재는? 식료품은? 요원은? 그보다 어떤 방식으로 남극까지 사람과 자재를 운반할 것인가?

그중에서도 현지에서 전체를 이끌어 갈 리더의 부재가 최대 과제였다.

추진 역할을 맡은 가야 세이지 회장은 골머리를 앓았다. 어느 날 부회장 구와바라 다케오 교수가 한 인물을 추천했다.

"제 지인 중에 니시보리라는 친구가 있습니다. 교토 대학 산악부 시절부터 알고 지냈는데, 생사의 갈림길에 내몰리는 극한 상황에서도 신기한 힘을 발휘하는 사나이입니다. 언제 무슨 일이 일어날지 모르는 남극에서 그의 역량이 반드시 발휘될 것입니다."

니시보리 에이자부로는 교토 제국 대학을 졸업하고 교토 대학 교수를 거쳐 도쿄 전기(나중에 도시바로 합병)로 옮긴 후 만능 진공관 등을 개발하고 다시 교토 대학으로 되돌아온 별종이다. 산악부 시절에는 일반적인 산악 캠프가 아닌 북극이나 남극에서 쓰이는 극지법이라는 방법으로 캠핑 경험을 쌓았다. 그 경험이 도움이 될 것 같았다. 또한 등산로의 오두막에 굴러다니던 나무판자로 스키를 만드는 등 임기응변적인 사고와 손재주를 가지고 있다. 체력적으로도 나무랄 데가 없다. 가야 회장은 지푸라기라도 잡는 심정으로 니시보리를 만났다.

"니시보리 씨, 일본은 남극 관측 경험이 없습니다. 이 일이 가능할까요?"

"무슨 일을 하든 반드시 처음은 있습니다. 필요한 것은 그것을 가능하게 하는 용기라고 생각합니다."

니시보리의 답은 명쾌했다.

가야는 니시보리의 호방함에 감동했고 차기 남극특별위원회에 그를 초대했다. 여기서 아주 중요한 사항이 정해졌다. 이동과 수송 수단이었다.

위원회에서는 이미 설상차의 도입을 결정한 상태였으나 니시보리는 이 결정에 제동을 걸었다.

"설상차만으로는 안됩니다. 개썰매가 필요합니다."

의원회 전체에 웃음소리가 퍼졌다.

"개들이 아무리 안간힘을 써 봤자 설상차를 당할 재간이 있겠어요?"

그렇지만 실상은 달랐다. 남극에서는 설상차를 비롯해 최신형 기동 차량이 계속해서 사고를 일으키고 있었다. 설상차는 파워나 적재 능력 그리고 성능에서 개썰매와 견줄 수 없을 정도로 뛰어났지만 중량과 정밀성이 문제였다. 실제로 미국이나 호주의 관측대에서는 설상차나 트랙터가 크레바스(빙하가 갈라져서 생긴 좁고 깊은 틈)로 전락하는 사고가 발생하고 있었다.

"설상차의 파워는 정말 대단하지만 고장이 나면 사용할 수 없게 됩니다. 만약 기지로부터 멀리 떨어진 곳에서 설상차가 멈춰 버린다면 대원들의 생사가 위태롭게 됩니다."

회의장에 더는 웃음소리가 들리지 않았다.

"그렇기 때문에 개썰매가 필요합니다."

물론 썰매도 고장이 난다. 그러나 구조가 단순해 펜치 같은 공구나 철사만 있으면 어떻게든 고쳐 쓸 수 있다. 크레바스에 빠져도 건져 낼 수 있다. 위험이 많은 남극에서는 가벼우면서도 구조가 단순한 개썰매를 사용하는 게 적절한 경우도 있다는 것이 니시보리의 주장이었다.

니시보리의 머릿속에는 노르웨이의 아문센과 영국의 스콧이 벌인 남극점 정복 경쟁이 있었다. 1911년과 1912년, 누가 먼저 남극점에 도달할 것인지를 두고 벌인 두 나라의 경쟁에서 당시 소국이던 노르웨이가 승리할 가능성은 희박하다는 것이 많은 사람의 예상이었다.

그러나 승리는 노르웨이의 아문센, 그것도 압승이었다. 아문센은 시베리안 허스키를 중심으로 한 개썰매로 탐험에 나섰다. 절대적 우위일 거라 예상되었던 스콧의 탐험대는 개썰매를 경시하고 말이나 전동식 썰매를 고집했다. 그것은 패인 중 하나였다.

"들어 보니 니시보리의 의견에 일리가 있군."

위원회의 분위기는 완전히 바뀌었다.

그 속에서 안절부절못하는 사람들이 있었다. 국가 담당 기관인 문부성의 관료들이었다.

"말도 안 돼, 개썰매라니! 그런 예산이 어디에 있다고!"

"게다가 남극의 추위를 견딜 수 있는 개들을 어디서 구한단 말이야?"

니시보리의 지적은 정곡을 찌른 것이었다.

사실 개썰매는 필요하다. 그러나 개썰매 편성을 위해서는 남극의 추위에도 견딜 수 있는 개들을 모집해 훈련해야 한다. 어디서 개들을 확보하고 어떻게 훈련해야 하나?

해외에서는 러시아의 시베리아가 원산지인 시베리안 허스키를 썰매개로 활용한다. 그러나 이 견종은 일본에서 구할 수 없다. 구체적인 대안을 내는 위원은 없었다. 썰매개 채용은 결정되었지만 문제는 지금부터였다. 모든 것이 니시보리에게 맡겨졌다.

가라후토견

*

니시보리는 '남극 사업의 성패는 개들을 어떻게 확보하느냐에 달렸다'고 생각했다.

썰매를 끌 수 있을 정도로 우수하고 남극의 추위에도 견딜 수 있는 강인함을 겸비한 개가 어느 정도 적정 개체수 필요하다.

니시보리는 극지 탐험 연구의 전문가 가노 이치로를 키맨으로 정했다. 가노는 오사카에서 태어나 교토에서 자랐다. 홋카이도 대학 농학부에 진학해 졸업 후에는 지방 공무원과 신문기자를 거쳐 1944년부터는 삿포로로 가서 홋카이도 대학에 근무했다.

가노는 여러 번 극지 탐험을 경험한 적 있고 전부터 '극지에서는 개썰매가 유용하다'고 주장해 온 사람이다. 특별위원회에서 니시보리가 역설한 개썰매 도입은 가노의 연구 성과가 뒷받침된 주장이었다.

1956년 1월. 니시보리는 삿포로에 가노를 만나러 갔다.

"저는 남극 탐험에 개썰매를 활용하고 싶습니다. 그런데 가장 중요한 개에 대한 정보가 전혀 없습니다. 가노 씨께서 힘을 보태 주십시오."

"그렇다면 가라후토견(지금의 러시아 남사할린 지역의 개. 사할린개-옮긴이)이 답입니다. 다행히 홋카이도 대학에 이누카이 교수가 있습니다. 그가 도와준다면 천군만마를 얻는 격이지요."

가노는 홋카이도 대학 농학부의 이누카이 데쓰오 교수를 소개했다. 이누카이는 태평양 전쟁 전에 남사할린(일본명 가라후토로 태평양 전쟁 패전 이전까지 일본이 영유했다-옮긴이)으로 건너가 현지에서 가라후토견을 연구한 응용동물학의 일인자였다.

니시보리는 이누카이의 경험과 연구에 승패를 걸었다.

"남극 관측의 성공 여부는 가라후토견에 달려 있습니다."

니시보리의 설득을 이누카이는 흔쾌히 받아들였다.

예비 관측대가 남극을 향해 출발하는 것은 11월. 남은 시간은

10개월이다. 한시라도 빨리 개들을 찾아 적성검사를 하고 훈련시
켜야 한다.

"국가 사업인 남극 관측 사업에 가라후토견을 발탁한다."

이 소식이 전국의 지역 신문에 대대적으로 보도되자 홋카이도
는 뜨겁게 달아올랐다. 가라후토견은 거의 홋카이도에서만 생식하
기 때문이었다. 이누카이 교수 연구팀에 의하면, 일본이 남사할린
을 점령했을 당시 현지에는 두꺼운 골격을 지닌 대형견이 있었다.
이 개들을 일반적으로 '가라후토견'이라 불렀고 홋카이도에도 도
입되었다. 그러나 그 수는 해마다 줄어들고 있었다.

"가라후토견은 장모종과 단모종으로 나뉩니다. 장모종의 털은
10~15센티미터나 되고 단모종은 5~8센티미터인데 겉모습이 전혀
다릅니다. 단, 두 종류 다 털의 밀도가 높아서 추위에 아주 강하지
요. 남극에서도 잘 살 겁니다."

이누카이의 설명에 니시보리는 가슴을 쓸어내렸다. 추위에 강하
다. 첫 번째 조건은 통과한 것 같다. 다음 조건은 힘이다. 아무리 추
위를 잘 견뎌도 썰매를 제대로 끌지 못한다면 곤란하다.

"체격이나 견인력은 어떨까요?"

"예전에 제가 현지에서 조사한 기록이 있습니다."

이누카이는 두꺼운 자료를 꺼내 들었다. 1945년 3월 남사할린

(당시 지명 가라후토)에서 실시한 현지 조사 자료다. 세 살부터 네 살짜리 가라후토견의 평균 체격이 기록되어 있다. 암컷의 체구가 약간 작다는 점만 빼면 모두 흉부나 사지가 충분히 발달되어 있고 중심이 낮다. 특히 수컷은 견인에 적합하다고 쓰여 있었다. 실제로 홋카이도에서는 임업이나 농업, 상업에도 가라후토견이 작은 썰매나 짐차를 끌도록 한다고 하니 실제 경험도 있는 것이다.

끝으로 가라후토견의 성격이다. 니시보리가 걱정한 것은 바로 이 점이다. 견주에게는 충직해도 처음 보는 대원들의 지시를 잘 들을까. 과학자와 기술자들로만 구성된 남극 관측대. 물론 개썰매를 조종한 적도 없다. 개들이 썰매 조종자의 지시를 듣지 않는다면 핸들이나 브레이크 없는 자동차를 운전하는 것과 같다.

"개들을 훈련시키는 게 힘들겠네요."

이누카이의 말에 니시보리는 맥이 탁 풀렸다.

"가라후토견은 주인에게 순종적입니다. 방향 감각도 예민하고 귀소성도 뛰어나 밖에서도 스스로 되돌아옵니다. 단 대규모 개썰매단을 편성하려면 세 가지 점에서 문제가 있습니다."

첫째, 현재 대부분의 가라후토견들은 한 마리 또는 두 마리씩 개인에게 사육되고 있다. 그런 개들이 수십 마리로 이루어진 큰 집단에 속하게 되면 반드시 서열 다툼이 벌어질 것이고 부상당하는 개들이 나올 것이다.

둘째, 썰매의 선두를 달리는 훌륭한 리더를 정하지 않으면 오합지졸이 되고 만다. 개썰매는 선도견이 전부라고 해도 과언이 아니다. 그것도 아주 우수한 선도견이 필요하다.

셋째, 개썰매를 조종하는 인간이 진심으로 개들을 이해하는가의 문제다. 기술은 훈련을 통해 어떻게든 단련되겠지만 개들과 신뢰 관계를 형성하는 것은 간단하지 않다.

"니시보리 씨, 가라후토견은 바보가 아닙니다. 인간은 도저히 흉내 낼 수 없는 재능이 있습니다. 위험을 간파하고 사람의 마음을 읽습니다. 그들의 능력을 살리거나 죽이는 건 인간입니다."

이누카이의 말이 무겁게 다가왔다.

실제로 가라후토견의 감각은 예리하다. 예를 들어, 달리는 도중에도 앞쪽에 진창이 있다는 걸 본능적으로 알아챈다. 얼음이 얇은 곳이나 위험한 지역을 발바닥에서 전해지는 느낌으로 감지한다. 위험한 장소는 피해 간다.

그러나 썰매개가 되면 사정은 달라진다. 설면이나 얼음판의 상태를 파악하지 못하는 인간의 지시에 따라 달리기 때문에 전방에 위험이 존재한다는 사실을 알고 있는 개들은 혼란스러워하고 대열은 흐트러질 것이다.

즉 인간과 개들의 신뢰 관계를 쌓아야 하는 것은 물론, 썰매를 조종하는 인간도 위험 회피 능력을 익혀야 한다는 이야기다. 개들이 썰매를 조종하는 인간을 '신뢰할 수 없다'고 거부하거나 포기해 버리면 아무리 명령해도 듣지 않는다.

"개들만 모으면 될 줄 알았는데…."

니시보리는 앞일이 결코 간단하지 않으리라는 사실을 깨달았다.

니시보리의 홋카이도 대학 방문을 계기로 1월 30일 대학 내에 극지연구그룹이 발족되었다. 먼저 가라후토견 개썰매에 대한 연구를 시작해야 한다. 아무도 경험한 적 없는 남극의 상황에 맞춰 이루어져야 하는 개썰매 훈련이다. 홋카이도 대학 극지연구그룹의 책임은 중대했다.

타로, 지로와 만남

✳

어디에 어느 정도의 가라후토견이 있는지 알아야 했다.

"그건 저희가 하겠습니다."

홋카이도 도청 위생부가 전면적으로 협조에 나섰다. 도청 위생부는 도 전체의 보건소를 통해 광견병 예방법에 기초한 축견 등록 원부를 집계, 최종적으로 비교적 우수한 혈통을 유지하고 있는 가라후토견 약 1천 마리가 도내에 생존하고 있다는 사실을 알아냈다. 그러나 혈통이 우수하다 해도 썰매를 끄는 데 우수할지는 모르는 일이었다. 게다가 사역견으로 우수하다는 말은 견주에게도 필요한 존재라는 뜻이다. 쉽게 떠나보내려 하지 않을 것이다.

현지 조사와 설득, 양도 작업 등을 이누카이 교수팀이 모두 맡아 주었다. 이누카이는 함께 개들을 모집해 줄 협조자를 구했고, 그중 가장 먼저 손을 든 사람이 홋카이도 대학 농학부 부속박물관의 하가 료이치 조수였다. 나중에 오비히로 축산대학의 교수가 된 하가는 이누카이와 함께 열정적으로 홋카이도를 돌았다.

홋카이도의 최북단인 왓카나이시市, 그 아래 도요토미손村, 더 남쪽으로 내려가 나요로초町(지금의 나요로시市), 홋카이도 중앙부에서 약간 북쪽에 위치한 아사히카와시市, 그 서쪽의 후카가와초町(지금의 후카가와시市), 북서부의 항구도시 루모이시市, 남서부의 도마코마이시市, 삿포로시市 등을 순회했다.

특히, 왓카나이시 서쪽에 있는 리시리섬에는 다수의 가라후토견이 있었다. 그런 데에는 까닭이 있다. 1921년부터 1923년까지 극심한 어획량 감소로 많은 홋카이도 도민이 북방에 있는 남사할린으로 일자리를 찾아 떠났는데, 그들이 다시 홋카이도로 돌아오면서 가라후토견을 데리고 왔다. 인내심이 강하고 견인력이 있어서 소형 썰매나 짐수레를 끌게 했다고 한다.

개를 찾아다니는 과정에서 가라후토견도 천차만별이며 건강, 체격, 체력, 성격 등을 종합적으로 판단해 선별할 필요가 있다는 사실을 알게 되었다. 선별 작업은 홋카이도 대학 이누카이 교수를 중심으로 한 극지연구그룹이 맡아 주었다.

개들의 양도 작업은 순탄하지 않았다. 대부분 한 가정에 한 마리인 경우가 많았고 힘을 잘 쓰는 가라후토견은 한 집안의 중요한 노동력이기도 했다. 개를 보내고 나면 생계에 어려움이 생기고 일상생활에 지장을 초래할 우려가 있다. 다시 구하려 해도 쉽게 구할 수 없다. 게다가 심정적인 이유도 큰 어려움 중 하나였다.

"남극이라니, 그런 험한 곳에 우리 개를 데려가게 할 수는 없어요", "우리 집 아이들한테는 형제나 다름없는 소중한 개인데 떼어 놓는 건 너무 가여워요"라며 거절하는 경우가 이어졌다. 양도받은 후에도 견주의 아이들이 울면서 "우리 개를 데리고 가지 마세요"라며 떨어지지 않으려는 경우도 있어 하가의 마음은 쓰라렸다.

어느 날 하가는 왓카나이 시내를 돌고 있었다. 왓카나이는 일본에서 남사할린과 가장 가까운 곳이다. 북양 어업을 중심으로 수산업이 융성했다. 하가는 가까운 어시장으로 들어갔다. 시장에서 가라후토견들이 사역견으로 매매되고 있다는 이야기를 들었기 때문이다. 북적대는 길가에 포장마차나 음식을 파는 가게들이 늘어서 있었다.

"괜찮은 가라후토견을 찾을 수 있으면 좋겠어."

개들을 둘러보던 하가는 그중 어린 가라후토견 세 마리에 마음이 끌렸다. 왓카나이 시내에서 태어난 삼형제라 했다. 생후 3개월인 것 치고 제법 몸집이 컸다. 털 상태도 건강해 보이는 걸 보니 견주가 잘 돌본 강아지들 같았다. 하가가 그중 한 마리를 들어 안아 얼굴을 들여다 보았다. 새카만 몸통을 비틀면서 빠져나가려고 한다. 힘이 좋구나. 손발을 만져 봐도 아무 문제가 없었다. 특히 두꺼운 다리는 장래에 크게 자랄 가능성이 있어 보였다.

"훌륭한 가라후토견이야."

하가는 보물이라도 손에 넣은 듯한 기분이었다.

"아가, 너도 남극에 갈래?"

하가가 속삭이자 "멍!" 하고 힘차게 짖었다.

"이 세 마리를 주십시오."

하가는 강아지 세 마리에 '타로', '지로', '사부로'라는 이름을 지어 주었다. 이유가 있었다.

1910년 일본 육군 중위 시라세 노부는 남극으로 향했다. 가라후토견 스물여섯 마리가 함께 승선했으나 항해 중 스물네 마리가 사망했다. 살아남은 개는 단 두 마리. 그 개의 이름이 타로와 지로였다. 그때 남극행을 단념한 시라세는 1912년 다시 도전해 일본인으로는 처음으로 남극 대륙에 상륙, 수십 마리의 가라후토견과 함께 남극의 설원을 밟았다.

'너희도 힘내서 남극까지 가는 거야.'

그런 마음을 타로, 지로, 사부로라는 이름에 새겼다.

훈련의 성지 왓카나이

＊

왓카나이시는 홋카이도섬 북쪽에 있다. 홋카이도 최북단인 소야곶에서 사할린 최남단까지 겨우 43킬로미터다. 바로 위쪽으로는 소야만, 소야 해협을 바라보며 동쪽으로는 오호츠크해, 서쪽으로는 동해로 삼면이 바다로 둘러싸여 있다. 강풍이 자주 불어 최대 풍속이 10미터를 넘는 날이 1년에 80일 이상이다.

1956년 3월 20일 왓카나이시 교외 왓카나이 공원 내에 손글씨로 쓴 간판 두 개가 세워졌다.

"남극학술탐험대 가라후토견 훈련소"

"홋카이도 대학 극지연구그룹 왓카나이 연구소"

홋카이도 전역에서 선발된 가라후토견들의 훈련소다. 왓카나이시 측에서 공원 안 광대한 부지를 대여해 주었다. 고지대에 자리한 공원에서는 바다를 한눈에 볼 수 있었다. 충분한 적설량과 추운 날씨뿐 아니라 바람이 거칠게 불어 대는 날이 잦았다. 그런 환경이야말로 남극 탐험을 위한 썰매개 훈련에 딱 맞는 곳이었다.

가라후토견 사육소(1,089평방미터)와 관리소(45평방미터)가 설치되었다. 주위에는 감염병 예방 차원에서 다른 개들이 침입하지 못하도록 철조망과 합판으로 담을 만들었다. 관리소는 임시 목조 건물로 극지연구그룹 학생들이 교대로 숙직했다. 사육소에는 개 한 마리당 개집이 설치되었다. 말은 그럴싸하게 개집이라고 했지만 사실 나무판자로 경사진 삼각지붕을 만들어 놓은 것으로 겨우 직사광선을 피할 정도였으나 야생미 넘치는 가라후토견들에게는 충분했다. 훈련소에 집결한 가라후토견 1진은 서른여덟 마리였다. 추위에 강하고 건강하며 썰매를 끄는 힘과 체력을 겸비했다고 인정받은 맹자들이었다. 이후 탈락해서 훈련소를 떠난 개들도 있었고, 새로 훈련에 참가하게 된 신참 개들도 있었다.

왓카나이시는 일본의 남극 관측 성패를 좌우하게 될 성지가 되었다. 그런 까닭에 왓카나이 시청이 전면적으로 협조해 주었다. 훈련용 부지뿐 아니라 사무적인 처리를 담당할 시청 공무원도 파견해 주었다.

시민들의 기대와 관심도 높아서 담 너머로 "다들 힘내!", "일본의 명예는 왓카나이의 명예다, 명심해야 해!" 같은 응원의 목소리가 끊이지 않았다. 개들이 많이 먹고 힘낼 수 있도록 사료를 제공해 주는 사람들이나 훈련사들을 위해 음식을 갖다 주는 시민들의 손길도 이어졌다.

국가 사업을 짊어진 가라후토견들은 왓카나이 시민의 희망의 별이었다. 다만, 극지연구그룹의 멤버 대다수는 당시 홋카이도 대학 산악부원이나 그 선배들로, 가라후토견이나 개썰매에 대해 잘 아는 사람이 없었다. 전문가 확보가 무엇보다 시급했다.

관계자들이 분주히 노력한 결과 남사할린에 살던 시절부터 가라후토견을 사육한 경험이 있고 개썰매 조종에 탁월한 기술을 지닌 고토 나오타로를 훈련사로 채용했다. 훈련소에 온 고토는 홋카이도 전역에서 모집된 개들을 한 마리 한 마리 살펴보고 개들의 이력서를 훑어보았다. 남사할린에 살던 시절부터 썰매개를 훈련시킨 고토의 마음에 걸리는 문제가 있었다.

"여기 모집된 개들의 기초 능력은 뛰어납니다. 그러나 지금까지는 주인과 함께 살면서 손수레나 작은 썰매를 혼자 끌었겠지요. 남극의 개썰매는 대량 편성입니다. 즉 팀입니다. 개 한 마리의 역량이 아무리 뛰어나도 집단행동 경험이 없다는 것은 치명적입니다."

극지연구그룹 멤버들은 낙담했다. 사실 학생들이 지시를 해도 개들은 멋대로 행동하기 일쑤였고 훈련에도 진보가 없었다.

"저희 말을 듣지 않는 개들이 많습니다."

멤버들이 고민을 토로하자 고토는 바로 답했다.

"다정하게 대하는 것은 중요합니다. 그러나 오냐오냐해도 안 됩니다. 개들은 나름의 룰이 있습니다."

"그게 뭡니까?"

"서열입니다. 개들끼리 상하 관계를 정하는 것이 중요합니다. 어느 개나 자기가 최고라고 생각하니까요."

"그럼 어떻게 해야…."

"싸움으로 서열을 정해야지요."

학생들은 말을 잇지 못했다.

고토의 방법은 잔인했다. 딱 봐도 사이가 좋지 않을 것 같은 개들끼리 붙여 놓았다. 그러면 개들은 콧등에 주름을 잡고 이빨을 드러내며 난폭하게 으르렁거렸다. 그런 다음 상대 개한테 덤벼들어 귀나 코, 발 등을 물어뜯었다. 이렇게 되면 아무도 말릴 수가 없다. 피투성이 싸움이 벌어지고 이윽고 한 쪽이 꼬리를 내리면 승패가 갈렸다.

어느 날 개들의 싸움이 길어져 교착 상태였다. 두 마리가 서로 물고 늘어져 떨어지지 않았다. 그러자 고토가 갑자기 묵직한 몽둥이를 들고 두 마리한테 내리쳤다.

"대체 무슨 짓을 하는 겁니까?"

놀란 학생들이 말리려 들자 고토가 말했다.

"이런 식으로 떨어트리지 않으면 한쪽 개가 죽을 때까지 싸우게 됩니다. 자존심과 목숨을 지키기 위해서이지요."

고토는 그 두 마리가 얌전해질 때까지 몽둥이질을 했다.

몽둥이에 의한 서열 정리가 끝나자 개들은 각자의 서열을 인지했는지 현저히 싸움이 줄었다. 갑자기 살던 곳을 떠나 이곳에 소집된 개들은 자신의 서열이나 위치를 알 수 없었다. 팀워크가 엉망이었던 이유였다.

고토는 가라후토견을 잘 알고 있었다. 학생들은 고토의 노하우를 실전에서 먹이 주는 순서부터 배웠다. 수십 마리 분의 먹이를 준비해 한번에 나눠 주려 하면 개들은 흥분했고 늘 손을 쓸 수 없을 지경이 되었다. 고토는 서열에 따라 먹이를 주라고 조언했다.

"선도견한테 가장 먼저 먹이를 주어야 합니다. 그러지 않으면 다른 개들이 혼란스러워 합니다."

선도견이란 개썰매의 선두에 서는 개를 말한다.

"무리로 썰매를 끄는 개들은 선도견을 따라 달립니다. 자연스럽게 선도견이 넘버원이라는 사실을 인정하지요. 선도견 자신도 자부심을 가집니다."

고토의 말에는 설득력이 있었다.

"썰매를 조종하는 기술을 습득하는 것도 중요하지요. 하지만 더 중요한 것은 개들한테 신뢰를 얻는 것입니다. 가라후토견은 자존심이 매우 강합니다. 충성을 다하기로 마음먹으면 죽을 때까지 달리지만, 신뢰할 수 없다고 여기면 절대로 달리지 않습니다."

썰매팀 편성

＊

개썰매 훈련이 본격적으로 이루어졌다. 왓카나이 공원 뒷산을 중심으로 4킬로미터에서 6킬로미터 코스를 몇 바퀴 돌았고 훈련 막바지에는 28킬로미터 장거리 훈련도 실시했다.

왓카나이에 내리는 눈은 날에 따라 설질이 달랐는데 설질에 따라 견인력도 크게 달라졌다. 적재량이 500킬로그램이라도 편하게 끌 때가 있고 350킬로그램도 힘들게 끌 때가 있다. 또한 약간이라도 경사진 곳에서는 개들의 견인력은 크게 달라졌다.

남극에서도 설질은 달라질 것이다. 가능한 단시간에 적재량을 추가하려면 설질이 부드럽거나 오르막길에서는 사람이 같이 썰매를 끌어야 한다. 개들의 견인력을 안정적으로 유지시키는 법 등의 노하우를 학생들은 실전에서 학습해 갔다.

개들은 매일 세 시간, 평균 15킬로미터를 달렸다. 처음에는 통솔력이 부족해 똑바로 달리지 못하거나 썰매가 뒤집어지는 일이 잦

왔다. 그래도 개들은 귀를 뒤쪽으로 딱 젖히고 혀를 내민 채 지시에 따라 열심히 달렸다. 오르막길에서 "하악, 하악!" 하는 개들의 거친 숨소리가 들렸다. 지쳐서 움츠리는 개도 나타난다. 학생들이 달려가 응원하면 다시 힘을 내 일어나 썰매를 끌었다.

"애들 정말 대단하지 않아?"

학생들 사이에는 어느새 개들을 향한 특별한 감정이 생기기 시작했다.

3월 20일부터 4월 10일까지 이어진 1차 기초 훈련을 통해 선도견을 정하고 개들의 서열이 정해졌으며 팀 편성도 완료되었다. 홋카이도 아사히카와시의 미카미 슈이츠 씨한테 양도받은 리키와 삿포로시의 메토키 요시 씨한테 양도받은 몬베쓰노쿠마가 선도견으로 선발되었다. 선도견은 방향 감각, 위험 탐지 능력, 명령을 구분하는 영리함 등이 탁월했다. 한편, 개썰매팀의 편성은 개들의 버릇과 기질, 개들끼리의 협력도 같은 개체 조사에 의해 A, B 두 그룹으로 나누었다.

A그룹 리키, 앙코, 고로, 아카, 삿포로노모쿠, 데쓰, 톰, 후카가와노모쿠, 힛푸노쿠마 외 한 마리.

B그룹 몬베쓰노쿠마, 포치, 시로, 벡, 잭, 후렌노쿠마 외 다섯 마리.

프로야구로 말하면 1군 등록 선수들이다. 홋카이도 각지에서 모인 개들은 이름이 같은 개들이 몇 마리 있어서 그 개들의 이름 앞에는 출신지명을 붙여 구별했다. 이중에는 최종적으로 선발되지 못해 남극에 가지 못한 개들도 있고, 남극까지는 갔으나 병에 걸리거나 체력이 회복되지 않아 일본으로 되돌아간 개들도 있다. 또한 처음 편성한 1군에는 선발되지 않았지만 훈련 중 훌륭하게 성장해 나중에 선발되어 남극에 오게 된 개들도 있었다.

어느 날, 새카만 강아지 세 마리가 훈련소에 도착했다. 하가 조수가 왓카나이의 시장에서 발견한 타로와 지로, 사부로였다.

"아직 어린데 괜찮을까?"

"훈련은 어렵겠지?"

그런 소리가 들려왔다.

하가는 세 마리를 훈련시킬 생각은 없었다. 다만 젊은 피를 그룹에 투입할 필요는 있다고 생각했다. 하가의 직감이 맞았다는 것은 바로 증명되었다.

세 마리의 강아지를 보자 고토가 흥분했다.

"이 두 녀석은 굉장한 가라후토견이 될 겁니다."

타로와 지로였다.

"왜 그리 생각하시는지요?"

극지연구그룹의 학생이 물었다.

"생후 3개월밖에 안 됐는데 벌써 성견이랑 다투어 달리려고 하는 투지가 있습니다. 게다가 이것 좀 보세요. 이 두꺼운 발과 두터운 가슴팍. 호흡의 리듬도 좋습니다. 넘쳐나는 기운으로 생명력이 대단합니다. 두세 살이 되면 훌륭한 썰매개가 될 겁니다."

고토가 장담하며 말했다. 하가는 자신의 직감이 인정받은 것 같아 기뻤다. 사부로는 나중에 건강상의 이유로 훈련에서 제외되었고 타로와 지로는 남았다. 고토는 타로와 지로를 곧바로 개썰매 훈련에 투입하지 않았지만 되도록이면 두 마리가 개썰매 훈련 모습을 보도록 했다.

"이 두 마리는 훈련을 보는 것만으로도 개썰매의 노하우를 자연스레 익힐 겁니다. 훈련에 참가시키면 곧바로 제몫을 할 겁니다."

그리고 그 예감은 적중했다.

남극행 티켓

＊

시간을 조금 거슬러 올라가자.

1955년 가을 기타무라는 초조했다.

지난 여름 은사인 교토 대학 하세가와 교수로부터 남극에 가지 않겠냐는 제안을 받았기 때문이다.

"남극에 가지 않겠나? 오로라를 관측할 수 있다네."

기타무라에게는 꿈같은 이야기였다. 그러나 브뤼셀에서 돌아온 하세가와 교수는 도통 남극 이야기를 꺼내지 않았다.

'대체 어떻게 되어 가고 있는 거지?'

그해 가을, 남극특별위원회는 국제지구물리관측년 연구연락위원회 대표간사인 나가타 다케시 도쿄 대학 교수를 예비 관측대 대장으로 지명했다. 도쿄 대학의 나가타 교수가 대장으로 선출되었다는 건 남극 관측의 주도권을 교토 대학이 잡기 어렵다는 뜻이다. 인사와 관련해 이런 변수가 생길 줄 모르고 기타무라에게 남극에 가지 않겠냐고 기대를 품게 한 하세가와 교수로서는 고민하지 않을 수 없었다.

일개 대학원생인 기타무라가 상부 인사의 영향을 알 리도 만무했다. 아무리 기다려도 하세가와 교수로부터 남극 이야기가 나오지 않자 기타무라는 단도직입적으로 물었다.

"교수님, 저의 남극행은 아무 문제없는 겁니까?"

"그게…, 실은 사정이 좀 달라졌다네. 이쪽에서 끼어들 여지가 없어진 것 같아."

하세가와 교수의 말은 그만 포기하라는 뜻으로 들렸다.

"그런 무심한, 잔혹한, 이럴 수가…, 너무합니다."

기타무라는 애가 탔다. 지금 상황에선 남극으로 가는 티켓을 손에 넣을 수 없어 보인다. 직접 움직일 수밖에 없다. 이런저런 생각으로 고민하던 차에 중요한 정보를 입수했다. 일본학술회의 부회장인 구와바라 다케오 교토 대학 교수가 니시보리 에이자부로 교토 대학 교수를 일본학술회의의 가야 세이지 회장에게 소개해 니시보리 교수가 관측대의 부대장으로 임명되었다는 소식이었다.

구와바라 교수와 니시보리 교수는 교토 대학 인문과학연구소의 이마니시 긴지와 함께 교토대 산악부의 전설적인 맹자들이다. 기타무라에게는 모두 산악부 대선배들이었다. 게다가 니시보리 교수의 부인은 이마니시의 여동생, 즉 이마니시는 니시보리 교수의 손위 처남에 해당한다. 기타무라와 이마니시는 산악부의 선후배 관계로 작은 인연이 있었다. 이것이 연결고리가 되어 줄지도 모른다.

'한번 부딪쳐 보자.'

1956년 3월, 기타무라는 교토시 가모가와강 근처의 이마니시 자택을 방문했다.

"이마니시 선생님, 저는 남극에 가고 싶습니다. 염치 없는 부탁이지만 부디 니시보리 교수님 앞으로 소개장을 써 주십시오."

방바닥에 머리를 대고 조아렸다.

"돌아가라."

기타무라는 꼼짝하지 않았다. 결국 기타무라의 근성에 고집을 꺾은 이마니시가 말했다.

"소개장은 써 주겠네. 하지만 그다음은 자네가 알아서 하게."

그것으로 충분했다. 기타무라는 소개장을 들고 곧장 도쿄로 갔고, 남극 관측대의 인선과 계획을 세우느라 분주한 니시보리를 직접 만났다.

니시보리는 열혈소년 같은 기타무라에게 흥미를 보였다. 일개 대학원생이 직접 담판을 지으러 오다니, 배짱이 좋군. 그리고 소개장을 써 준 처남 이마니시 말로는 기타무라가 교토 대학 산악부 후배라고 했다.

'기타무라, 이 젊은이가 의외로 활약을 할지도 모르겠군.'

이 무렵 왓카나이시에서는 개썰매 훈련이 시작되고 있었다.

왓카나이로 출발

＊

4월이 되면 홋카이도 왓카나이도 눈이 사라진다. 개썰매 훈련은 풀이나 흙 위를 달리는 육지 훈련이 되었다. 훈련 초기 개들은 자기가 어디에 서야 하는지 몰라서 혼란스러워했다. 그러나 훈련사와 지속적으로 훈련을 하면서 개들끼리 조화가 이루어지게 되었고 자연스럽게 팀워크도 생겨났다.

5월 11일부터 31일까지 도야마현 다테야마에서 탐험대 종합 훈련을 실시했다. 다테야마에는 아직 충분한 눈이 있었다. 리키를 선도견으로 후렌노쿠마, 힛푸노쿠마, 앙코, 후카가와노모쿠, 고로, 데쓰 등 일곱 마리가 참가했다.

다테야마에서 왓카나이로 돌아온 후에는 7월 중순까지 선도견 후보들만 특별훈련을 했다. 리키와 몬베쓰노쿠마, 데쓰를 집중적으로 훈련시켰다. 선도견 리키를 잃게 될 경우를 대비해 선도견 후보를 만들어 둘 필요가 있었기 때문이다. 다른 개들은 견인력과 지구력을 한 단계 높이기 위한 훈련을 반복시켰다.

왓카나이도 여름철인 7월은 덥다. 기온이 상승하면서 개들의 식욕과 함께 체력이 현저하게 떨어졌다. 관계자들도 피로한 기색이 역력했다. 훈련뿐 아니라 이 많은 수의 개들을 관리하는 것은 상당히 힘든 일이다. 증원이 필요했다. 훈련을 시작한 지 4개월이 지나는 중이었다.

"벌써 7월이야. 이걸 어떻게 해야 하나."

기타무라는 시간을 내어 문부성이나 도쿄에 있는 일본학술회의 남극 관측 준비실에 있는 니시보리를 매일 찾아갔으나 니시보리는 전혀 만나 주지 않았다. '사무실에 앉아 기다리라'는 말만 듣고 하루종일 기다렸으나 얼굴도 못 본 채 돌아오는 날이 이어졌다. 기타무라에게 어느 정도의 인내심이 있는지, 니시보리가 시험하고 있다는 것을 알 리가 없었다. 기타무라의 초조함은 극에 다다르는 중이었다.

'이대로는 안 되겠어. 뭔가 대책을 세워야지.'

듣자 하니 설상차를 운전하려면 자격이 필요하고 관측대 희망자 중 많은 사람이 면허를 따기 위해 애쓴다고 했다. 그렇지만 이제부터 설상차 운전을 배워도 시간이 모자란다. 다른 방법을 찾아야 했다. 그때 번득 떠오른 아이디어가 있었다.

'그래, 개썰매 조종법을 배워 두면 남극에 갈 기회를 얻을 수도 있지 않을까.'

하지만 왓카나이의 가라후토견 훈련소는 홋카이도 대학의 극지 연구그룹이 총괄하고 있지 않은가. 교토대 학생인 자신이 끼어들 여지가 없을지도 모른다.

'이건 뭐 사방팔방이 다 막혔군.'

기타무라는 한숨을 쉬었다.

한편, 같은 시기에 니시보리도 고민하고 있었다. 왓카나이에서 썰매개 훈련 상황을 보고받을 때마다 니시보리는 개들을 잘 다루고 보살펴 줄 담당자가 필요하다는 것을 절실하게 느끼고 있었다.

아무리 생각해도 수십 마리의 대형견을 사육한 경험이 있는 사람이 남극 관측대원 후보자 중에 있을 리가 없다. 게다가 그 일은 담당자에게 가혹한 일이기도 하다. 체력이 강해야 하고 인내심을 가지고 개들을 보살필 수 있는 사람이어야 한다. 이미 한 사람은 후보자로 염두에 두고 있었으나 한 사람 더 있으면 좋겠다. 그것도 젊은 사람이면 좋겠다.

개들의 훈련을 맡고 있는 홋카이도 대학 극지연구그룹은 대학생 중심으로 이루어져 있다. 체력만으로 보면 아무 문제가 없으나 학생이라는 점이 걸렸다. 우수한 젊은이들이지만 연구자 자격으로 남극에 데리고 가기에는 너무 젊고 경력이 없다. 남극 관측은 지구물리가 주된 연구이며 지구물리 분야에 일정한 학문적 성과를 남길 필요가 있었다. 개들을 보살피고 개썰매 조종을 전담하는 사람이 필요한 게 아니다. 연구와 겸임하는 사람이어야 한다. 두 가지 다 가능한 젊은 인재가 필요했다.

니시보리는 거의 매일 자신을 찾아오는 기타무라를 관찰하고 있었다. 자재를 총괄하고 예산 집행의 수속, 남극 관측선 소야호 개보수 작업의 교섭이나 확인 등 할 일이 태산 같아 그 자신은 지극히 바쁜 날들을 보내고 있었다. 그런 중에 한 사람이라도 남극 관측대원 지망자를 만나 주면 다른 지망자들도 잇따라 자신을 찾아올 것이다. 설사 처남의 소개장을 들고 왔다 해도 특별 대우를 할 수는 없다.

그렇기에 직접 만나는 일을 피하면서도 기타무라가 얼마나 인내심을 가지고 오래 기다리는지 지켜보고 있었다. '기다리라'는 한마디에 하루종일 묵묵히 의자에 앉아 있는 기타무라의 우직함이 마음에 들었다. 이런 인내력이 개 담당자에게는 반드시 필요하다.

'기타무라…. 그래, 이 청년에게 개썰매 훈련을 맡겨 볼까. 홋카이도 대학 측이 받아들여 주면 좋을 텐데.'

니시보리는 다이얼을 돌렸다. 전화를 받은 이누카이 교수가 승낙했고 기타무라를 훈련 멤버에 추가하기로 했다.

니시보리는 홋카이도 대학의 관대함에 감사하며 곧장 기타무라의 숙소로 연락했다.

"곧장 왓카나이로 출발하게."

니시보리의 목소리를 들은 기타무라의 수화기를 쥔 손에 힘이 들어갔다. 기타무라 자신도 개썰매 조종을 배우면 남극에 갈 가능성이 생길지도 모른다고 생각은 했으나, 그 전에 홋카이도 대학 극지연구그룹이라는 높은 벽이 있었다. 그 높은 벽을 니시보리가 한 통의 전화로 해결해 주었다. 기타무라는 자신의 아이디어와 니시보리의 결단이 우연하게도 일치했다는 사실에 감사했다.

그러나 니시보리는 충고도 잊지 않았다.

"홋카이도 대학에서 받아들여 주었기 때문에 자네에게 기회가 생겼네. 그 사람들은 이미 가라후토견에 대해 상당한 지식과 함께 개썰매 조종도 능숙할 거야. 지금 시작하는 자네로서는 아무리 애써도 따라잡지 못할 수도 있네."

그럴지도 모른다. 하지만 문이 열렸다. 할 수 있는 최선을 다하면 된다. 기타무라는 의기양양하게 왓카나이로 향했고 현지에 도착해서는 경악을 금치 못했다.

이게 개라고?

＊

'얘들은 도대체 뭐지? 개가 맞아?'

열차와 배, 다시 열차를 갈아타고 마침내 왓카나이에 도착한 기타무라는 나지막한 언덕 위에 자리 잡은 훈련소 앞에서 넋을 잃고 서 있었다. 마침 식사 시간이었는데 서로 먹이를 먼저 받으려고 개들이 마구 짖어 대고 있었다. 그 소리는 기타무라가 알고 있던 개 짖는 소리가 아니었다. 마치 맹수들 같았다.

게다가 이 크기라니, 이게 곰이 아니고 무엇인가.

다른 개에게 먹이를 빼앗기지 않으려고 이빨을 드러내며 으르렁거리는 개들. 가라후토견은 이리도 거친 맹수였단 말인가.

'내가 과연 이 개들을 통제할 수 있을까?'

기타무라는 자신을 잃었다.

다음 날부터 불안으로 가득한 개썰매 조종 훈련과 개들 관리가 시작되었다. 3월부터 와 있던 홋카이도 대학의 극지연구그룹 멤버들과는 4개월의 경험차가 있다. 이 후배들에게 질 수는 없다. 하지만 이 맹수 같은 개들한테는 질 것만 같다.

먹이를 주려고 하자 한 마리가 맹렬히 짖는다.

"조용히 해. 기다려!"

기타무라가 큰소리를 지르자 개는 더 크게 짖어 댄다.

"기타무라 씨, 그 개는 리키라고 하고요, 선도견입니다. 선도견은 자부심이 강해서 제일 먼저 먹이를 주어야 합니다."

뭐라고? 자부심? 개한테 그런 게 있다고?

지금까지 개들과 아무 인연 없이 살아온 기타무라에게는 이해할 수 없는 말이었다.

훈련소에 모인 가라후토견들은 홋카이도 전역에서 발탁된 만큼 다들 체격이 건장했다. 그중에는 체중이 52킬로그램이나 나가는, 아무리 봐도 아기곰처럼 보이는 개들도 있었다. 반려견이라면 귀엽기라도 하지, 이 개들은 그저 야생성이 넘치는 광폭한 무리일 뿐이다.

기타무라에게 가라후토견은 공포 그 자체였다. 훈련소 개설 당시와 견주면 서열도 상당히 정리되었지만 감정이 격해지면 곧바로 싸움이 시작되었다. 기타무라는 가라후토견 훈련사인 고토 나오

타로한테 가라후토견을 통제할 수 있는 것은 몽둥이라며 콧등을 사정없이 내리치라고 배웠다. 인간이 사나운 가라후토견을 제어하기 위한 방법으로는 무력밖엔 없다. 그렇게 믿고 기타무라는 몽둥이를 내리쳤다.

그러나 자세히 관찰해 보니 가라후토견은 몽둥이로 맞는 것에 굴복하는 개들이 아니었다. 한동안은 얌전해지지만 결코 두려움에 떨지 않았다. 맞아서 피를 줄줄 흘리면서도 눈은 살아서 "더 때려 봐!"라고 말하는 것 같은 표정에 기타무라는 움찔하기도 했다.

훈련은 점점 성과를 보이기 시작했다.

일반적으로 열 마리로 편성한 개썰매는 적재량 350킬로그램을 싣고 하루에 20킬로미터 정도 주행한다. 그러나 왓카나이 훈련소의 가라후토견들은 달랐다. 적재량 370킬로그램을 싣고 하루 평균 24킬로미터 주행했다. 충분히 제설된 코스에서는 무려 1,037킬로그램의 중량도 싣고 달렸다.

'너희 정말 대단해!'

이러한 성적은 외국의 개썰매 부대 데이터를 웃도는 수치였다. 가라후토견들의 높은 능력치에 훈련 담당자들은 감탄했다.

이루어지지 않은 수의사 동행

*

9월과 10월에 진행된 추계 훈련 때에는 개들의 능력 판정과 동시에 엄격한 건강 진단도 이루어졌다. 아무리 능력이 뛰어나도 건강 면에서 불안한 점이 있으면 남극에 데려갈 수 없다. 결국 스무 마리의 수컷이 남극으로 갈 썰매개로 선발되었다.

A그룹 열 마리 리키(선도견), 아카(선도견 후보), 벡(선도견 후보), 데리, 포치, 앙코, 구로, 톰, 타로, 후렌노쿠마

B그룹 열 마리 데쓰(선도견), 몬베쓰노쿠마(선도견), 페스, 시로, 고로, 후카가와노모쿠, 삿포로노모쿠, 지로, 잭, 힛푸노쿠마

훈련소에 왔을 때 아직 어려서 훈련에 참가하지 않았던 타로와 지로는 고토 훈련사의 예상대로 재능을 발휘했다. 이제 두 마리 다 당당히 선발 명단에 이름을 올렸다.

또한 썰매개는 아니지만 새끼를 낳게 하기 위해 암컷 시로코와 미네가 추가 선발되어 모두 스물두 마리가 함께 가게 되었다.

개들의 훈련과 병행해 진행한 것이 개썰매 연구였다. 이 연구는 하가 료이치와 홋카이도 대학의 안도 히사오가 중심이 되었다. 해

외 자료를 입수해 일본인의 체형이나 가라후토견의 특성을 고려해 설계 제작한 다음 시범 사용 후 개량할 점을 추가하는 식으로 진행되었다. 중량물의 적재가 목적인 대형 썰매, 개가 없을 경우 사람 몇 명이 끌 수 있는 중형 썰매, 두세 마리의 개들이 끄는 소형 썰매 등이 샘플로 제작되었다.

썰매의 형태는 개들을 어떤 배열로 편성하는가에 따라 달라진다. 개썰매의 편성은 여섯 종류가 있다. 세로 1열로 이어지는 일렬형, 좌우로 나란히 달리며 끄는 병렬형, 이열종대 교차형인 가라후토형, 방사상으로 배치하는 부채형, 변형 부채형, 독특한 방사상의 에스키모형(당시의 호칭) 등이다.

외국에는 병렬형이 많다. 병렬형은 개들의 견인력을 그대로 썰매에 전달할 수 있다는 점에서는 유리하지만 눈이 많이 쌓인 곳에서는 개들이 빨리 피로를 느낀다. 가라후토형은 일렬형과 병렬형의 중간 형태로 눈이 많이 쌓인 곳에서 적합한 형태다. 최종적으로 가라후토형이 채택되어 썰매도 그에 맞는 형태로 제작하게 되었다.

보건위생 분야의 체크도 엄격했다. 홋카이도 대학 수의학부 나카무라 료이치 교수와 기생충학 전문인 야마시타 지로 교수 등이 담당했다.

사실은 최종적으로 남극행이 정해진 스물두 마리 중의 대부분이 심장 기능에 이상이 있었다. 보건위생 담당자들은 수의사 또는 수의학부 학생이라도 남극에 동행해야 한다고 이누카이 교수에게 진언했으나, 최종적으로 수의학 관계자의 남극 참가는 받아들여지지 않았다. 절충안으로 관측대원 중 한 명에게 개들의 위생 건강 관리의 기본인 검온, 검맥, 소독, 피하주사, 투약, 상처의 처치 등을 단기 속성으로 배우게 했다. 그 임무를 맡은 사람은 종합훈련 멤버이자 극지연구그룹 맴버인 고바야시 미노리였다. 결국 수의사가 없다는 사실은 훗날 월동 중에 몇 가지 비극을 낳고 말았다. 고바야시는 최선을 다했으나, 직업 수의사가 담당했을 경우와 비교당하는 것은 그에게 너무 가혹하다.

10월에 개썰매 훈련이 완료되었다.

처음에는 저마다 자기가 넘버원이라고 주장하며 멋대로 행동하고 싸우는 일이 잦아 좀처럼 훈련의 성과가 보이지 않았다. 그러나 개들의 서열이 정해지고 팀으로 썰매를 끄는 훈련에 익숙해지자 통제가 가능하게 되었다. 본래부터 타고난 가라후토견의 견인 능력이 한꺼번에 최고치에 이른 것 같았다. 해외의 데이터를 웃도는 견인 기록을 세웠다. 홋카이도의 선발 멤버다웠다. 극지연구그룹은 7개월 동안 이루어진 훈련의 성과를 실감했다.

10월 29일, 암컷 강아지 두 마리를 제외한 성견 스무 마리는 전용 우리에 넣어져 국영철도의 화물열차에 실려 도쿄로 갔다. 왓카나이를 출발한 열차는 11월 3일 이른 아침 도쿄 아키하바라역에 도착했다. 즉시 트럭으로 하루미 부두로 이송되어 출항일을 기다렸다. 일본 최초의 남극 관측대가 출항하기까지, 앞으로 닷새.

남극 관측선 소야호 출항

＊

1956년 11월 8일 일본 최초의 남극 관측대원 쉰세 명과 가라후토견 스물두 마리를 태운 남극 관측선 소야호는 안개비 내리는 도쿄 하루미 부두를 출항했다.

패전으로부터 11년, 일본은 새로운 국가로 거듭나기 위해 노력하는 중이었다. 남극 관측대는 평화로운 나라 일본을 상징하는 국가 사업이었으며 동시에 국민의 희망이었다. 그렇기에 전국의 대학, 관청, 기업에서 선발된 과학자들과 기술자들의 자긍심과 책임감은 매우 높았다. 1만 킬로미터 이상 떨어진 미지의 대륙 남극으로 향하는 모두의 마음은 하나가 되어 있었다.

소야호는 도쿄만을 떠나 똑바로 남쪽으로 진로를 잡았다. 배의 흔들림이 점점 커졌다. 기타무라는 같은 개 관리 담당자인 기쿠치

도오루(지질조사소 소속), 고바야시 미노리와 힘을 합쳐 개들을 돌봐야 한다.

'개들도 설마 뱃멀미를 하는 건 아니겠지?'

개들이 잘 있는지 걱정된 기타무라는 제3선창에 있는 개 수용실로 향했다. 수용실 문에 뭔가 쓰여 있었다.

"멍멍이들, 힘내!"

"너희의 활약을 기대할게~"

"다들 건강히 무사히 일본으로 돌아와야 해."

흰 종이에 검은색으로 쓴 글씨는 여성스럽고 유려한 필치였다.

누가 이런 글씨를 써서 붙였는지 기타무라는 고개를 갸우뚱했다. 소야호가 출항하기 전, 배에는 많은 관계자와 초대손님이 승선했기 때문에 누구나 쓸 기회는 있었을 것이다. 내용으로 봐서 아마도 개를 지극히 아끼는 사람이 아닐까 싶었다.

사실 남극 관측에 가라후토견을 동행한다는 사실이 발표되자 전국의 애견인들이 이 개들을 걱정하기 시작했고 그 걱정은 남극 동행 반대 운동으로 번졌다. 처음엔 몇 사람이 시작한 움직임이었으나 나중에는 조직적인 운동으로 확대되었다. 사이타마현에 거주하는 나루세 사치코 씨를 중심으로 '가라후토견을 지키는 모임'이 발족되었다.

"개들을 남극에서 반드시 귀환시켜 주세요."

나루세 씨를 비롯한 애견인들이 열정적으로 탄원 운동을 전개해 갔다. 운동에 동의하는 물결은 애견인의 범위를 넘어 일본 전체로 퍼져 갔다.

이유가 있었다.

오래전 일본 육군 중위 시라세 노부가 이끈 남극 탐험대는 남극에서 돌아올 때 여러 마리의 가라후토견을 남극에 버리고 돌아왔다. 이 '시라세 사건'은 많은 일본인에게 충격을 주었고 아픈 기억으로 남아 있었다.

1912년 2월 4일 시라세는 개들을 남극에 남겨 둔 채 출항 명령을 내렸다. 무슨 일이 일어나고 있는지 개들은 알 리가 없었다. 남겨진 스물한 마리의 가라후토견은 천진난만하게 꼬리를 흔들었다. 그리고 어느 순간 이제 함께 갈 수 없다는 것을 깨달았는지 눈얼음 위에 우뚝 선 채로 포효했다. 개들은 인간에게 모든 것을 다 바친 후 남극에 버려졌다.

그 사실을 알고 있는 애견인들은 남극 탐험대에 불신감을 지울 수 없었다.

"또 한번 같은 비극이 남극에서 발생해서는 안 된다!"

그 사건의 당사자가 하루미 부두에서 소야호를 배웅하는 관중 속에 있었다.

다다 게이이치 씨다.

일흔네 살이 된 다다는 시라세 남극 탐험대의 일원이었다. 시라세의 명령이기는 했지만 가라후토견 스물한 마리를 남극에서 몰살하게 했다는 사실은 그를 오랫동안 괴롭게 했다.

'다시는 그런 일이 일어나서는 안 돼.'

멀어지는 소야호를 바라보며 다다의 눈은 그렇게 말하고 있었다.

푸른 남극

＊

먼바다에 나가자 소야호는 크게 흔들렸다. 뱃멀미로 힘들어하는 대원들이 하나둘 생겨났다. 스물두 마리나 되는 개들을 담당자 세 명이 관리하는 건 역부족이었다. 먹이를 주는 것뿐 아니라 정기적으로 배설하도록 하는 것도 중요했다. 개들의 건강을 위해 필수적인 일이기 때문이다. 물론 가능하다면 운동도 시켜야 한다. 날씨를 봐 가며 제3 선창에 있는 개들을 계단을 통해 갑판까지 올라가게 해야 했다. 사실 그것은 엄청난 중노동이었다. 사다리 같은 계단을 수십 킬로그램이나 되는 개들을 거의 안다시피 해서 올라가게 했다가 내려오도록 하는 일은 매우 위험하기도 했다. 일손이 부족한 상황이라 개 담당이 아닌 대원들도 협조를 아끼지 않았다. 남극 관측을 성공시키려면 이 개들이 절대적으로 필요하다는 인식을 대원들 모두 공유하고 있었기 때문이다.

줍고 어두운 선창에 있다가 밝게 해가 비치는 갑판으로 나가면 개들은 환호했다. 망망대해를 바라보며 기분 좋게 배설했다. 반짝반짝 잘 닦인 갑판은 개들이 쏟아낸 것들로 금세 더러워졌다.

"세상에! 정말 엄청난 양이군."

물로 배설물을 씻어 내며 어이없어하는 대원들을 곁눈질하며 개들은 기분 좋게 갑판 위를 뛰어다녔다. 그럴 땐 개들이 배에서 떨어지지 않도록 조심해야 했다. 바다로 떨어지는 순간 그들을 구할 길은 없기 때문이다.

소야호는 필리핀해를 통과해 남중국해에서 태풍을 만났다. 소야호는 심하게 흔들려 최대 45도까지 기울었다. 싱가포르를 지나 믈라카 해협을 통과해 인도양으로 나갔다. 파도는 잔잔해졌지만 이번에는 작열하는 태양이 대원들과 개들의 체력을 빼앗았다.

12월 남아프리카연방(지금의 남아프리카공화국)의 케이프타운에 입항했다. 케이프타운을 떠나자 이번 항해 최대의 고비가 기다리고 있었다. 바다는 맹렬한 폭풍권에 들어갔다. 소야호의 기울기는 최대 63도까지 이르렀다. 사람들도 개들도 쓰러져 나뒹굴었다. 식욕이 사라지고 개들의 체중은 눈에 띄게 줄었다.

해가 바뀌어 1957년 1월 4일이 되었다. 소야호는 처음으로 바다에 떠 있는 빙산을 만났다.

"삐- 삐-!"

날카로운 소리와 함께 선내 방송이 흘렀다.

"빙산 확인!"

"오, 드디어!"

대원들도 선원들도 일제히 갑판 위로 나왔다. 남극 대륙이 멀지 않은 곳에 있다. 눈앞에는 말로만 듣던 파랗고 평탄한 탁상빙산이 있다. 남극 빙산 특유의 모양과 색이다.

남극의 얼음은 눈이 내려 굳은 것이다. 얼음 내부에 기포가 많을 때는 하얗게 보이지만 오랜 시간에 걸쳐 압축되고 웅축되어 한계까지 굳으면 기포가 없는 얼음이 만들어지고 기포가 없으면 투명도가 높아진다. 이 남극의 얼음에 빛이 닿으면 긴 파장을 가진 적색은 흡수되고, 짧은 파장인 청색만 얼음을 관통해 반사한다. 반사된 청색만 인간의 눈에 들어오기 때문에 남극의 얼음은 파랗게 보인다.

"드디어 여기까지 왔구나."

"저 파란 얼음 조각을 넣어 위스키 한잔하고 싶군."

대원들은 흥분에 들떠 웃음을 터트렸다.

개들도 기온이 내려가자 기운을 되찾았다. 그러나 항해 과정에서 불운을 겪은 개도 있다. 암컷 미네가 소야호의 계단에서 떨어져 중상을 입었다. 또 나이가 많아 처음부터 체력이 염려되었던 톰과 삿포로노모쿠는 항해 도중 몇 차례 건강상의 난조를 보였다. 의사는 남극에서 활동이 불가능하다고 판단했다.

왓카나이 훈련소의 엄격한 훈련을 견디고 거친 파도와 폭풍에 시달리면서 마침내 남극까지 왔으나 세 마리는 활약할 기회를 얻지 못하고 그대로 귀국하게 되었다. 삿포로노모쿠는 일본으로 향하는 도중 사망해 스물두 마리의 남극 탐험대 가라후토견 중에서 첫번째 희생견이 되었다.

월동대원 발표

＊

1957년 1월 20일. 남극 관측선 소야호는 남극 르쪼우홈만 남쪽 먼바다에 도달했다. 기온은 더욱 내려갔고 대원들의 목소리는 고양되었다.

"드디어 남극에 왔구나."

"이 추위가 남극을 실감하게 하네요."

갑판 위로 올라온 개들도 신이 나서 돌아다녔다.

소야호 앞에는 평탄한 정착빙이 광활하게 펼쳐져 있었다. 얼음의 두께가 어마어마해 마치 얼음으로 된 육지 같았다. 하지만 그

아래는 남극 바다다.

　정착빙 너머 멀리 남극 대륙의 산 표면이 드러나 보였다. 기지 건설 포인트를 찾기 위해 나가타 다케시 대장과 니시보리 에이사부로 부대장은 소야호에 탑재한 소형 비행기를 타고 날아갔다. 그날 밤 전원 집합 명령이 떨어졌다. 집합한 관측대원들에게 나카타 대장이 정찰 보고를 했다.

　"대륙 연안 대부분은 높이 20미터에서 50미터 사이의 절벽이다. 그렇지만 랑호브데 북쪽에 있는 옹굴섬에는 약간의 희망이 있다."

　"오오…"

　다들 기쁜 마음으로 환호하고 웅성거렸다. 옹굴섬은 남극해에 떠 있는 섬으로 남극 대륙이 아니다. 하지만 대륙과 섬 사이에 펼쳐진 바다는 완전히 얼어 있고 남극 대륙으로 왕래하는 데는 아무 문제가 없다. 월동의 최소 조건은 기지 건설이다. 옹굴섬에 갈 수 있다면 가능하다.

　대장은 말을 이었다.

　"기지를 건설하고 월동 조건이 갖춰지면 니시보리 부대장을 월동대장으로, 그리고 다음 열 명을 월동대원으로 임명한다."

　'아니, 지금 그걸 발표한다고?'

　마음의 준비는 하고 있었지만 막상 이 순간이 오니 기타무라의 가슴은 고동쳤다.

'제발 뽑힐 수 있기를….'

나가타 대장은 담담하게 월동대원을 발표했다.

"나카노 히로키(의료), 후지이 쓰네오(항공, 보도), 다쓰미 다쓰오(지질), 오쓰카 마사오(기계), 기쿠치 도오루(지질, 썰매개), 스나다 마사노리(조리), 사쿠마 도시오(통신), 무라코시 노조미(기상), 사에키 도미오(설치), 기타무라 다이이치(설치, 썰매개)."

'내 이름이 불렸다! 틀림없이 기타무라 다이이치라고 말했다!'

선발되면 천국 떨어지면 지옥이라고 생각해 만약 뽑히지 못하면 소야호에서 탈출해서라도 남극에 남으리라, 몰래 그런 마음까지 먹고 있었다. 스웨덴산 휴대용 석유곤로와 긴급 야영용 간이텐트를 구입해 가지고 왔다. 일주일 분량의 건조육과 가쓰오부시 한 통도 가져왔다. 탈주 키트인 셈이다.

탈주는 용서받지 못한다. 무모한 짓이며 학자로서 인생을 스스로 끝내는 행동일 뿐이다. 다행히 월동대에 뽑혀 탈주하지 않아도 되었다. 뽑히지 않을까 봐 밤마다 전전긍긍했던 시간이 믿어지지 않을 정도로 기타무라는 너무 쉽게 선발되었다. 물론 '월동이 가능하다면'이라는 전제 조건이 따르지만 말이다.

"일본의 대표다. 잘 부탁한다!"

뽑히지 못한 대원들의 심경은 매우 복잡했을 것이다. 그런데도 뜨거운 박수로 격려하고 축하해 주었다.

개썰매의 첫 출전

*

남극의 해빙은 두 종류가 있다. 하얀 해빙과 파란 창빙이다. 하얀 해빙은 굳어진 지 1년 정도라 비교적 무르다. 소야호의 힘으로도 얼음을 부수며 전진할 수 있다. 그러나 굳어진 지 몇 년이나 지난 창빙은 강한 압력에 의해 아주 단단해진 상태이기 때문에 마력이 충분하지 않은 소야호가 부수며 전진하기는 버겁다.

1월 24일, 소야호는 창빙에 부딪쳤다.

"이것 참, 골치 아프게 되었군."

"풀 파워! 전속 전진!"

함교에서 지시가 날아들었지만 단단한 창빙은 꿈쩍도 하지 않았다. 기지 건설 후보지인 옹굴섬을 눈앞에 두고 소야호는 결국 전진을 멈추게 되었다.

"여기까지군. 옹굴섬까지는 헬리콥터로 가도록 하지."

니시보리 월동대장은 직접 공중 탐사를 통해 적절한 곳을 찾아냈다. 넓고 평탄한 땅에 민물도 있어 보이는 곳에 'N기지'라는 이름을 지었다.

"소야호에서 옹굴섬까지 문제없이 갈 수 있는지가 중요하다."

나가타 대장의 지시로 개썰매 두 팀이 빙상 조사를 위해 출발하게 되었다.

첫 출전이다!

기타무라는 흥분했다. 소야호에서 옹굴섬까지는 직선으로 18킬로미터다. 왓카나이에서 매일 수십 킬로미터씩 주행 연습을 했던 개들이니 문제없을 것이다.

길고 고된 항해 끝에 얼음에 발을 디딘 개들은 매우 흥분했다. 성질 급한 후렌노쿠마가 지시를 무시하고 혼자 달리기 시작했다. 그러자 다른 개들도 혼란스러워했다.

"쿠마, 안 돼!"

기타무라가 소리를 지르며 불렀지만 수습이 안 된다.

개들의 흥분을 가라앉히느라 대폭 지연된 상태에서 겨우 출발하게 되었다.

썰매의 선도견은 당연히 리키다. 그러나 예상치 못한 일이 벌어졌다. 리키가 움직이지 않는다. 무슨 일인지 안절부절못하고 자신 없는 듯한 표정으로 기타무라를 올려다보았다.

"어떻게 된 거야, 리키? 괜찮아, 가자!"

기타무라는 리키의 목덜미를 만져 주었다.

"투(전진)!"

기쿠치가 구호를 외치자 리키는 달리기 시작했다. 그러나 일직선으로 달리지 못하고 사행한다. 왓카나이에서 훈련 초기에는 있었던 일이지만 후반부 때는 한 번도 없었던 일이다.

하필이면 기온도 오르고 있었다. 해빙의 일부가 녹아 생긴 물웅덩이인 패들이 여기저기 생기고 있었다. 리키 혼자라면 위험을 피할 수 있겠지만 개썰매는 어렵다. 리키는 썰매의 속도와 힘에 밀려 패들에 처박혔다. 썰매가 점점 패들에 빠져들어갔다. 패들은 깊지 않지만 개들과 썰매를 같이 꺼내야 하는 게 예삿일이 아니었다. 개들도 사람도 완전히 다 젖어 버렸다. 개들은 급속히 기력을 잃고 지쳐갔다. 두려워하는 개들도 있었다. 개썰매는 달리다가는 빠지고, 끌어내 올리면 또다시 빠지기를 되풀이했다. 어쩔 방도가 없다. 게다가 개썰매가 지나간 자리에 붉은 핏자국이 눈 위를 물들이고 있었다. 석 달 가까운 항해로 강인한 가라후토견들도 운동 부족 상태였다. 단단하고 두꺼웠던 발바닥도 말랑하고 부드러워졌다. 남극의 얼음 바닥은 거칠고 날카로운 곳이 많은데 갑자기 그런 곳을 달렸으니 개들의 발바닥이 찢어지고 피가 나게 된 것이다. 그런데도 개들은 비명 한 번 지르지 않고 달렸다.

'직진 주행에 능숙한 리키가 왜 이렇게 구불구불하게 달렸을까?'

기타무라는 나중에 그 까닭을 알게 되었다.

왓카나이 훈련소에는 훈련을 거듭하는 사이 바퀴 자국 같은 주행로가 생겼다. 개들이 달릴 때 그것은 일종의 표식이었다. 그러나 남극의 얼음 바닥에 길이나 표식 따위가 있을 리 없다. 360도 어디를 봐도 똑같은 풍경일 뿐이다. 기타무라 자신도 걸어 보니 일직선으로 걷는 게 쉽지 않았다. 인간보다 시선이 낮은 개들에게는 더욱 불리한 환경이었다.

그렇지만 리키는 실패를 통해 학습했다. 처음에는 낯선 환경에 적응하지 못해 직진 주행을 하지 못했으나 점점 사행이 줄어들었고 패들에 빠지는 횟수도 줄었다. 얼마 안 되는 기간 동안 리키는 빠르게 학습했다. 가령 "똑바로 가라"고 지시해도 리키는 자신의 판단하에 곡선 주행을 했다. 만약 직진했다면 거기에는 반드시 패들이 있었다. 그런 상황을 리키는 직감할 수 있게 된 것이다. 그래도 개썰매의 주행을 전반적으로 평가하면 관측대가 기대했던 깔끔한 주행과는 거리가 멀었다.

대원이 빠진 상륙식

*

예상하지 못한 상황에 관측대는 초조했다. 국가의 위신이 걸려 있기 때문이다. 방대한 예산, 정부의 체면, 그리고 무엇보다 두 손 모아 성공을 비는 국민의 기대가 합쳐진 일이다.

1월 29일 나가타 대장은 솔선해 설상차에 올라타고 옹굴섬으로 출발했다. 무슨 수를 써서라도 남극에 '일본의 발자국'을 남겨야 한다. N기지에 도달한 나가타 대장은 기지 건설이 가능하다고 판단했다. 헬리콥터와 비행기로 소야호의 선장과 간부들을 소집해 상륙식을 감행했다. 국기를 펼쳐 들고 "N기지를 쇼와 기지라 명명한다"고 선언했다.

사실 그후 건설된 쇼와 기지는 N기지와 전혀 다른 장소에 있다. N기지를 쇼와 기지라고 선언했지만 N기지는 자재 운반 등에 어려움이 있었고, 입지적으로 문제가 있었다. 그래서 쇼와 기지는 다른 장소로 변경되었지만 60년이 지난 지금도 많은 일본인이 상륙 선언이 이루어진 N기지가 쇼와 기지라고 알고 있다.

월동대원이 다 모이지 않은 특수한 상황이긴 했지만 어찌 되었건 상륙 선언까지 했다는 점에서 나가타 대장은 안도했다. 확실한 한 걸음을 남극에 남긴 것이다. 그러나 상륙식에 참가하지 못한 월동 대원들은 허탈하고 불쾌한 기분이 가시지 않았다. 그것은 불신에 가까운 감정이었다. 대원들이 불신감을 갖게 한 사건은 남극으로 출항하기 직전의 회합에서도 발생했다. 대원들한테 선언서의 서명을 요구했기 때문이다. 선언서에는 이렇게 쓰여 있다.

"남극 관측대에 충성을 다하며 대장의 명령에 복종할 것을 서명합니다."

나머지는 백지다.

"여기가 무슨 군대야?"

"명령에 복종하라니, 기분 나쁘네."

"너무 과잉 반응하는 거 아니야?"

여러 목소리가 들렸다.

일본으로서는 처음으로 도전하는 남극 관측이다. 앞으로 어떤 일이 기다리고 있을지 상상조차 할 수 없다. 대원들과 안전하게 임무를 수행하기 위해서는 엄격한 규율이 필요하다고 생각했는지도 모르겠다.

세로 19센티미터, 가로 153센티미터짜리 선언서는 누구의 아이디어였는지는 모르겠지만 지금도 국립극지연구소에 보존되어 있다.

이러한 다소의 불협화음은 있었지만 쇼와 기지로 물자 수송은 순조롭게 진행되었다. 그러나 2월 11일은 날씨가 불안정했다.

갑자기 소야호의 선내 방송이 절규하듯 다급하게 울려퍼졌다.

"얼음이 떠내려간다! 전원 빙상의 물자를 확보하라!"

소야호 주위에는 배에서 막 내린 방대한 짐들이 산더미처럼 쌓여 있었다.

"안돼! 개들이 얼음 위에 있어!"

기타무라의 얼굴이 창백해졌다. 놀라서 배 밖으로 뛰쳐나갔다. 개들은 갈라지기 쉬운 흰 얼음 위에 있었다.

"안 돼, 안 돼, 안 돼!!!"

기타무라는 절규하며 달렸다.

개들이 서 있는 얼음이 지금이라도 갈라질 것만 같았다. 갈라진 얼음은 개들을 실은 채 바다로 흘러가 버릴 것이다. 그렇게 되면 끝이다.

"개들을 도와줘!"

기타무라의 외침에 대원들이 모두 개들에게 달려갔다. 다행히 개들을 모두 안전한 장소로 옮길 수 있었다. 잠시 후 개들이 서 있던 빙판이 갈라지기 시작했다. 빙판은 천천히 흘러 떠내려갔다.

"휴, 정말 위험했어."

이 일로 열아홉 마리의 12일치 먹이가 빙판과 함께 떠내려가 버렸다. 그러나 개들은 모두 무사했고 그것이 가장 중요했다. 멀어져 가는 빙판을 바라보며 대원들은 알 수 없는 흥분을 느꼈다. 모두 힘을 합쳐 개들을 구조했던 일은 탐험대 전체의 분위기를 바꾸었다. 출항 전 선언서 사건, 대원들이 빠진 상륙식 사건 등 언짢은 일도 있었지만 자칫 개들을 잃었을 수도 있었던 중대한 위기를 모든 대원이 힘을 합쳐 극복했던 일은 대원들의 마음을 하나로 만들었다.

3

월
동

(1957년 2월~12월)

* 보쓴누텐으로 가는 길에 눈앞을 막아선 얼음 절벽.

장엄한 빛의 커튼

＊

1차 월동 초기 쇼와 기지에는 패널식 가옥 세 동과 비닐하우스 모양의 발전동이 한 동 있었다. 가옥동 중 무선통신동에는 월동대장 니시보리, 통신 담당 사쿠마, 기상 담당 무라코시가 거주했다. 식당 겸 주건물로 사용하는 건물에는 의료 담당인 나카노, 조리 담당인 스나다가 거주했다. 거주동에는 지질 담당 다쓰미, 지질과 개 담당인 기쿠치, 설치 담당인 사에키, 설치와 개 담당인 기타무라, 기계 담당 오쓰카, 항공과 보도 담당인 후지이 등으로 방 배정이 이루어졌다.

방을 배정받았다고는 하지만 잘 갖춰진 개인실은 아니었다. 제대로 된 칸막이도 없고 여기저기 흩어진 짐들로 어수선한 공간에

침대만 덩그러니 놓여 있는 형국이었다. 모양새야 어찌 되었든 앞으로 1년 동안 지내게 될 보금자리다. 건물 밖은 도시의 소음도 논밭을 가로지르는 바람 소리도 없는 완전한 적막의 세계. 월동대의 첫 밤은 그렇게 고요히 지나갔다.

암컷인 시로코를 제외한 열여덟 마리의 수컷 썰매개들은 모두 건물 바깥에서 기거했다. 얼어 죽지 않을지 걱정하는 대원들도 있었으나 기우였다. 개들은 넓게 트인 바깥을 좋아했다. 능숙하게 눈구덩이를 파낸 다음 자리 잡고 앉았다. 아주 편해 보였다. 하지만 개들을 바깥에 두면 관리에 주의해야 한다. 한 마리라도 이탈하면 개썰매 탐사에 지장을 초래하게 되고 이탈한 개의 목숨도 위험하다. 기타무라와 기쿠치는 기지 가까이에 기둥 두 개를 박고 양쪽 끝을 굵은 와이어로프로 연결했다. 이 로프에 개들을 2~3미터 간격으로 묶어 두었다. 매일 이곳에서 개들의 먹이를 주고 몸 상태를 체크했다. 개썰매 탐사가 시작되기 전까지는 남극의 기후에 익숙해져야 한다.

자신의 연구는 개들을 돌본 후라야 집중할 수 있었다. 기타무라는 설치 담당이지만 연구도 한다. 지구물리 연구 중에서도 오로라가 주요 연구 주제였으나 실제로 오로라를 본 적은 없다. 그래서 어떻게든 남극에 오고 싶었다.

오로라는 태양풍, 지구의 자장, 대기의 산소 원소 등에 발생 메커니즘이 있다는 정도로 해명되고 있으나 지금까지도 불확실한 것들이 많다. 더구나 20세기 중반에는 오로라 연구가 거의 진척되지 않은 때였다.

남극에서 처음으로 본 오로라는 신비롭고 장엄했다. 그 광경에 홀려 바라보고 있을 때는 연구가 목적이라는 사실조차 잊었다. 참으로 장대하고 아름다운 빛의 장막이었다. 오로라를 관측할 수 있는 시기는 한정되어 있다. 하지만 출현 시기가 불규칙해 여덟 시간이나 난무하는 날이 있는가 하면, 한 시간 만에 끝나 버리는 날도 있었다. 출현 시간, 규모, 빛깔도 모두 불규칙했다. 젊고 열정적인 기타무라는 오로라 관측에 시간 가는 줄 모르고 심취했다. 다른 대원들이 깊이 잠든 시간에 이루어지는 관측이었으나 힘든 줄도 몰랐다.

'나는 지금 일본인으로서는 처음으로 남극에서 오로라를 관측하고 있다.'

그때 느끼는 흥분은 다른 어떤 것과도 비교할 수 없었다. 하지만 개들은 달랐다. 매서운 추위나 눈 따위에는 전혀 아랑곳하지 않는데 밤하늘에 오로라가 펼쳐지면 귀를 쫑긋 세우고 마치 경고라도 하듯 밤하늘을 향해 격렬하게 짖어 댔다.

천연 냉동고

＊

1차 월동대의 활동은 순조로웠다.

새로운 아이디어를 창안하고 기획하는 것에 뛰어난 니시보리 대장은 얼마 되지 않는 물자를 이용해 다양한 용품을 만들어 냈다. 문제가 생기면 주변에 있는 것들로 대처할 것들을 만들어 대원들의 감탄을 자아냈다. 밤에는 그가 들려주는 풍부한 극지 경험담을 경청했다. 그러던 어느 날, 대원들에게 큰 문제가 생겼다.

5월 8일, 조리 담당 스나다가 낯빛이 파래져서는 식당으로 뛰어들어왔다.

늘 침착한 니시보리도 스나다의 모습에 놀랐다.

"냉동식품에 문제가 생겼습니다!"

"뭐라고?"

순간 니시보리의 표정이 굳어졌다.

쇼와 기지에는 눈얼음을 깊이 파내고 냉동식품을 수납한 '천연 냉동고'가 있었고 거기에는 대원 열한 명분의 식품이 보관되어 있었다. 매일 먹는 식사에 냉동식품은 빼놓을 수 없다. 식료품 보급이 불가능한 남극에서 식료품을 잃는다는 건 큰 사건이다. 모두 황급히 천연 냉동고로 향했다.

식재료가 바닷물에 잠겨 그중 일부는 반쯤 녹아 흐물거리고 있었다. 대원들이 총동원되어 상자들을 열고 상자 안의 고기와 생선의 상태를 살폈다. 부패하지는 않았지만 바닷물에 잠겨 먹을 수 없게 된 것이 많았다. 모두 망연자실했다.

천연 냉동고는 대원들에게 중요한 시설이다. 눈얼음을 파서 큰 얼음 동굴을 만든 다음 바닥에 냉동식품을 보존했다. 냉동고는 되도록 기지와 가까운 곳에 두려고 기지 근처의 눈얼음을 파 내려갔으나 얼마 파지 못하고 암반에 부딪쳐 더 깊이 팔 수 없었다. 깊지 않으면 냉동 효과가 떨어진다. 어쩔 수 없이 기지에서 100~200미터 정도 떨어진 해안에 만들게 되었다. 말이 해안이지 표면에 바닷물이 있는 것도 아니고 두께가 수 미터에 달하는 두터운 해빙이다. 몇 군데 파 보고 최종적으로 타이드 크랙 쪽으로 판 두 군데의 얼음 동굴을 천연 냉동고로 이용하게 되었다.

타이드 크랙은 밀물과 썰물의 차이로 생기는 수면의 높이 때문에 육지와 바다 사이에 생기는 해빙의 균열을 말한다. 폭이 50센티미터짜리도 있고 딱 붙어 있는 것도 있다.

천연 냉동고는 두 개였다. 하나는 깊이 3미터짜리로 해빙을 깎아서 만든 계단을 내려가야 한다. 폭 1.9미터, 안길이 1.8미터, 높이 1.2미터다. 다른 하나는 깊이 2.4미터짜리로 폭 1.5미터, 안길이 2.9미터였다. 주변에 크랙이 있었기 때문에 팔 수 있는 가장 큰 크기였다. 내부 빙벽이나 빙상에 단열재를 붙이자는 의견도 있었으나 그만큼 공간이 줄어들기 때문에 해빙 상태 그대로 이용하게 되었다.

입구는 눈얼음으로 간이 덮개를 만들어 닫았다. 처음에는 들어갈 때 눈으로 뭉쳐 만든 덮개를 부수고 식재료 운반이 끝나면 다시 눈을 뭉쳐 덮개를 만들어 닫았다. 어느 날 나오면서 덮개를 만들어 닫는 것을 잊었는데, 덮개가 없어도 내부 온도가 올라가지 않는다는 사실을 알게 되었다. 그 후로 덮개를 닫지 않는 일이 잦아졌다. 온도가 올라가지 않는다면 아무 문제가 없고 남극에는 도둑도 없다.

이렇게 야외 천연 냉동고를 이용하는 동안 공간이 더 컸으면 하는 바람이 생겼다. 그래서 계단 옆의 빙벽 부분을 깎아 식품을 보관할 수 있는 벽면 수납 공간을 만들었다. 이곳을 상부라 하고 원래 있었던 바닥 부분을 하부라 했다. 구멍 안은 완전히 얼어붙은 해빙이고 생각보다 냉동 효과가 있었다.

그런데 스나다의 얘기를 듣고 달려가 보니, 깊이 3미터짜리 냉동고에 문제가 생겼다. 바닥 부분에 바닷물이 새어 들어온 것이다. 얼음 동굴 주변의 바닷물이 조금씩 새어 들어와 바닥에 흥건히 고여 있었다. 귀중한 냉동식품 일부가 물에 잠겨 버렸다. 스테이크용 소고기, 돼지고기, 햄, 소시지, 베이컨. 소중한 단백질원이 바닷물에 허무하게 젖어 있었다.

일반적으로 성인 한 사람이 하루에 필요한 칼로리는 사무직 노동자 남성이 2,220킬로칼로리이고 여성은 1,680킬로칼로리다. 운동선수는 4,000에서 5,000킬로칼로리가 필요하다고 한다. 그런데 남극에서는 하루 4,300킬로칼로리라는, 운동선수와 다를 바 없는 열량을 섭취해야 한다. 상상을 초월하는 자연환경 속에서 작업하는 사람들은 생리학적으로 운동량이 많아져 에너지의 소모가 크기 때문이다. 그렇기 때문에 저녁 식사로 나오는 비프 커틀렛은 거의 남자 어른 신발만큼 크다. 게다가 이 거대한 비프 커틀렛을 쉰네 살인 니시보리 대장조차 거뜬히 먹어 치운다. 식재료에는 냉동식품, 통조림, 건조식품 등 여러 가지가 있으나 역시 냉동식품이 가장 인기였고 그중에서도 스테이크였다. 스테이크는 지금도 고급 음식이지만 당시 일본에서 매일 같이 스테이크를 먹을 수 있는 사람은 드물었다.

음식은 생명 유지를 위해 필요한 것이지만 그게 다는 아니다. 남극 같은 극한의 땅에서는 즐거운 이벤트가 별로 없다. 맛있는 식사는 대원들에게 생기와 활력을 주는 중요한 요소다. 냉동식품을 보존하기 위해서는 당연히 냉동고가 필요하다. 남극 관측이 정식으로 결정된 후 식재료 보존을 어떤 방식으로 할 것인지 진지하게 검토되었다. 초창기에는 남극은 그 자체가 냉동고니 눈 밑에 묻어 두면 된다는 의견이 많았다.

그 의견에 전면적으로 반대한 사람이 니시보리 대장이었다. 니시보리는 미국 시찰에서 얻은 견해를 밝히며 전기 냉동고를 물자 리스트에 추가했다. 그럼에도 결국 쇼와 기지에 전기 냉동고는 설치되지 않았다.

조리 담당인 스나다는 나중에 "전기 냉동고를 남극까지 가져가긴 했지만 그것을 설치할 설비가 없어 어쩔 수 없이 식재료를 얼음 밑에 묻었다"고 말했다. 전기 관련 시설이 제대로 갖추어져 있지 않았기 때문이라는 얘기인데 정확한 사실은 알 수 없다. 분명한 건 전기 냉동고를 사용할 수 없는 상황이었다는 것이다. 그렇다면 얼음 구덩이를 파서 천연 냉동고를 만들 수밖에. 선택의 여지가 없었다.

"내 책임이다."

니시보리 대장의 어깨가 처졌다.

그리고 이렇게 말했다.

"나 같은 사람도 남극에서는 실패를 한다. 남극에서는 이 점을 잊어서는 안 된다."

'나 같은 사람도'라는 표현이 거만하게 들릴 수도 있다. 하지만 니시보리 대장의 실력과 경력을 아는 사람은 금방 수긍하게 되는 말이다. 니시보리 같은 숙련된 사람도 예상하지 못하는 일이, 이곳 남극에서는 얼마든지 일어날 수 있다.

식탁의 위기

＊

그날 이후 식탁이 달라졌다.

괜찮겠지 싶어 9일의 저녁 메뉴로 조리한 해수 침수 냉동 닭고기 요리는 아무도 입을 대지 않았다. 스나다는 낙담했다.

다른 날 요리한 닭고기 수프는 다들 잘 먹었으나 참치 요리는 평이 좋지 않았다. 부패하진 않았지만 맛 자체가 없었다. 이쯤 되면 고기 종류는 통조림을 주로 사용할 수밖에 없다. 식재료가 한정되어 있으니 스나다가 솜씨를 발휘할 수도 없었다. 냉동고 침수 사건 전에는 호화로운 식사를 즐겼다.

다쓰미 대원의 생일이었던 2월 27일 저녁 식사는 파티 요리가 나왔다. 오르되브르, 수프, 구운 돼지고기, 닭고기 오븐구이, 밤 요리, 옥돔초조림, 도미구이, 게살밥, 모듬 야채, 홍차, 생일 케이크 등.

월동 1개월을 기념했던 3월 15일에도 파티 요리가 나왔다. 오르되브르, 냉치킨, 밤 요리, 새콤달콤하게 졸인 돼지고기 요리, 잉어튀김, 도미 소금구이, 야채 요리, 빵, 홍차, 디저트, 과일, 아이스크림 등.

하지만 이제는 호화로운 저녁식사를 바랄 수 없게 되었다.

맛없다고 불평하는 대원도 없었지만 아무도 맛있다고 하지도 않았다. 대원들이 음식을 먹으며 즐거워하는 모습을 보는 게 낙이었던 조리 담당 스나다 대원의 자존심은 큰 상처를 입었다.

스나다는 시가현의 비와 호수 근방에서 태어났다. 초등학교를 졸업한 후 만주(지금의 중국 동북부)로 건너가 독학으로 현지의 요리법을 배웠다. 그러나 패전 후 모든 것을 잃고 돌아와 시가현 오쓰시의 브라질 음식점에서 주임 조리사로 근무했다. 남극 관측대의 조리사 모집 광고를 보았을 때 스나다는 변경의 땅 만주에서 필사적으로 살았던 기억이 뇌리를 스쳤다.

'남극은 궁극의 벽지. 그곳에 일본의 훌륭한 과학자들이 모인다. 나의 요리로 남극 사업에 기여하고 싶다.'

스나다는 남극 월동팀의 조리사로 많은 준비를 하고 왔지만 이제는 그것이 소용없게 되었다. 의욕이 사라지는 것도 이상하지 않았다.

천연 냉동고 침수 사건 이후 의료 담당인 나카노 대원은 의사로서 걱정이 커졌다. 냉동육류는 바닷물에 젖었지만 다른 식재료가 있으니 굶는 일은 없을 것이다. 그러나 균형 잡힌 섭취가 어려워져 영양에 불균형이 생기면 대원들의 건강에 영향을 미치게 된다. 누군가 위독한 상태에 빠지기라도 하면 어떻게 할 것인가.

"이건 중대한 위기야."

나카노는 너무 걱정되었지만 아무한테도 말할 수는 없었다. 말을 한다고 신선한 고기가 생기는 것도 아니고 공연히 대원들의 불안만 조장할 뿐이기 때문이다.

"의지할 것은 약품뿐인가…."

나카노는 가져온 약품과 영양제를 꼼꼼하게 살펴보았다. 그리고 영양 보충에 도움이 될 만한 영양제들을 찾아냈다. 나카노는 양팔 가득 영양제를 끌어안고 신에게 감사드렸다. 이것들로 건강은 유지할 수 있을 것이다. 대원들에게는 '영양제를 좀 가져 왔으니까 다들 좀 드세요' 하며 자연스럽게 복용하도록 했다. 나카노의 침착한 대응은 전 대원의 패닉을 방지했다.

먹고사는 문제와 직결되었던 천연 냉동고 침수 사건 때 대원들은 간신히 피해를 면한 식품들을 안전한 장소로 옮겼다. 바닷물에 젖은 냉동육과 냉동생선은 그대로 두었다. 악취가 심해 어차피 먹을 수도 없었다. 갑자기 인간들이 우왕좌왕하는 모습을 가라후토견들은 꼼짝하지 않고 지켜보았다. 인간들의 소동이 가라후토견은 재미있었을까.

"개들은 느긋하니 좋네. 이 난리가 났는데도 말이야."

대원 중 하나가 한숨을 쉬며 말했다.

"그런데 이 젖은 소고기 냄새가 바다표범 고기 냄새랑 똑같군."

옆에 있는 대원이 코를 틀어막으며 말했다.

"혹시 개들이 젖은 소고기를 먹지 않을까? 바다표범 생고기도 좋다고 먹으니 말이야."

추측은 맞아떨어졌다. 1차 월동 준비 중 소야호에서 하역 작업으로 한창 분주할 때 정착빙이 갈라져 개들의 먹이가 일부 떠내려가 버린 일이 있었다. 그래서 대원들이 부족한 먹이를 보충해 주기 위해 바다표범을 포획해 개들에게 준 적이 있다. 인간은 냄새조차 역겨워하는 바다표범 생고기를 개들은 아주 좋아했다. 바다표범의 내장까지 개들은 걸신들린 듯 먹었다. 혹시나 해서 젖은 소고기를 주었더니 개들은 신나게 먹어 치웠다.

제2의 선도견

＊

지속적으로 개썰매 훈련을 하고 있던 기타무라와 기쿠치에게는 걱정거리가 있었다. 선도견이 절대적으로 부족하다는 것이었다. 단거리 탐사 때는 선도견이 리키 한 마리만 있어도 문제가 없다. 그러나 장거리 탐사 때는 선도견을 교대해 주어야 한다. 한 마리한테만 너무 부담을 주면 무리가 가기 때문이다.

물론 리키 말고도 데쓰와 몬베쓰노쿠마를 선도견으로, 아카와벡을 선도견 후보로 정해 놓긴 했다. 그 개들도 왓카나이 훈련소에서는 뛰어난 능력을 발휘했다. 하지만 남극은 호락호락한 곳이 아니었다.

360도 어디를 보아도 똑같은 풍경이 펼쳐진 남극에서 몬베쓰노쿠마는 직진하지 못하고 사행을 반복했다. 데쓰는 고령인 탓인지 금방 지쳤다. 벡은 컨디션 난조가 이어졌다. 아카는 다른 개들과 협력하지 못하고 선도견으로서 리더십을 발휘하지 못했다.

야구로 말하자면 선발 에이스는 있지만 중간계투 선수가 전멸인 상태인 셈이다. 우리의 오산이었다.

가라후토견 연구의 권위자인 홋카이도 대학 이누카이 데쓰오 교수는 가라후토견의 주된 성질로 다음 세 가지를 들었다.

인간에게 매우 순종적이다.

협동성이 강하다.

귀소본능과 방향 감각이 뛰어나다.

기타무라와 대원들은 이누카이 교수가 알려 준 가라후토견의 특질이 정확히 들어맞는다는 사실을 남극에서 실감했다. 후렌노쿠마와 힛푸노쿠마는 성격이 난폭하긴 해도 절대 사람을 공격하지 않았고 지시도 잘 따랐다. 고로와 베스는 협동성이 뛰어나고 싸우지도 않으며 서로 도우며 조화롭게 썰매를 끌었다. 몬베쓰노쿠마도 리키 만큼은 아니지만 방향 감각이 매우 뛰어났다.

문제는 팀워크였다.

리키가 선도견으로 달릴 때는 문제가 없었으나 선도견이 다른 개로 교체되면 뒤를 따르는 개들의 움직임이 흐트러지고 썰매는 안정감을 잃어버렸다. 선도견은 썰매를 조종하는 인간의 지시를 정확히 수행하면서도 주변 상황을 파악해 자신의 판단으로 속도를 올리거나 위험 구간을 피하면서 뒤따라오는 개들을 안전한 루트로 유도해야 한다.

리키는 가능한 일이 왜 다른 개들한테는 불가능할까.

선도견은 기본적으로 조종사의 명령을 바로 이해하고 명령을 따라야 한다. 명령은 네 가지였다.

"투(전진)!"

"브라이(정지)!"

"카이(오른쪽으로)!"

"초이(왼쪽으로)!"

특히 '투'와 '브라이'는 중요하다.

블리자드(심한 추위와 강한 눈보라를 동반하는 강풍)나 눈사태 같은 위험이 닥쳤을 때는 '투'의 지시로 그 어느 개보다 재빨리 일어나 이동을 개시해야 된다.

반대로, 눈앞에 크레바스나 위험한 급경사가 나타났을 때는 '브라이'를 신속하게 따라 주어야 개썰매 전체가 위험한 곳에 빠지지 않는다. 물론 전방의 위험물을 피해 오른쪽이나 왼쪽으로 이동해야 할 경우도 있기 때문에 '카이'나 '초이'를 알아듣지 못하면 썰매는 제대로 달리지 못한다.

선도견의 명령 반응 속도는 개썰매 전체의 안전과 직결된다. 그런 점에서 리키의 선도견으로서 탁월한 능력에는 기쿠치나 기타무라도 혀를 내둘렀다. 바로 명령에 반응하고 신속하게 움직였다. 오히려 명령을 내리기 전에 '잠시 후 멈추라는 지시가 있겠군', '이제 슬슬 출발하겠군' 하고 예측하는 것 같았다. 리키는 인간을 관찰하고 인간의 마음을 읽었다. 그 결과 썰매 전체의 움직임이 민첩하고 깔끔했다. 리키가 선도견으로 달릴 때 썰매는 마치 스포츠카가 된 듯했다. 다른 개가 선도견일 때는 낡고 고장난 차가 달리는 느낌이었다. 안타깝지만 부정할 수 없는 현실이었다.

그렇다고 리키한테만 의지할 수는 없다. 리키가 병에 걸리거나 사고라도 당하면 개썰매 이용에 큰 차질이 빚어진다. 그렇기에 더욱 예비 선도견이 필요하다.

두 번째 선도견으로 몬베쓰노쿠마를 낙점했었다. 일본 국내 훈련 때 선도견으로서 충분한 자질을 보여 주었기 때문이다. 썰매를 두 팀으로 편성할 경우 주력인 A팀의 선도는 리키한테, B팀의 선도는 몬베쓰노쿠마한테 맡겼다. 몬베쓰노쿠마는 리키보다 몸집이 크고 체력도 좋았기에 장거리 달리기 때는 B팀이 A팀을 앞지르는 경우도 있었다. 그런데 남극에 온 후 몬베쓰노쿠마는 슬럼프에 빠졌다. 점점 자신감을 잃고 있었다.

기타무라는 국내에서 훈련 결과와 무관하게 다른 개들 중에 선도견을 선발하자고 제안했고 니시보리 대장도 동의했다.

"그래, 왓카나이에서는 실력 발휘를 못했지만 남극이 오히려 잘 맞을 수도 있으니까."

니시보리도 장거리 탐사를 위해서는 여러 마리의 선도견이 필요하다는 사실을 잘 알고 있었다.

바로 선도견 테스트를 실시했고 아직 어린 시로가 선발되었다. 시로는 지시를 잘 따르고 영리했다. 테스트할 때 기타무라는 썰매 앞에 서서 목표 지점을 향해 일직선으로 달렸다. 테스트받는 선도견이 똑바로 따라오도록 가이드하는 역할이었다.

이 테스트는 인간에게도 아주 힘든 일이었다. 기타무라는 방한 복을 벗고 셔츠 한 장만 입고 달렸다. 이렇게 선도견 테스트를 반복하는 동안 시로는 두각을 나타내기 시작했다. 테스트를 거듭할수록 거의 직진으로 달릴 수 있게 되었다. 이제 다음 과제는 가이드가 앞에 없어도 알아서 직진하는 것이다.

그날도 같은 테스트와 훈련을 하고 있었다. 꽤 먼 거리를 계속해서 달렸던 기타무라는 너무 숨이 차 멈춰 서고 말았다.

"이제 더는 못 달리겠어."

저도 모르게 그 자리에 주저앉고 말았다. 그러자 뒤에서 일직선으로 따라오던 시로가 기타무라를 슬쩍 쳐다봤다.

"좀 쉬자, 너도 좀 쉬어."

기타무라는 거칠게 숨을 내쉬며 시로에게 손짓했다.

그러나 시로는 멈추지 않았다. 주저앉아 있는 기타무라를 그대로 지나쳐 똑바로 달려갔다. 가이드가 없는데도 말이다.

"응?"

시로는 한 치의 주저함도 없이 직진했다. 기쿠치도 놀랐다.

한번 성공하자 시로는 완전히 자신감을 얻었다. 직진하는 능력은 리키에 견줄 정도로 발전했다. 시로의 자신감은 다른 개들한테도 영향을 미쳤다.

처음에는 시로가 선도견 자리에 서자 후렌노쿠마나 데리가 선도견을 따르지 않고 제멋대로 움직이려 했다. 아직 어린놈이 건방지다고 여겼거나 시기심이 생겼을 수도 있다.

하지만 이 맹자들이 시로한테 보조를 맞추며 뒤를 따르게 되었다. 시로를 선도견으로 인정한 것이다. 홋카이도 북쪽의 추운 섬 리시리에서 온 두 살짜리 가라후토견은 이제 제2의 선도견이라는 지위를 얻었다.

5월이 지나면 곧바로 겨울이 온다. 남반구에 있는 남극은 북반구와 사계절이 정반대다. 12월부터 다음 해 1월까지 남극의 계절은 북반구의 여름에 해당하며 쇼와 기지 부근의 1월 일평균 기온은 영하 0.7도 정도다. 하지만 6월부터 10월까지 이어진 겨울에는 영하 15도에서 19도, 최저 기온 영하 22도까지 내려간다. 게다가 6월은 일조 시간이 제로인 날들이 이어진다. 이제 슬슬 월동 준비를 해야 할 때다.

개들이 좋아하는 것

＊

동절기에는 월동대원이 모두 설상차와 개썰매를 이용한 탐사 계획을 짰다. 개썰매 훈련을 겸한 쇼와 기지 남쪽의 유트레섬 개썰매 탐사가 순조롭게 진행되면 세 가지 주요 탐사를 실시하기로 결정했다.

1. 쇼와 기지 남쪽에 있는 르쪼우홈만 해수역의 가에루섬 주변에 도달해 대륙 상륙 지점의 유무를 조사한다.
2. 남극 대륙의 상륙 지점을 발견하면 보쓴누텐 산에 등정해 일대를 조사한다.
3. 쇼와 기지 북쪽에 펼쳐진 프린스 올라프 해안 지역을 조사한다.

가에루섬과 프린스 올라프 해안 지역 탐사에는 개썰매를 이용하기로 했고, 보쓴누텐은 거리가 멀어 썰매개에 부담이 클 것으로 판단해 설상차를 이용하기로 했다.

개썰매 탐사가 성공하려면 세 가지 조건을 충족해야 한다.

첫째 기상, 둘째 충분한 훈련, 셋째 개들의 건강.

겨울이 끝나면 맹렬한 블리자드의 발생은 줄어든다. 문제없을 것이다. 개들의 훈련 성과도 상당히 좋았다. 그런데 개들의 체중 감소가 마음에 걸렸다.

개들의 먹이는 엄격하게 정해 놓았다. 기지에서 먹는 음식은 개 사료다. 말고기와 밀가루, 옥수수를 주재료로 한 것으로, 1.3킬로그램짜리 통조림 하나가 한 마리당 분량이다. 암컷인 시로코를 포함한 열아홉 마리 개들을 위해 통조림을 따는 작업은 손가락도 아프고 상당히 힘들다. 물에 타 먹이는 분말형 사료도 있었으나 개들에게는 인기가 없었다. 개썰매를 타고 기지 밖으로 나갈 때에는 도그 페미컨이라는 비스킷 형태의 행동식을 지참했다. 건조 고래고기를 주재료로 한 경량 사료다. 개들이 비스킷 같은 걸 좋아할까 싶었는데 예상과 달리 아주 잘 먹었다.

"고래 맛이 나서 그런 거 아닐까? 그 냄새 지독한 바다표범 고기도 맛있게 먹던 녀석들이잖아. 그에 비하면 고래는 고급 요리지!"

니시보리 대장이 나름의 이론을 편다. 그럴 수도 있겠다며 기타무라는 납득했다.

개들은 일본에서 가져온 사료도 먹었지만 대원들이 포획한 바다표범의 고기나 내장도 아주 맛있게 먹었다.

바다표범의 해체 방식은 아귀를 다룰 때와 비슷하다. 개들의 계류지 옆에 세 개의 쇠기둥을 삼각추 모양으로 만들어 갈고리가 달린 쇠사슬을 꼭대기에서 아래로 떨어트린다. 쇠사슬 끝에 달린 후크로 바다표범의 아래턱에 구멍을 내어 그대로 달아 올린다. 그러면 바다표범의 거대한 몸체가 거의 수직으로 서게 된다. 이렇게 하면 고기를 썰기가 쉬워진다.

개들에게는 바다표범을 사냥할 능력이 없기 때문에 인간이 총을 사용해 사냥한다. 바다표범에겐 미안한 일이지만 개들의 먹이 확보를 위해서는 어쩔 수 없었다. 바다표범 고기 냄새는 정말 지독하다. 하지만 곁에서 바다표범의 해체 작업을 지켜보는 개들은 기대 가득한 표정으로 얼른 먹게 되기를 기다린다. 정말 좋아하는 음식인 것이다.

그중에서 고로는 늘 해체 작업을 가장 가까운 곳에 앉아 바라보며 계속 짖어 대는 바람에 시끄럽기도 하다. 고로는 바다표범 고기를 보면 정신을 못 차린다.

이렇게 충분히 먹이를 보충해 주었다고 생각했는데도 무슨 까닭인지 월동 개시 이래 개들의 체중은 줄어들기만 했다. 개들의 체중은 건강의 바로미터라 할 수 있다. 그리고 개들의 건강 상태는 개 썰매의 견인력에 큰 영향을 끼친다.

일반적으로 가라후토견의 견인력은 체중의 50퍼센트라고 알려져 있다. 체중이 40킬로그램인 개는 짐 20킬로그램을 끌 수 있다. 체중이 30킬로그램으로 줄면 끌 수 있는 중량도 15킬로그램으로 줄어든다는 뜻이다. 그것은 중대한 문제였다.

"지급하는 먹이의 분량 계산을 다시 해 보자."

걱정이 된 니시보리 대장이 자신의 전공인 추측통계학을 구사해 다시 계산해 본 결과, 개들의 먹이를 50퍼센트 증량하기로 했다. 그리고 대장의 계산은 옳았다. 고로는 한 달 만에 7.4킬로그램,

힛푸노쿠마도 7킬로그램이 증가해 원래 체중이 되었다. 전체 개들의 평균 체중이 3킬로그램 증가해 견인력 저하 문제가 해소되었다.

하지만 벡의 식욕은 돌아오지 않았다. 의사인 나카노는 신장이 좋지 않은 것 같다며 남극에서 할 수 있는 최대한의 조치를 취해 주었다. 이제 곧 유트레섬 탐사가 시작된다. 벡은 리키를 비롯한 선도견들을 대신할 수 있는 선도견 후보다. 전투력을 잃는 것은 곤란하다. 마음이 쓰인 기타무라는 벡을 보러 갔다. 얼마 전부터 건물 내부의 방 안에 수용되어 있던 벡은 기타무라가 다가오자 꼬리를 치며 얼굴을 위아래로 흔들어 댔다. 기뻐할 때의 모습이다.

"뭐야, 너 외로웠던 거야?"

목 언저리를 만져 주었더니 기타무라의 얼굴을 마구 핥았다. 멈출 기색이 없다. 그런 벡을 보며 기타무라는 곧 회복하겠다고 생각했다.

첫 남극 개썰매 탐사

＊

유트레섬을 목적지로 한 개썰매 탐사는 출발 날짜가 8월 12일로 정해졌다. 두껍고 단단하게 얼어붙은 해빙 위를 달려야 한다. 탐사 멤버는 의사 나카노, 설치 담당 사에키, 그리고 개들 담당인 기쿠치와 기타무라로 편성되었다. 나카노는 홋카이도 대학 산악부 출신으로 전쟁 전에 가라후토에 건너갔다가 종전 후의 대혼란 속에서 메뉴얼만 보고 발목 절단 수술을 성공시키는 놀라운 일화를 만들어 낸 사람이다.

특별호설지대(겨울에 대량 적설량을 보이는 지역으로 호설지대보다 더 많은 눈이 내리는 지역으로 지정된 곳-옮긴이)인 도야마현 다테야마의 오지 출신인 사에키는 누구보다 눈의 특성을 잘 알고 있었으며 사방이 다 똑같아 보이는 남극에서 방위를 틀리는 일이 거의 없었다. 유트레섬 일대에 펭귄 번식지가 있는지 조사하는 게 두 사람의 임무다.

열여덟 마리의 썰매개들 중 다리를 다친 후렌노쿠마와 데리, 벡은 데리고 가지 않기로 했다. 가라후토견은 썰매를 끌고 싶어 한다. 인간에게 봉사하는 게 기쁜 건지 썰매를 끄는 일 그 자체가 좋은 건지 기타무라는 알 수가 없다. 에도 시대(1603~1867) 때부터 가라후토견이 썰매를 끌었다는 기록도 있다고 하니 그 유전자가 전해진 건지도 모르겠다. 그런 까닭에 썰매에 연결할 개들을 선발하는 일도 쉽지 않다. 다들 "나를 데려가라"며 짖어 대는 아우성이 난리도 아니기 때문이다. 후렌노쿠마와 데리는 자기들이 썰매에 연결되지 않는다는 사실을 알고는 마음이 상했는지 앞발로 눈구덩이를 파고 그 안으로 들어갔다.

"너희가 다쳐서 그런 거야. 어쩔 수 없다고."

기타무라가 개들이 좋아하는 도그 페미컨을 눈구덩이 앞에 들이밀었지만 머리를 눈 속에 처박은 채 꿈쩍도 하지 않았다. 단단히 삐진 것 같다.

'그러고 보니, 벡은 괜찮은가?'

출발 직전에 실내에 있는 벡을 보러 갔다. 벡은 잠들어 있었다. 잘 있는 것 같아서 마음이 놓여 밖으로 나가려 할 때 벡이 눈을 떴다.

"멍! 멍! 멍!"

누운 채로 격렬하게 짖었다.

"뭐야, 이제 다 나은 거야?"

온순한 벡이 이렇게 격렬하게 짖어 대는 일은 없었다. 몸은 좋지 않아도 썰매를 끌고 싶다고 주장하는 것이겠지. 기타무라는 그렇게 생각했다.

오전 9시. 유트레섬의 펭귄 번식지 조사대인 나카노와 사에키, 개썰매 담당인 기쿠치와 기타무라가 출발했다. 썰매 한 대에 개 열다섯 마리다. 이 루트는 중간 지점까지 몇 차례 달린 적이 있다. 리키가 선도견이 아니어도 된다. 시로를 선도견으로 세워 보자. 마침 좋은 훈련이라고 생각했다.

선도견 시로는 기대한 대로 주저 없이 달렸다. 예정대로 유트레섬 주변에 도착했다.

아쉽게도 펭귄은 없었다. 남극에는 여러 종류의 펭귄이 서식한다. 남극에 도착한 1957년 1월 남극 관측선 소야호에 탑재된 비행기가 상공에서 이 일대의 펭귄 무리를 확인했다는 보고를 한 적이 있다. 그 보고를 바탕으로 진행된 생태 조사였는데 펭귄은 한 마리도 발견하지 못했다. 그 후 알게 된 사실인데 비행기에서 확인한 펭귄은 아델리펭귄으로, 겨울의 막바지였던 이 시기에는 유트레섬에서 꽤 멀리 떨어진 장소로 이동한다. 펭귄의 생태 하나만 보더라도 당시 우리의 예비 지식이라는 것이 어느 정도였는지 알 수 있다. 거의 맨손으로 땅을 파듯 실시한 연구 조사는 많은 부분에서 힘든 작업이었다.

벡의 마지막

✳

15일 아침, 예기치 않은 일이 일어났다.

유트레섬의 캠프지에서 리키가 사라진 것이다. 전날 밤에 확실히 묶어 두었는데 목줄만 남아 있었다. 큰 소리로 불러 봤지만 아무 반응이 없었다. 대체 어디로 갔을까.

"리키는 중요한 선도견인데 괜찮을까?"

대범한 성격인 나카노 의사도 걱정이 되는지 기타무라에게 말을 걸었다.

"그 녀석이라면 혼자라도 움직일 수 있을 겁니다. 반드시 기지로 돌아올 거예요."

말은 그렇게 했지만 속으로는 불안했다. 리키는 무리에서 도망치는 무모한 짓을 할 개가 아니라고 생각했기 때문이다.

15일 저녁, 기타무라와 기쿠치는 개썰매로 기지에 돌아왔다. 펭귄 조사로 유트레섬에 남게 된 나카노와 사에키는 나중에 걸어서 돌아오기로 했다.

기지에 가까워지자 개들이 시끄럽게 짖어 대기 시작했다. 썰매를 끄는 것도 즐겁지만 개들에게도 기지는 가장 안심할 수 있는 공간이다. 먹을 것도 있고 안전하게 머무를 수도 있다. 기지가 가까워지는 게 기쁜지 꼬리도 힘차게 흔든다. 썰매의 속도도 빨라졌다.

기지에 도착하니 니시보리 대장이 문 앞에 서서 기다리고 있다. 굳은 표정이다.

"어서 가서 만나 봐."

그 짧은 한마디가 무슨 뜻인지 금방 알아차렸다. 기타무라는 벡이 머무는 방으로 달려갔다. 간이침대에 누워 있는 벡은 혀를 길게 늘어뜨린 채 "하아, 하아" 하고 거친 숨을 내뱉고 있었다. 눈은 뜨고 있었지만 의식은 몽롱해 보였다. 가슴이 심하게 위아래로 들썩거렸다.

기타무라는 벡한테 아무 말도 하지 못했다. 어쩌면 최악의 결과가 기다리고 있는 건 아닐까. 그런 자신의 상상이 두려웠다.

밤이 되도록 기타무라는 벡의 몸을 계속 쓰다듬었다. 그것 말고 달리 해 줄 게 없었다. 치료해 줄 수 없는 자신이 원망스러웠다. 함께 곁에 있어 준 니시보리 대장이 걱정 가득한 눈으로 벡을 가까이 들여다보았다. 벡의 호흡이 점점 옅어지고 있었다. 가슴의 들썩거림도 잦아들고 있었다. 그러더니 작은 숨을 툭 뱉었다.

"하…!"

벡의 눈동자에서 희미하게 빛이 사라지더니 앞다리를 약하게 떨었다. 그리고 더는 움직이지 않는다.

벡은 조용하고 얌전한 개였다. 다른 개들과도 사이좋게 지내는 온순한 개였다. 홋카이도 북쪽 리시리섬에서 남극으로 온 가라후토견 벡은 네 살 반의 목숨을 거두었다. 1차 월동대의 첫 희생견이었다.

기타무라는 후회했다. 벡이 끄는 썰매의 힘이 약해졌을 때, 계속 식욕이 떨어졌을 때, 개를 돌보는 담당자로서 사태를 심각하게 받아들였어야 했다. 기타무라의 심경을 꿰뚫어보듯 니시보리 대장이 말했다.

"기타무라, 자네는 수의사가 아니야. 그 부분은 착각하지 말게."

그리고 말을 이었다.

"자네들이 기지 근처에 왔을 때 개들이 짖는 소리가 이 방까지 들렸다네. 그러자 벡이 '끙~' 하며 한번 소리를 냈어. 작지만 확실하게 짖었다네. 벡을 칭찬해 주게."

'벡, 우리를 기다렸구나.'

기타무라는 참지 못하고 울음을 터뜨렸다. 대장에게는 들리지 않도록.

그리고 얼굴을 돌린 채 대장에게 부탁했다.

"이대로 조용히 장례를 치뤄 주고 싶습니다."

목소리가 떨렸다.

그러나 허가는 떨어지지 않았다.

벡이 왜 사망했는지 원인을 조사해야 남은 개들의 건강을 지키는 데도 도움이 되기 때문이었다.

얼마 지나지 않아 외국의 남극 기지들에서 조문 전보와 함께 사인 정보 제공을 부탁하는 요청이 이어졌다. 어느 기지에서도 개들은 중요한 존재이기 때문이었다.

감정에 휘둘리지 않고 다만 해야 할 일을 철저히 완수해야 할 때가 있다.

"다른 개들을 위하는 일이다. 참아야 해."

대장의 설득에 아무말도 못하고 대답을 삼켰다.

벡의 해부는 다음날 유트레섬에서 걸어서 돌아온 나카노 의사의 집도하에 이루어졌다. 벡의 방광은 완전히 파열된 상태였다. 엄청난 통증으로 괴로웠을 것이다. 기타무라는 자신에게 수의학적 지식이 전무한 것이 원통했다.

1차 월동대원 중에 의사는 있지만 수의사는 없다. 이것은 일본을 출발하기 전부터 우려한 일이었다. 홋카이도 대학의 이누카이 데쓰오 교수나 나카무라 료이치 교수는 가라후토견들을 남극으로 데려가려면 수의사도 동행해야 한다고 강력하게 주장했으나 결국 받아들여지지 않았다.

수의사 부재라는 쇼와 기지의 현실은 월동 중에 다양한 형태로 영향을 미쳤다.

리키의 귀환

＊

16일 아침, 리키는 여전히 행방불명 상태였다.

벡의 죽음과 리키의 실종. 대원들의 표정도 편치 않아 보인다.

인간의 기분에 민감한 잭, 구로, 앙코는 평소와 다른 분위기를 감지했는지 안절부절못한다. 평소 느긋하고 점잖은 후렌노쿠마나 아카도 가끔씩 이유도 없이 짖어 댔다. 기타무라의 불안은 점점 고조되었다.

'대체 어디로 사라진 거지?'

물론 리키의 안부가 가장 걱정되었지만 그뿐만은 아니었다. 만약 리키를 잃는다면 장거리 개썰매 탐사는 매우 곤란해진다.

리키는 이제 곧 일곱 살이 된다. 당시 대형견의 평균 수명은 일곱 살에서 여덟 살이었다. 인간으로 치면 고령에 가깝다. 먹을 것도 없을 것이고 체력도 떨어졌을 텐데, 기지에서 멀지 않은 곳에서 기운을 잃고 쓰러져 구조를 기다리고 있을지도 모른다. 생각이 거기까지 미치자, 가만히 있을 수가 없어 시계가 좋은 곳에 가서 주위를 둘러보았다. 그러나 리키의 모습은 없다.

'리키 같은 개도 방향을 잃을 수 있나….'

기타무라는 거의 포기하려 했다.

그날 오후 6시 무렵이었다. 개들의 계류지에서 격하게 짖는 소리가 들려 왔다. 개들은 배가 고프면 짖는다. 식당에 있던 기타무라는 저도 모르게 혀를 찼다.

'이런 상황에도 배가 고프다고 저렇게….'

기타무라가 의자에서 일어나려고 할 때 무라코시가 식당 안으로 뛰어 들어왔다. 밖에서 기상 관측을 하고 있었는지 방한복을 입고 있었다.

"기타무라 군, 리키가 돌아왔어!"

당장 뛰어나갔다. 계류지에 가 보니 리키는 자신의 지정 장소에 앉아 있었다.

"리키! 대체 어디 갔었던 거야?"

자제심을 잃은 기타무라는 자신도 모르게 소리를 질렀다.

리키는 가볍게 꼬리를 흔들 뿐 응석을 부리지도 않고 태연했다.

리키에게는 별일 아니었던 걸까. 우리는 얼마나 걱정했는데.

그날 밤 나카노한테 뜻밖의 사실을 듣게 되었다.

유트레섬에 잔류하며 펭귄 조사를 계속하던 나카노와 사에키는 기타무라 일행이 개썰매로 떠난 후 조금 이동한 후 15일 저녁에 새로운 캠프를 세웠다. 그런데 그날 밤, 리키가 텐트 앞에 나타났다는 것이다.

"우리가 여기 있는 걸 어떻게 알았지?"

놀란 나카노와 사에키는 리키에게 연어 통조림을 먹었다고 했다. 리키는 텐트 밖에서 잠들었다. 그러나 16일 아침이 되자 리키는 다시 사라지고 없었다. 나카노와 사에키가 있던 캠프를 떠난 리키는 르쬬우홈만의 유트레섬과 시가렌, 랑호브데 부근을 돌아다니다 기지로 돌아온 것일까. 가라후토견의 다리라면 전혀 문제없는 거리이기는 하다.

기타무라는 두 가지 생각을 했다.

선도견이자 리더견이며 인간의 지시를 언제나 잘 따르는 리키가 왜 지리도 모르는 이곳에서 단독행동을 했을까. 다른 개들이 그래도 리키만은 그런 무모한 행동을 하지 않을 거라 믿었다. 어쩐지 배신당한 느낌마저 들었다. 아무리 영리하다 해도 결국은 개일 뿐인가?

그러나 다른 생각이 떠오르면서 납득하게 되었다.

보통 개들은 낯선 땅을 두려워하며 경계한다. 단독행동을 취할 자신도 없을 것이다. 그래서 인간의 지시를 따른다.

그러나 리키는 방향 감각, 위험 탐지 능력, 귀소본능 등이 매우 뛰어나다. 유트레섬은 리키가 처음 간 곳이고 잘 모르는 해빙원이다. 여기서 자신의 힘으로 행동할 수 있을지, 이곳은 어떤 지형이며 안전한 루트는 어디인지, 위험한 것들은 없는지, 리키는 그것들을 자신의 눈으로 확인하고 싶었던 게 아닐까. 기타무라는 그런 생각이 들었다.

가에루섬 탐사

＊

가에루섬 탐사는 8월 28일 출발로 정해졌다. 니시보리 대장이

지휘관을 맡고 지질 담당 다쓰미와 개 담당 기쿠치, 기타무라로 편성되었다. 쇼와 기지에서 남쪽으로 르쬬우홈만의 얼어붙은 해빙면을 주파해 가에루섬 주변에 도착한다.

이번 탐사에는 중요한 목적이 있었다. 설상차로 남극 대륙에 상륙 가능한 지점을 발견하는 것이다. 어떤 장비라야 상륙이 가능한지도 확인해야 한다. 기지에서 상륙 지점에 이르는 해빙이 설상차의 무게를 견딜 수 있을 정도로 단단한지도 조사해야 한다. 이러한 사항들의 조사와 확인이 이루어지지 않으면 남극 대륙에 상륙해 보쏜누텐을 등정한다는 1차 월동대의 목표를 달성할 수 없게 된다. 탐사대의 책임은 무거웠다.

영하 25도의 옅은 안개 속에서 개썰매 탐사대는 쇼와 기지를 출발했다. 총하중 400킬로그램으로 상당한 무게다. 견인력과 근성이 강한 힛푸노쿠마와 고로의 활약을 기대한다. 그런데 오늘따라 평소 힛푸노쿠마한테 느껴지던 기백이 없다. 왜 그러지? 메인 엔진이나 다름없는 힛푸노쿠마의 컨디션이 좋지 않다. 썰매의 속도도 오르지 않았다. 예상했던 것보다 현저히 페이스가 떨어졌다.

"첫날부터 이러면 곤란한데."

니시보리 대장이 초조한 듯 말했다.

기타무라는 힛푸노쿠마가 마음에 걸렸다. 싸움을 잘하고 공격적이기는 해도 썰매를 끌 때는 아주 열심인 녀석이다. 몸 이곳저곳을 살펴보았지만 다친 곳은 없었다. 아파 보이지도 않는데 특유의 기개와 추진력이 발휘되지 않는다.

이틀째. 하룻밤만에 회복했는지 힛푸노쿠마는 뭔가 다 떨쳐 낸 듯 평소의 근성을 보여 주었다. 선도견 리키가 이끄는 대로 굵고 날카로운 발톱을 해빙에 깊이 찍어 넣으며 사지를 약동시켰다. 다른 개들도 속도와 호흡을 맞춰 주었다. 썰매는 악기를 연주하듯 아름답고 속도감 있게 질주했다. 첫날과 전혀 달랐다.

"매일 이런 느낌으로 달릴 수 있으면 좋을 텐데 말이야."

니시보리 대장은 쉽게 말하지만 개들은 기계가 아니다. 개들도 인간처럼 몸 상태가 날마다 다르고 희노애락의 감정도 있다.

점심시간이었다. 치즈를 썰어 먹으려고 칼질을 했는데 치즈가 납덩어리처럼 단단해 칼날이 들어갈 기색도 보이지 않아 결국 포기했다. 남극에서는 상상 이상의 일이 일어난다.

거대한 프레셔릿지와 맞닥뜨렸다. 해빙에 거대한 압력이 가해지고 결국 깨지면서 그것들이 마치 산등성이처럼 불쑥 솟아오르면서 포개지게 되는데 그것을 프레셔릿지라고 한다. 홀린 듯 바라보고 있었는데 갑자기 눈앞에서 얼음이 치솟으며 굉음과 함께 깨졌다. 그 진동이 뱃속까지 전해졌다. 남극은 살아 있다. 이제껏 경험한 적이 없는 거대한 스케일이었다.

사흘째. 돔 경기장의 지붕처럼 생긴 구릉과 싸움이 시작되었다. 구릉의 폭은 약 2킬로미터, 높이는 40미터 정도로 그다지 가파른 경사는 아니다. 하지만 썰매개들은 고전했다. 그곳은 부드러운 눈이 내렸다 쌓인 곳으로 개들의 체력을 심하게 소진시켰다. 개들은 몸이 반 정도 눈 속에 묻힌 채 달려야 했기 때문에 체력이 빠르게 소진되며 피폐해졌다. 게다가 겨우 빠져나왔다 싶으면 또 다른 구릉이 기다리고 있었다. 그것이 끝도 보이지 않을 정도로 이어져 있었다. 이대로는 무리다.

"이런 곳에서는 속도보다 힘이 중요하다."

선도견을 리키에서 몬베쓰노쿠마로 교체했다. 하지만 생각만큼 썰매가 나가지 않았다. 인간도 개들도 지쳐갔다. 특히 힘 좋은 고로의 상태가 심상치 않았다. 썰매를 멈추자 눈 위에 풀썩 쓰러져 눕는다. 믿고 의지하던 고로가 쓰러지면 큰일이다. 조금 이르긴 했지만 캠프를 쳤다. 이 난적을 '원구빙산'이라 명명했다.

나흘째. 설면의 상태가 최악이었다. 푹신하게 쌓인 눈 속을 개들이 파헤치며 나가려고 해도 의외로 단단한 눈의 저항력 때문에 썰매는 느릿느릿 나아갔다.

이렇게 높고 푹신하게 쌓인 눈 속을 통과할 때 선두에서 눈을 헤치며 길을 만들어 앞으로 나아가는 작업을 '러셀'이라고 한다. 개썰매의 진행 속도를 높이기 위해 기타무라는 러셀 역을 맡았다.

개들이 전진하는 루트를 기타무라가 미리 단단하게 밟아 설면의 저항력을 줄이는 것이다. 효과는 있으나 러셀을 하는 인간은 녹초가 된다.

남극에서 땀은 위험하다. 충분히 조심했는데도 손과 발에 땀이 났다. 좋지 않은 상황이다. 장갑과 신발 안에서 땀이 얼어붙어 마치 얼음 안에 손가락과 발가락을 넣은 것 같은 상태가 되었다. 동상이 시작되고 있었다.

러셀 임무를 교대해 달라는 부탁을 할 수 없었다. 자신이 제일 어리다 보니 아무래도 말을 꺼내기가 쉽지 않다.

닷새째. 구월이 되었다. 동상이 심해졌다. 발가락에 물집이 생겼다. 2도의 동상이다. 아프지만 남극 대륙까지 1킬로미터밖에 남지 않았다고 생각하니 힘이 났다. 남극 대륙에 가까워질수록 눈은 없고 해빙면이 단단하고 매끄러운 창빙이었다. 개들은 빠르게 달렸다. 든든한 녀석들이다.

눈앞에 다가온 남극 대륙. 그러나 대륙의 끝자락은 수 미터에서 수십 미터에 이르는 얼음 절벽이 끝도 없이 이어져 있었다.

"이런 곳에 설상차로 상륙하는 것은 불가능해."

니시보리 대장의 기운 빠진 목소리가 들렸다.

어떻게 해서든 상륙 가능한 장소를 발견해야 한다. 얼음벽을 따라 개들을 달리게 하자 딱 한 곳, 빙하가 해빙면까지 완전히 내려와 있는 곳이 있었다. 완만한 경사면이다. 여기라면 설상차로도 상륙할 수 있다.

겨우 마음이 놓인 기타무라는 문득 주변을 둘러보았다. 지금까지 주변의 경치 같은 것을 둘러볼 여유 따위 없었다. 이 얼마나 아름다운 풍경인가.

발아래에는 블루 다이아몬드처럼 빛나는 창빙, 눈앞은 순백의 남극 대륙이었다. 그 위로 깊이를 가늠할 수 없는 감청색 하늘이 펼쳐져 있다. 믿을 수 없는 광경이었다.

기타무라는 카메라를 꺼내 들었다. 동상 걸린 손가락에 심한 통증이 느껴져 저절로 얼굴이 찌푸려졌다. 발가락 통증은 극한에 달한 상태였다. 동상은 3도가 되었다.

또 한 가지 문제가 있었다. 꼼꼼하게 칼로리를 계산해서 행동식을 준비했는데 무슨 영문인지 양이 부족했다. 배가 고파 미칠 것 같았고 이런 경험은 처음이었다.

개들의 사료인 도그 페미컨에 눈이 간다. 고래고기에 밀가루를 섞어 기름으로 볶아 굳힌 비스킷 같은 것이다. 개 한 마리당 20개를 배급한다. 냄새를 맡아 보니 고소하니 식욕이 돋는다.

참지 못한 기타무라는 후렌노쿠마, 힛푸노쿠마, 잭 몫의 도그 페미컨을 하나씩 먹었다. 그러나 대식가인 고로에게는 통하지 않았다. 붉은빛이 감도는 고로의 눈이 기타무라를 노려보며 말하는 것 같았다.

— 내 밥에 손대지 마.

기타무라는 포기했다.

이때 작은 사건이 생겼다. 원구빙산과 힘든 싸움에서 개들도 체력 소모가 컸기 때문에 배가 많이 고팠을 것이다. 어떤 개가 어린 지로와 타로의 음식을 빼앗아 먹으려 하자 옆에 있던 리키가 맹렬히 짖어 댔다. 늘 '정의의 기사' 같은 리키가 귀를 옆으로 딱 붙인 채 전투 포즈로 위협하고 있었다.

'애들 먹는 걸 빼앗으면 안 되지!' 라고 말하는 것 같았다.

타로와 지로는 어리기 때문인지 자주 베테랑 개들에게 먹이를 빼앗겼다. 리키는 그런 모습을 처음 본 것일까. 리키가 위협하는 모습에 겁을 먹었는지 그 개는 꼬리를 내리고 얌전히 자리에 앉았다. 그 모습을 보고 기타무라는 기쿠치 대원에게 웃으며 말했다.

"리키는 꼭 타로와 지로의 아버지 같네요."

대륙으로 이어진 발자국

　＊

며칠이 지난 9월 4일. 예정대로 기지에 돌아갈 수 있을 것 같았다. 기지까지 10킬로미터 남은 지점에 도착하자 기지에서 설상차가 마중 나와 있었다. 오쓰카, 후지이, 사에키가 손을 흔들고 있다. 한꺼번에 긴장이 풀렸다.

"기지가 얼마 멀지 않으니 개들을 풀어 주자."

기쿠치가 개들의 사슬을 풀어 주었다.

"괜찮을까?"

니시보리 대장이 염려했다.

여기서 기지까지는 멀지 않다. 길을 잃을 리 없다. 기쿠치는 자신했다. 기타무라의 생각도 같았다. 쇠사슬에서 해방된 개들은 자유의 몸이 되면서 잔뜩 신이 났다. 새하얀 눈밭 위로 순식간에 흩어져서는 종횡무진하며 마음껏 달렸다. 뒹굴고 달리고 장난치는 모습이 기쁨에 넘쳤다.

기타무라와 대원들은 설상차에 올라타고 빈 썰매는 설상차에 매달아 끌면서 기지로 향했다. 개도 성격이 다 다르다. 잭과 지로, 시로는 남겨지는 것이 불안한지 설상차 뒤를 열심히 따라왔다. 후렌노쿠마와 모쿠는 천천히 여기저기 어슬렁거렸다. 점차 시야에서 멀어져 간다. 저녁이 되자 개들은 한 마리씩 기지로 돌아왔다. 그런데 힛푸노쿠마와 앙코가 돌아오지 않았다. 두 마리는 어디로 갔을까.

두 마리가 사라진 지 사흘째. 여전히 돌아오지 않은 상태다. 니시보리 대장은 대원들이 모두 나가서 수색하는 게 어떻겠냐고 제안했다. 대원들은 찬성했으나 기쿠치는 반대했다.

"소용없을 겁니다."

개들을 잘 알기 때문에 할 수 있는 반대 의사였으리라. 그러나 사쿠마가 화를 냈다.

"소용없다니, 어떻게 그런 말을 해?"

후지이가 중재했고 일단 흥분은 가라앉혔다.

니시보리 대장, 후지이, 나카노, 기타무라, 이렇게 네 명이 수색에 나섰다.

옹굴섬 서쪽 예전에 N기지라 불렸던 곳까지 왔다. 월동 전, 나가타 다케시 1차 관측대장이 간부들만 소집해 상륙식을 올린 다음 '쇼와 기지'라고 명명한 곳이다. 그 명예로운 의식에 참가할 수 없었던 월동대원들은 당시 큰 실망과 불신을 품었었다. 그런 기억으로 남은 장소다.

"실은 여기에 기지가 만들어질 예정이었지."

그런 이야기를 하면서 후지이가 문득 앞쪽을 바라보는데 거기 앙코가 있었다. 후지이가 큰 소리로 이름을 부르자 앙코가 얼굴을 들더니 엄청난 속도로 달려왔다. 후지이가 가져온 샌드위치를 주자 허겁지겁 먹어 치웠다. 얼마나 배가 고팠을까. 불쌍하게도. 이렇게 겨우 한 마리를 찾을 수 있었다.

힛푸노쿠마는 발견하지 못했다. 행방불명된 지 나흘이 지났다.

기타무라는 가에루섬 탐사 출발 당시를 되돌아보았다. 힛푸노쿠마는 완전히 의욕을 상실한 상태였다. 평소의 패기는 오간 데 없고 어딘가 이상했다.

탐색대를 여섯 명으로 증원해 찾아보았지만 발견하지 못했다.

닷새째. 결국 기쿠치가 고집을 꺾고 기타무라와 둘이 수색에 나섰다.

묵묵히 걷다가 개들을 풀어 주었던 지점에 도달했다. 개들의 발자국을 살폈다.

그날 이후에는 눈이 내리지 않았기 때문에 발자국은 뚜렷이 남아 있었다. 여기서부터 개들은 모두 기지가 있는 북쪽으로 향하고 있다는 사실을 알 수 있었다. 그리고 왼쪽에 기지가 보이는 시점에서는 거의 모든 개의 발자국이 기지를 향하고 있었는데, 딱 한 마리만 반대쪽인 오른쪽으로 방향을 틀고 있었다.

그쪽은 남극 대륙이다. 단 한 마리의 발자국만이 남극 대륙을 향해 쭉 뻗어 있다.

기타무라와 기쿠치는 그 발자국을 따라갔다. 힛푸노쿠마의 발자국은 옹굴섬에서부터 그대로 얼어붙은 해빙역을 따라 남극 대륙에 도달해 그 너머로 사라졌다.

힛푸노쿠마는 기지로 가는 길을 잃은 것이 아니라 남극 대륙을

목표로 삼았다. 그렇게밖에 생각할 수 없는 강한 의지가 그 발자
국에서 느껴졌다.

힛푸노쿠마는 왜 기지로 돌아오지 않았을까. 기타무라는 생각
했고 문득 어떤 순간이 떠올랐다.

'혹시 그것 때문인가?'

만약 그것이 원인이라면 이해할 수 있다.

힛푸노쿠마의 자존심

＊

월동대는 암캐 한 마리를 데리고 왔다. 시로코다. 새끼를 낳게
해서 다음 세대 개썰매의 새로운 전력을 만들고자 하는 것이 목적
이었다.

당시 가라후토견의 평균 수명은 일곱 살에서 여덟 살 정도였다.
고령이 되면 썰매개로 일을 할 수 없게 된다. 차기 관측대가 일본
에서 새로운 개들을 데리고 오는 방법도 있지만 남극에서 태어난
개들은 적응이 빠를 수 있다. 그런 실험적인 의미도 있었기에 반
려가 될 수컷은 무엇보다 힘이 세야 하고 썰매개로서 능력도 뛰어
나야 한다. 그렇다면 넘버원 후보는 압도적인 파워와 투쟁심을 지
닌 힛푸노쿠마다. 대원들의 일치된 의견이었다. 코끼리도 사자도

원숭이도 암컷들은 강한 수컷을 원한다. 생존력이 뛰어난 유전자를 계승하기 위한 자연의 섭리다.

가에루섬으로 출발하기 며칠 전 계획대로 모든 준비를 마쳤다. 그러나 예상하지 못한 일이 발생했다. 시로코가 으르렁거리며 힛푸노쿠마를 거부한 것이다. 시로코가 선택한 개는 다른 수컷 시로였다.

힛푸노쿠마는 시로코에게 거부당해 자존심이 갈기갈기 찢어진 상태였을 것이다. 게다가 그 직후부터 다른 수컷 개들의 태도가 변했다. 평소 힛푸노쿠마가 으르렁거리기만 해도 두려워 떨었던 구로나 페스조차 더는 힛푸노쿠마를 무서워하지 않았다. 힛푸노쿠마는 자신의 서열이 낮아진 것을 자각했을 것이다. 싸움에서 져 본 적이 없는 힛푸노쿠마는 단 한 번의 사랑에 패배하고 말았다.

가에루섬으로 출발하던 아침, 힛푸노쿠마한테서 패기를 찾아볼 수 없었던 것은 아마도 그런 까닭이었을 것이다. 그리고 그런 상황에서 기지를 본 순간 힛푸노쿠마의 마음은 대단히 흔들렸을지도 모른다.

― 저곳으로 다시 돌아가는 것은 자존심이 허락하지 않아.

힛푸노쿠마는 유독 야생성이 강한 개였다. 번득이는 노란 눈, 날렵한 얼굴, 몸 전체에 투지가 넘쳤고 무엇보다 사나웠다.

기타무라는 홋카이도의 왓카나이 훈련소 시절을 떠올렸다.

"가라후토견을 혼낼 때는 몽둥이로 콧등을 힘껏 내리쳐야 한다!"

훈련사에게 배운 것을 영문도 모른 채 따라 했다. 개들을 때릴 때는 마음이 편치 않았다. 하지만 그렇게 하지 않으면 썰매를 조종할 수 없게 된다. 기타무라는 마음을 독하게 먹고 개들을 내리쳤다. 대부분의 개들은 몽둥이를 보면 도망치기 바빴고 그중에는 맞기도 전에 신음 소리를 내는 개들도 있었다. 그러나 힛푸노쿠마는 아무리 맞아도 결코 비명을 지르거나 몽둥이를 피하는 일이 없었다. 그 기백은 기타무라를 섬뜩하게 할 정도였다.

그 정도로 강하고 뚜렷한 기질을 소유한 힛푸노쿠마에게 기지로 돌아가 굴욕을 참고 지내는 것은 견딜 수 없는 일이었을까. 개가 홀로 남극에서 살아남기는 어렵다. 힛푸노쿠마는 고독하고 절망적인 선택을 했다. 그러나 자부심 높은 가라후토견이 자존심을 지키며 살아가는 방식인지도 모른다. 힛푸노쿠마답다.

설상차 탐사 포기

＊

방광 파열에 의한 벡의 죽음. 그리고 쇼와 기지와 결별한 힛푸노쿠마의 실종.

유트레섬과 가에루섬의 개썰매 탐사는 충분한 성과를 거두었으나 직후에 발생한 예상치 못한 사태는 쇼와 기지에 어두운 그림자를 드리웠다.

그러나 남극 월동은 국가 사업이다.

"언제까지 감상에 젖어 있을 거야? 일들 하라고!"

니시보리 대장은 대원들을 독려했다.

하지만 개 담당이 하는 일은 매일 먹이를 주는 것뿐이다.

11월 하순으로 예정되어 있는 프린스 올라프 해안 탐사 때까지 개썰매를 이용한 탐사는 없었다.

"보쓴누텐 정상에 오르고 싶었는데 말이죠."

개들에게 먹이를 주며 기타무라가 기쿠치에게 말을 건넸다. 기쿠치도 아쉬운 듯 답했다.

"아직 아무도 가지 않은 곳이니 매력이 있지. 개썰매로도 갈 수 있을 것 같은데 말이야."

1차 월동대의 가장 중요한 목적 중 하나인 보쓴누텐 등정 탐사는 설상차를 이용하기로 했다. 지금까지 했던 해빙 위에서 탐사가 아닌, 남극 대륙에 상륙해 인간이 오른 적 없는 산 보쓴누텐에 등정해야 한다. 왕복 500킬로미터에 이르는 장거리이기 때문에 상당한 분량의 자재와 식량을 싣고 가야 한다. 개썰매로는 어렵겠다고 판단했다. 탐사대로 선발된 다쓰미 다쓰오 등이 10월 7일 출발을 앞두고 준비하느라 바빴다.

대원 모두 나름의 기대를 안고 일본에서 1만 킬로미터 이상 떨어진 이곳 남극 대륙에 왔다. 이번에는 설상차 부대에 양보하자.

그러나 남극에서는 예상 밖의 일이 당연한 듯 일어난다.

일본에서 가져온 설상차는 완벽하게 정비되어 있었다. 남극에 온 후에도 기계 담당인 오쓰카 대원이 언제나 세심하게 잘 정비하고 있었다. 그러나 설상차 같은 정밀 차량에 남극의 기상, 특히 영하 수십 도라는 저온이 지속되는 환경은 가혹했다. 추위가 원인으로 연료 파이프 내부가 동결되었다. 튼튼해야 할 캐터필러의 부속핀이 부러지고 너트가 빠졌다. 결국에는 엔진이 제대로 걸리지 않게 되었다.

지금까지 추위가 원인이어서 발생하는 문제들에는 어떻게든 궁리를 하고 묘안을 짜내 해결해 왔다. 당시로서는 최고급이었던 기자재, 최상의 정비 그리고 오쓰카 대원의 헌신적인 노력 덕이었다.

그런데 보쓴누텐 등정 탐사 직전에 다시 엔진에 문제가 발생했다. 겨우 시동이 걸리기는 했지만 주행 도중에 점점 마력이 떨어져 결국에는 멈추고 말았다. 이것은 중대한 인명 사고와도 이어질 수 있는 심각한 고장이었다.

보쓴누텐은 멀다. 만약 기지에서 수백 킬로미터 떨어진 곳에서 엔진이 멈춰 버리면 걸어서 기지로 돌아와야 한다. 대원들의 목숨이 걸린 문제이기도 하고 매우 위험하다.

약 2년 전. 개썰매의 필요성을 납득하지 못했던 남극특별위원회의 석상에서 니시보리는 "설상차의 파워는 정말 대단하지만 고장이 나면 사용할 수 없게 됩니다. 만약 기지로부터 멀리 떨어진 곳에서 설상차가 멈춰 버린다면 대원들의 생사가 위태롭게 됩니다. 그렇기 때문에 개썰매가 필요합니다"라고 역설했다. 니시보리의 예측은 적중했다.

11일, 결국 설상차를 이용한 보쓴누텐 탐사 계획은 파기되었다. 월동대의 최대 목적을 파기했다는 사실은 1차 월동대의 활동을 평가 절하하는 요인이 될 것이다. 그러나 대원들의 목숨과 바꿀 수는 없다.

기쿠치와 기타무라가 니시보리 대장에게 불려간 것은 그날 저녁이었다.

"단도직입적으로 묻겠다. 개썰매로 보쓴누텐까지 갈 수 있겠나?"

"갈 수 있습니다!"

대장의 질문에 기쿠치와 기타무라는 동시에 답했다.

사실 기타무라는 자신은 있었으나 확신은 없었다. 자신과 확신은 다르다. 그러나 무슨 일이 있어도 해내고 싶었다. 유트레섬 탐사도 가에루섬 탐사도 훌륭하게 해냈으나, 역시 미답봉인 보쓴누텐 등정 탐사는 산악부 출신으로서 피가 뜨거워지는 일이었다.

한번 포기했던 꿈이었는데 생각지도 못한 형태로 실현 가능하게 되었다. 설상차 담당인 다쓰미 대원과 정비 담당으로 애쓴 오쓰카 대원에게는 미안하기 그지없었으나 내게 굴러들어온 기회였다. 놓치고 싶지 않았다.

개썰매로 탐사를 진행하면 거의 한 달이 걸리는 대원정이라 가져갈 식량과 장비의 중량이 상당했다. 뺄 수 있는 것은 최대한 뺐다. 기자재는 가장 가벼운 타입을 골랐고 용변 볼 때 쓸 휴지의 장수까지 셌다. 그러나 생명줄인 식품은 여유 있게 가져가고 싶다. 무슨 일이 생길지 모르니.

기타무라는 식품 계산을 맡았다. 계산이라면 자신 있었다. 지금까지의 탐사 경험도 도움이 되었다. 무게가 나가는 통조림류는 캔을 버리고 내용물만 챙겼다. 어차피 얼어 있어 아무 문제가 없다. 냉동육류도 포장을 풀고 종이로 말아 쌌다. 치즈도 포장지를 없앴다. 무엇이든 조금이라도 가볍게 만들었다.

기타무라가 식품이 든 나무 상자나 포장지를 풀고 있으니 가까이 있던 개들이 계속 쳐다보았다. 자기들한테 줄 거라고 생각하는 걸까.

'미안하지만 이건 너희 점심이 아니란다.'

이래저래 궁리한 덕에 꽤 많은 양의 식료품을 가져갈 수 있게 되었다. 몇 번이나 검산한 후 문제없다는 결론을 내렸다.

'이거면 충분하겠어.'

출발은 10월 16일로 정해졌다. 홋카이도 대학 산악부 출신 의사인 나카노를 리더로 개 담당인 기쿠치와 기타무라로 편성된 3인 탐사대다.

보쓴누텐을 향해

＊

출발일 아침, 기지는 짙은 가스에 둘러싸여 있었다. 설면은 적절히 단단하다. 인간을 포함한 썰매 전체의 하중은 350킬로그램. 개들은 리키를 선두로 순조롭게 달리고 있다.

17일. 설상차로 미리 운반해 둔 짐을 놓아 둔 데포(임시 저장소)에 도착했다. 짐을 싣자 썰매의 하중은 순식간에 500킬로그램을 초과했다. 게다가 적설량이 많아 눈 속에 푹 빠진 개들의 체력이 점점 떨어졌다. 개들은 있는 힘껏 끌었지만 눈의 저항이 커져 썰매가 좀처럼 앞으로 나아가지 않았다. 고로와 후렌노쿠마가 으르렁거리며 끌고 갔다. 조금 전진했다. 평소 사이가 좋지 않은 잭와 아카도 힘을 합쳐 앞발을 맞춘다. 조금 더 앞으로. 그러다 탈진해 버렸다. 이날 밤은 인간들도 개들도 죽은 듯 잤다.

18일. 기타무라와 기쿠치는 눈앞의 원구빙산군을 바라보며 골똘히 생각했다.

"무슨 일이야?"

텐트에서 나온 나카노가 두 사람에게 말을 건다.

기쿠치가 앞을 가리켰다.

자그마한 눈 언덕이다. 50미터에서 100미터쯤 되는 높이다. 가에루섬 탐사 때 원구빙산을 넘으며 죽을 만큼 힘들었던 적이 있다.

"흠. 쉽지 않겠어."

언뜻 보면 작고 완만한 눈 언덕이다. 그러나 홋카이도 대학 산악부 시절부터 명성이 자자했고, 가라후토의 설원에 살았던 경험으로 눈이 얼마나 무서운지 잘 알고 있는 나카노는 눈앞에 이어지는 작은 설산이 얼마나 난적인지 예리하게 꿰뚫어 보고 있었다.

"러셀을 해서 개들의 부담을 줄이면서 가 보자고."

나카노의 제안은 너무도 당연했지만 기타무라는 지난번 탐사 때 러셀을 하다 녹초가 되었던 경험과 땀을 흘리는 바람에 발가락이 3도 동상에 걸렸던 일이 떠올랐다.

'그걸 다시 해야 하다니.'

우울한 기분에 고개를 숙이고 있던 기타무라가 문득 고개를 들어 보니 나카노가 이미 러셀을 시작하고 있었다.

"나카노 선배! 제가 하겠습니다!"

"내가 꺼낸 말이니 나부터 할게. 기타무라, 다음은 자네 차례야."

나카노의 갈라진 목소리에 기타무라는 감동했다.

그러나 이번 원구빙산은 가에루섬 탐사 때보다 강력했다. 가에루섬 탐사 때는 개들의 몸이 반쯤 눈 속에 묻힐 정도였는데 이번에는 러셀을 해도 개들의 등 밖에 보이지 않을 정도로 눈이 많이 쌓여 있다. 개들은 눈으로 된 참호를 파면서 전진하는 느낌으로 10센티미터, 또 10센티미터 나아갈 수밖에 도리가 없었다.

"헉, 헉, 헉!"

"컥, 컥, 컥!"

"끅, 끅, 끅!"

거친 숨소리, 기침하는 듯한 소리, 목줄이 목을 옥죄는 듯한 소리가 개들이 차근차근 나아가는 눈 아래 쪽에서 들려 온다. 10미터 정도 가다가 개들이 멈추었다. 눈으로 된 참호 속에 차례로 쓰러진다. 그래도 어떻게든 일어서려고 한다. 앞발을 쭉 뻗고 뒷발은 가랑이를 벌리듯 몸을 지탱하고 1센티미터라도 앞으로 나가려고 한다. 로프에 목이 조인다. 고통을 견디다 못한 앙코가 비명을 지른다. 그래도 전진하려고 한다.

불꽃 같은 개들의 투쟁심. 기타무라는 그 분위기에 압도되었다. 그리고 외쳤다.

"투(전진)!"

그것은 명령이 아니었다. 격려도 아니었다. 기도와도 같은 외침이었다.

기타무라의 절규에 제일 먼저 반응한 개는 웅크리고 있던 후렌노쿠마였다. 굵고 용맹스러운 앞발에 반동을 걸며 일어서려 한다. 겨우 앞발은 섰으나 경련이 인 것처럼 부들부들 떨었다. 후렌노쿠마는 날카로운 이빨을 드러내며 뒷발에 힘을 주었다. 일어섰다고 느낀 순간 미끄러운 눈길에 뒷발이 걸려 옆으로 꽈당 미끄러졌다. 크게 벌린 입가에 하얗게 거품 같은 침이 흘러내렸다.

다시 태세를 잡고 도전. 이번에는 일어섰다. 가장 기질이 난폭한 녀석이 근성을 보여 주었다. 썰매를 끈다. 전력을 다해 몸을 앞으로 숙인다. 썰매를 끌기 시작할 때면 늘 격하게 포효하는 후렌노쿠마가 오늘은 무언의 포효로 썰매를 끈다.

후렌노쿠마의 사지에서 뿜어져 나오는 투지가 전염되기라도 한 듯, 잭, 데리, 노견인 데쓰까지 일어섰다. 5미터 전진하고 멈추고, 다시 5미터 전진하고는 멈추었다. 이미 오래전에 한계를 넘었을 개들이다. 그러나 후렌노쿠마가 이끄는 한 다른 개들도 다함께 한다는 분위기가 형성되었다.

유아독존이던 후렌노쿠마가 다른 개들의 신뢰를 얻기 시작했다.

원구빙상의 정상까지 러셀을 마친 나카노가 양손을 메가폰 모양으로 만들어 외쳤다.

"빨리 와! 빨리 오라고!"

그 말 뜻을 개들이 알 리 없다. 그러나 무엇을 전달하려고 하는지는 이해한 듯했다. 마지막 10미터를 쉬지 않고 올라갔다. 정상이다! 개들은 완전히 녹초가 되었다. 뱉아 내는 숨소리가 거칠었다. 한동안은 움직이지도 않을 것 같았다.

그러나 전투는 아직 끝나지 않았다. 눈앞에는 두 번째, 세 번째 원구빙산이 조용히 엎드려 기다리고 있었다. 개들을 잠시 쉬게 한 다음 두번째 원구빙산에 도전했다. 이번에는 기타무라가 러셀을 했다. 나카노가 빙긋 웃으며 여전히 썰매를 조종하는 기쿠치를 바라보았다. 기쿠치의 표정은 고글을 끼고 있어서 알 수가 없었다. 기타무라는 양손에 땀이 나지 않도록 주의하며 계속해서 러셀을 해 나갔다. 개들이 필사적으로 기타무라의 뒤를 따른다. 선두에 있는 리키는 평소 위로 쫑긋 세우던 귀를 약간 뒤쪽으로 눕혀 올라오고 있다. 가장 힘이 들 때 보이는 자세다. 10미터 나갔다가 멈추고 다시 10미터 전진했다. 한 번에 나아가는 거리는 짧으나 확실히 정상에 가까워지고 있다.

"하아, 하아, 하아!"

"헉, 헉, 헉!"

정적이 감도는 남극 땅에 지금 들리는 것은 기타무라와 개들이

뱉아 내는 거친 숨소리뿐이다.

두 번째, 세 번째, 네 번째, 다섯 번째….

난적인 원구빙산을 차례로 넘어간다. 하나 넘을 때마다 개들의 피로도는 높아 갔지만 새롭게 투지도 생겨나는 듯하다. 연장자 리 키마저 지쳐 쓰러져 있다. 대신 선두 위치에 선 젊은 시로가 팀을 이끌었다. 시로는 이제 완전히 베테랑들의 신뢰를 얻었다. 두 살짜리 시로의 움직임에 맞춰 베테랑 아카와 구로가 묵묵히 끌고 나갔다. 기타무라는 시로한테 품격이 느껴졌다. 언젠가는 시로가 그룹을 이끄는 리더가 될지도 모른다.

마지막 난관

*

드디어 마지막 원구빙산.

기타무라는 완전히 탈진했다. 하지만 선배인 나카노에게 다시 러셀을 부탁할 수는 없다.

'어쩔 수 없지. 그래도 하는 수밖에.'

머리로는 그렇게 생각하면서도 몸이 움직이지 않는다.

기쿠치가 썰매에서 내려와 다가온다. 그리고 입을 뗐다.

"교대하자."

그 한마디가 기뻤다. 기쿠치도 기타무라의 한계를 본 것이리라.

조금 떨어진 곳에서 눈 때문에 검게 탄 얼굴로 나카노가 웃고 있다. 이렇게 될 것을 기대하고 있었던 모양이다.

기쿠치가 원구빙산의 정상을 향해 러셀을 시작했다. 지금까지 썰매를 타고 있었기 때문에 체력은 충분하다. 모든 대원의 체력이 소진되는 것은 위험하다. 누군가는 기운을 차리고 있어야 한다.

기쿠치가 소리를 질렀다.

"기타무라, 썰매를 움직여!"

그 전에 해야 할 일이 있다. 기타무라는 개들의 머리를 일일이 쓰다듬었다. 귀 아래를 간지럽히고 코와 코를 맞대 문지르며 말을 걸었다.

"잘 부탁해!"

"너희만 믿는다!"

"같이 힘 내자!"

부탁하면 개들은 들어 줄 거라고 믿었다. 개들과 서로 이해할 수 있다. 개들의 눈에 생기가 돌았다.

썰매에 올라탄 기타무라가 큰소리로 외쳤다.

"투(전진)!"

지쳐서 늘어져 있던 개들이 일제히 벌떡 일어섰다. 선도견 자리로 되돌아온 리키가 부들부들 몸을 흔들고 툭 하며 첫 발을 내디

덮다. 뒤를 잇는 개들도 보조를 맞추어 동시에 움직이기 시작했다.

'이제 하나 남았어. 힘을 내 줘.'

기타무라는 기도하는 심정으로 썰매를 몰았다. 인간과 개들이 일체가 된 원구빙산과 싸움도 이제 막바지에 이르렀다. 이 개들도 사실은 더 이상 달리고 싶지 않을 것이다. 완전 녹초가 되었을 것이다. 그런데도 그 짧은 휴식 후 호령 한마디에 늘어졌던 몸을 똑바로 일으킬 수 있다니!

기타무라의 가슴속에 뜨거운 것이 올라왔다. 그 속수무책이었던 개들이 이제는 인간의 마음을 읽고 헤아린다. 머리를 낮추고 기백 넘치게 원구빙산을 헤쳐 나아간다. 그것은 단호한 의지의 진격이다.

정상에 도달했다. 드디어 모든 원구빙산을 돌파했다.

기타무라는 썰매에서 뛰어내려 개들에게 달려갔다.

"너희 정말 대단해!"

환희에 찬 얼굴로 기타무라는 모든 개를 차례로 끌어안고 뺨을 비벼댔다. 리키도, 시로도, 어린 타로와 지로도, 기타무라의 얼굴을 핥았다. 후렌노쿠마와 몬베쓰노쿠마는 고개를 돌려 외면했다.

— 할 일 다 했으니, 난 잘 거야.

그런 느낌이었다. 이 두 녀석은 그런 점이 좋다. 고로와 앙코는 어리광을 부렸다. 대식가인 두 마리는 보상으로 밥을 달라 했다.

개들을 끌어안으며 기타무라는 개썰매가 처음 출동한 날을 떠올렸다. 남극에 도착한 직후의 개썰매는 참담했다.

소야호에서 해빙면에 내린 개들은 흥분해서 사행했고 서로 얽히며 폭주했다. 패들이라 불리는 해빙의 물웅덩이에 빠지기도 했다. 그 후에도 개썰매의 숙련도는 절망적일 정도로 오르지 않았다. 직진이 불가능했고 제멋대로 방향을 바꾸었다. 지시는 듣지도 않았고 지치면 꼼짝도 하지 않았다. 통솔이라는 말이 무의미했다.

데리와 몬베쓰노쿠마는 늘상 싸웠고 힛푸노쿠마와 아카는 고립되어 있었다. 어린 타로와 지로는 안전한 쇼와 기지로부터 벗어나는 것을 두려워했고 성견들한테 자주 먹이를 빼앗겼다. 리키가 발견하고 타로와 지로를 지켜주기는 했으나 대부분의 개들은 다른 개들한테 관심이 없었다. 팀워크랄 것이 없었다. 개썰매에 기대했던 마음이 희박해지고 개썰매 탐사 자체를 포기해야 할 위기마저 있었다.

기타무라는 안절부절못하고 "왜 안 되는 거지? 왜 서로 사이좋게 지내지 못하는 거야?" 하며 개들에게 소리를 지르기도 하며 고심했다. 도저히 손 쓸 방도가 없다고 생각했던 가라후토견들이다. 그 개들이 지금 일렬로 나란히 서서 대기하며 '빨리 다음 명령을 내리라'고 기타무라에게 집중한다.

가에루섬의 원구빙산보다 더 어려운 코스를 돌파한 개들은 완전히 자신감을 얻은 것 같았다. 여기서부터 나머지는 그야말로 승승장구의 대진격이었다.

거대한 건물 높이의 빙폭대를 통과하고, 강풍에 의해 눈 표면이 딱딱하고 뾰족한 모양을 하게 된 눈의 융기부(눈 표면이 바람에 깎여서 생긴 모양. 바람이 불어오는 쪽이 날카롭기 때문에 바람의 방향을 알 수 있다-옮긴이)도 개들의 행진을 막지 못했다. 이제 보쓴누텐이 바로 코앞이다.

영광의 라스트 런

*

지금까지 100퍼센트 예정대로 이동했다. 기타무라가 식료품 잔량을 계산해 보니 너무 많았다. 가에루섬 탐사 때는 한 끼 당 분량이 적어서 매일 허기에 시달렸다. 참지 못하고 개 사료를 먹기도 했다. 그때를 교훈 삼아 이번 탐사에는 식료품을 넉넉히 준비했다. 남극 대륙에 상륙하는 것은 처음이라 지금까지의 해빙면 조사 때와는 다른 상황을 맞닥트릴 수도 있다. 그런 경우를 대비한 리스크 관리였다.

하지만 이 정도로 순조로운 진행이라면 앞으로 식료품이 모자랄 위험은 없다. 불필요한 식료품을 썰매에 싣고 다니는 것은 개들만 힘들게 할 뿐이다. 다행히 이번 탐사의 식료품 담당자가 기타무라였기 때문에 앞으로 가져가지 않아도 되는 식료품의 종류와 분량을 다시 계산할 수 있었다. 예정에는 없었지만 남은 식량을 저장할 데포를 만들기로 했다. 그렇게 하면 썰매의 하중이 가벼워지면서 개들의 부담이 줄고 일정 관리에도 도움이 된다. 기타무라의 제안에 나카노와 기쿠치도 동의했다. 바로 작업에 들어갔다.

통조림 콘비프, 소고기 조림, 보일드 치킨, 미트볼 등은 기지를 떠날 때 이미 통조림 캔에서 내용물만 꺼내 둔 것들이었기에 커다란 봉지로 쌌다. 소고기 삼겹살, 소 넓적다리살, 돼지고기 등심, 송아지 간, 건조 베이컨, 건조 소시지와 햄. 이것들도 바로 조리할 수 있도록 얇은 종이에 싸여 있다. 생선류도 너무 많다. 황새치, 염장연어, 대하, 방어, 참치 플레이크 기름 절임, 정어리 등이다. 채소 중에서도 무게가 나가는 배추, 양배추, 당근, 사과도 양이 남는 것들은 남겨 두기로 했다.

밖으로 꺼낸 고기들과 소시지의 냄새를 맡았는지, 썰매에 묶인 개들의 움직임이 소란스러웠다. 기타무라는 가라후토견의 예리한 후각에 다시금 감탄하면서도 마음이 약해져 먹을 것을 주면 안 된다고 스스로 경계했다.

이 식량들은 돌아가는 길에 필요하면 쓰고 필요 없는 경우 그대로 두기로 했다. 언젠가는 분명 쓸모가 있으리라 생각했다. 그리고 기지에 돌아가면 데포 설치에 관해 대장에게 보고하기로 했다.

10월 25일. 드디어 보쓴누텐까지 3킬로미터를 앞둔 지점에 도착했다. 기지를 출발한 지 열흘째다. 여기서는 보쓴누텐의 전경을 한눈에 볼 수 있다. 남극 대륙의 창빙으로 우뚝 선 약 500미터 높이의 바위산. 미국의 그랜드캐니언처럼 아름답고 다이나믹한 가로줄무늬가 겹겹이 포개져 있다. 동쪽과 중앙, 서쪽 세 군데에 뾰족한 봉우리가 있고 주변은 약 6킬로미터다.

벽면은 깎아지른 듯 우뚝 솟아 있고 거대한 바위가 복잡하게 뒤얽혀 있다. 눈보라가 들이치는 곳은 하얗게 얼어붙어 눈부시게 빛나고 있었다. 가파른 바위면과 얼음으로 이루어진 경사면은 인간이 다가가지 못하게 하는 힘이 있다. 지금까지 아무도 가 보지 않은 산 보쓴누텐. 이 산의 지질 조사, 구조 조사, 주변의 지형 관찰이 이번 등정의 목적이다. 나카노와 기쿠치, 기타무라는 모두 대학 시절 산악부에서 명성을 떨쳤지만 인류의 발길이 닿지 않은 이 남극의 산에 도전하는 것은 처음이라 세 명은 기대와 흥분을 감추지 못했다.

"드디어 여기까지 왔군!"

평소 냉정하고 침착한 리더 나카노마저 아이처럼 흥분했다.

이곳에 오기까지 여러 번의 난관을 헤쳐온 개들도 3킬로미터만 더 가면 목적지에 도달하게 된다.

원구빙산에서는 후렌노쿠마가 리더의 면모를 보여 주었다. 전혀 예상치 못했던 일이다. 후렌노쿠마는 힘과 카리스마가 넘쳤다. 하지만 다른 개들은 후렌노쿠마가 두려운지 좀처럼 후렌노쿠마의 움직임을 따라가려 하지 않았다.

하지만 원구빙산을 넘어갈 때 후렌노쿠마의 모습에 감동했는지 다른 개들이 열심히 후렌노쿠마의 지시를 따랐다. 훌륭한 리더가 될 수 있겠다고 생각했다. 보쓴누텐 탐사 경험을 바탕으로 후렌노쿠마는 리키의 후계자로 이름을 올릴 수 있을지도 모른다.

시로도 선도견으로서 역할을 훌륭히 해냈다. 남극에 왔던 초창기에는 눈에 띄지 않았다. 그러나 훈련을 거듭하는 동안 탁월한 방향 감각을 지녔다는 것을 알게 되었다. 시로가 선도견 포지션 자리에 섰을 때, 처음에는 다른 개들이 거부하는 듯했지만 곧장 시로의 실력을 인정했다. 자신감을 얻은 시로는 이번 탐사 때도 리키에 버금가는 능력을 발휘해 주었다.

가라후토견은 한번 상대의 실력을 인정하면 더는 다투지 않는다. 쓸데없는 싸움은 서로 상처만 준다는 것을 알기 때문일까. 시로는 이제 베테랑 개들의 신임을 얻어 선도견으로서 지위를 굳혔다. 어린 타로와 지로도 나름 분발했다. 그러나 아직은 2군 선수급이다. 다른 개들도 아주 잘해 주었다.

그러나….

기타무라는 생각했다.

앞으로 남은 3킬로미터는 영광의 라스트 런이다. 이 코스의 선
도견이라는 명예는 지금까지 힘써 준 리키에게 주고 싶다. 리키만
편애한다고 다른 개들이 화를 낼까. 아니야, 아마 이해해 줄 거야.
사실 거의 모든 코스를 선도해 왔던 리키는 상당히 지친 상태여서
어제부터 중간 그룹에 두었다. 리키는 아직 덜 회복한 듯 보였다.
앞발 사이에 콧등을 묻고 눈을 감은 채 움직이지 않는다.

'리키는 이렇게 중간 그룹에 있는 게 편할지도 몰라.'

기타무라는 잠시 망설였지만 다시 마음을 고쳐먹고 리키에게
다가갔다.

리키는 자고 있는 게 아니었다. 기타무라의 방한화가 눈을 밟으
며 다가오는 소리를 듣고 있었다. 그리고 그 의미를 이해하고 있었
다. 눈 속에 파묻었던 얼굴을 들고 경쾌하게 일어섰다.

—내 자리는 저곳.

마치 당연한 것처럼 정확한 발걸음으로 리키가 선도견의 위치로
향했다. 개들이 길을 열어 주었다. 선두에 있던 시로는 환영하듯
꼬리를 흔들었다.

리키는 태세를 갖추었다. 리키의 눈은 보쓴누텐을 향하고 있다.

"투(전진)!"

기타무라의 호령과 동시에 리키는 힘차게 달리기 시작했다. 회색의 길다란 귀가 쭉 뻗어 바람을 가른다. 약동하는 사지가 창빙을 긁는다. 튀어 오르는 얼음 조각들이 남극의 태양에 빛난다.

달린다, 달린다. 머리를 위아래로 리드미컬하게 움직이며 긴 꼬리를 휘날리며 리키는 날아가듯 달린다.

기타무라, 나카노, 기쿠치는 리키의 몸속 깊은 곳에서 나오는 환희의 에너지가 폭발하는 것을 느꼈다.

개들과 약속

＊

27일 오후. 나카노, 기쿠치, 기타무라는 이제 보쓴누텐의 주봉을 등정한다. 그 사이 산기슭에 세운 캠프는 무인 상태가 된다. 개들은 어떻게 행동할까. 이때다 하고 멋대로 행동할까. 지시를 지키며 기다리고 있을까. 만약 개들이 도망이라도 간다면 대원들의 목숨도 위험하다. 쇼와 기지까지 200킬로미터나 되는 거리를 걸어서 돌아가야 한다. 살아서 귀환할 수 있을까.

기타무라의 뇌리에는 영국의 스콧 원정대의 비극이 떠올랐다. 노르웨이 아문센 원정대와 남극점 최초 도달 경쟁에서 패한 후 걸어서 남극을 헤매다 결국에는 전멸했던 탐험대.

'안돼, 절대 그럴 수는 없어.'

기타무라는 비관적인 상상을 떨쳐냈다. 개들을 믿어야 한다.

이럴 때야말로 그 주문이 효과가 있지 않을까.

왓카나이 훈련소에서 고토 나오타로 훈련사가 가르쳐 준 주문이 있다.

"가라후토견과 무엇인가 약속할 때는 주문을 걸고 자신의 침을 개들의 콧등에 뱉어 보게. 그렇게 하면 개들은 그 사람의 냄새와 명령을 기억할 거네. 단, 서로 믿음이 없다면 개한테 물릴 거야."

그 말을 들었을 때에는 감히 가라후토견에게 침을 뱉을 엄두가 나지 않았다. 맹수 같은 가라후토견에 물렸다가 무슨 변을 당할지 모른다. 그러나 지금 기타무라는 개들을 신뢰하고 있다. 후렌노쿠마한테 다가가 입속의 침을 모았다. 후렌노쿠마 앞에 앉아 입을 쿠마의 콧등 가까이 가져갔다. 만일을 대비해 천천히.

후렌노쿠마는 고개를 갸우뚱하며 이상하다는 듯이 기타무라를 바라보았다. 기분 탓인지 으르렁거리는 소리가 들리는 것 같다.

'제발 물지는 말아 줘.'

솔직히 한순간 신에게 기도했다. 만약 후렌노쿠마가 받아들여 준다면 다른 개들도 문제없을 것이다. 그래서 첫 개를 제일 까다로운 녀석으로 골랐다. 기타무라는 입을 오므려 침을 뱉으려고 했다. 그 순간.

후렌노쿠마는 기타무라의 얼굴을 날름날름 핥았다. 슬리퍼만큼이나 크고 따뜻한 혀로. 주문 따위는 필요 없었다.

오후 2시. 등정을 시작했다. 50도에서 60도에 이르는 급경사다. 여기서 미끄러져 떨어지면 그걸로 끝이다. 서로의 몸을 연결하는 안자일렌을 확인했다.

선두는 기쿠치, 다음이 기타무라, 마지막은 나카노다. 자일을 단단히 확보한다. 꿈에서까지 본 보쓴누텐의 바위에 아이젠을 단단히 박고 피켈을 박아 넣는다. 느낌이 좋다.

세 사람은 필요할 때 필요한 만큼만 말을 했다. 등반의 리듬이 좋다. 조심해야 할 것은 땀이다. 최대한 주의하며 무심의 경지로 올라간다.

오후 4시. 드디어 정상에 섰다.

'여기가 미답봉 보쓴누텐의 정상인가.'

흔히 생각하듯 산 정상에 도달했을 때 소리를 지르고 싶은 생각은 없다. '등정할 수 있게 해 주셔서 고맙습니다'라고 말하고 싶을 정도로 경건하고 감사한 마음이 들 뿐이다. 게다가 보쓴누텐 정상에 일본 남극 관측대의 발자국을 남기는 일은 개인의 일이 아니었다. 1차 월동대의 주요한 목표였고 지금 그 사명을 달성했다.

다만 안타깝게도 시계가 나쁘다. 눈앞의 남쪽 방향으로는 유백색의 베일이 드리워진 미지의 공간이 펼쳐져 있다. 바로 아래쪽으로는 노란 텐트가 보인다. 그 옆으로 개들이 나란히 일렬로 서 있다.

돌탑을 쌓고 1차 월동대원들의 이름이 새겨진 동판을 묻었다. 내가 이 동판을 다시 보는 일은 없겠지. 이 산의 정상에 설 예정이었던 다쓰미 대원의 얼굴이 떠올랐다. 만약 설상차가 문제없이 움직일 수 있었다면 보쓴누텐 탐사는 다쓰미 대원팀이 담당할 예정이었다. 그러나 오쓰카 대원의 필사적인 노력에도 설상차의 상태는 나아지지 않았고 어쩔 수 없이 개썰매팀으로 대체되었다. 그 아쉬움을 산 정상에 남겨 두고 신중하게 하산했다.

개들은 기다려 주었다. 지점 측량을 마치면 기지로 돌아가자.

고래의 잔해

＊

"전인미답의 보쓴누텐 등정자로 우리 이름은 영원히 남을 거야. 정말 잘 됐지, 기타무라."

보쓴누텐에서 기지로 돌아오는 길에 필요한 말 외에는 거의 하지 않는 기쿠치가 오늘따라 들떠서 말이 많다. 그도 기쁜 마음을 숨길 수 없는 모양이다. 기쿠치가 웃으니 기타무라도 덩달아 즐거워진다.

날씨도 양호하고 충분히 휴식한 후라 쇼와 기지로 향하는 개들도 순조롭게 달렸다. 오던 길의 그 괴롭고 험난했던 과정에 견주면 귀로는 너무 순조롭다.

하지만 이럴 때 꼭 문제가 생긴다.

11월 3일. 주변 기후가 급격히 악화되었다. 주위가 희뿌옇게 되더니 한순간에 시야가 가려졌다. 발군의 방향 감각을 자랑하던 시로가 방향을 잃었다. 리키와 교대시켰으나 상황은 나아지지 않았다. 인간의 감각도 마비되었다. 방향 뿐 아니라 높은 곳이 낮게, 낮은 곳이 높게 느껴졌다.

"화이트아웃이다!"

나카노가 두 사람에게 경고한다. 이미 인지했다. 대기 중의 얼음방울이 극도로 작아지면서 빛의 산란에 의해 그림자가 없어졌다. 방향 감각도 원근감도 느낄 수 없다. 겨울 등산에서 경험한 적이 있지만 여기서 다시 만나게 될 줄이야. 차광 고글을 끼지 않으면 눈을 다칠 수도 있다. 그러나 고글을 낀 상태에서는 돌아갈 방향을 찾을 수 없다. 위험을 무릅쓰고 아주 짧은 시간 고글을 벗고 방위를 확인한 후 마침내 궤도를 수정할 수 있었다. 오는 길에 설치한 데포에 도착해 필요한 만큼의 식료품을 실었다. 남은 것은 언제라도 다시 사용할 수 있도록 정리해 두었다.

고글을 벗은 대가는 컸다. 그날 밤 세 명은 심한 눈 통증에 시달렸다. 특히 기쿠치가 통증이 심해 힘들어했다. 처방할 약이 없으니 나카노 의사도 손을 쓸 수가 없었다. 위험한 상황이었다. 만약 세 사람 모두 상태가 악화되어 방향을 확인하지 못한다면 기지로 돌아갈 수 없게 된다.

5일. 기쿠치는 이제 거의 눈이 보이지 않는다고 했다. 개들의 부담은 커지지만 계속 썰매에 태워 가야 한다.

6일이 되자 나카노와 기타무라의 상태가 조금 나아졌다. 이제 기지로 귀환할 수는 있다. 그러나 기쿠치의 상태는 좀처럼 회복되지 않았다.

썰매는 남극 대륙에서 해빙 위로 올라갔다. 프레셔릿지가 난립해 있다. 이 구역을 빠져나가면 바로 가에루섬이다.

달리는 도중에 눈앞에 기묘한 것이 나타났다. 개들도 발견했는지 일제히 짖어 댄다. 고목으로 된 기둥 같은 것들이 구부러진 상태로 늘어 서 있다. 기둥마다 천 조각 같은 것들이 매달려 바람에 펄럭이고 있다. 오래된 오두막 같았다.

"누군가 살고 있나?"

나카노가 기타무라를 쳐다보며 농담처럼 말했다. 뭐라 대답해야 할지 모르겠다. 상상조차 안 된다. 땀 흘리면 안 되는데 기분 나쁜 땀이 흘렀다. 외국의 어느 탐험가가 여기에 오두막을 지은 걸까. 말도 안 되는 상상을 하게 된다.

개썰매는 천천히 그 수수께끼 같은 물체에 다가갔다. 그러자 개들에게 이변이 생겼다. 그때까지 개들은 보조를 잘 맞추어 달렸었는데 갑자기 흐름이 흐트러졌다.

후렌노쿠마와 아카는 콧등에 주름을 잡고 그르릉거리며 위협하는 듯한 소리를 내기 시작했다. 페스는 겁을 먹었는지 멈춰 서려고 했다. 도대체 어찌 된 일인가. 200미터 전방에서도 여전히 오두막처럼 보였다.

"야호!"

인기척을 내 보았다. 인간이라면 다행이지만 정체를 알 수 없는 짐승이 튀어나오기라도 한다면…. 피켈을 쥔 손에 단단히 힘을 주었다.

100미터 앞까지 다가가자 정체가 밝혀졌다.

"뭐야, 놀랐잖아!"

"사람 헷갈리게 참."

나카노와 기타무라는 동시에 휴, 하고 한숨을 쉬었다.

오두막처럼 보였던 것은 죽은 후 상당히 오랜 시간이 지난 듯한 고래의 잔해였다. 거대한 갈비뼈가 멀리서는 구부러진 기둥처럼 보였던 것이다. 천으로 보였던 것은 고래의 껍질이었다. 껍질 안쪽에는 아직 살 조각과 지방분이 잔뜩 달라붙어 있었다. 풍화는 되어도 부패하지는 않는 것인가.

가에루섬 주변은 지금은 얼어 있지만 기본적으로 바다다. 고래의 서식지였을 수도 있다. 이 고래는 잘못 들어왔다가 해빙역에 갇혀 탈출하지 못한 걸까.

함께 데리고 온 개들이 흥미로운 듯 고래 주변을 맴돌며 냄새를 맡고 있다. 후렌노쿠마와 아카는 먹을 수 있는지 살펴보는 것 같았다. 다른 개들도 고래의 잔해를 주시하고 있다. 처음 보는 거대한 생명체의 유해에 흥미가 있는 것이겠지.

데쓰의 이상한 행동

＊

8일. 오는 길에도 고전했던 원구빙산이 다시 기다리고 있었다. 기타무라는 후렌노쿠마와 고로의 힘에 의지했다. 그 특별한 언덕을 넘어가기 위해서는 방향감각이나 속도가 아닌 힘이다. 이 두 마리 간판 장사들을 믿어 보자.

두 마리는 기대에 부응했다.

그런데 원구빙산을 몇 개인가 넘었을 때 데쓰가 눈에 띄게 뒤떨어지기 시작했다. 혀를 쑥 뺀 채로 썰매를 거의 끌지 못했다. 휘적휘적 겨우 따라온다. 데쓰는 리키와 거의 같은 나이로 일본을 출발했을 때 여섯 살이었고 지금은 일곱 살이다. 노견이라 해도 무방하다. 그러나 리키는 젊은 무리를 이끌고 있다. 데쓰한테는 그런 의욕이 보이지 않았다.

기타무라는 끝도 없이 이어지는 원구빙산에 지쳐 스트레스가 쌓여 있었다. 갑자기 화가 폭발했다.

"더는 못 봐주겠다! 데쓰, 너 정말 아무 도움이 안되는구나!"

썰매에서 내려 데쓰에게 다가갔다. 두려움에 떠는 데쓰는 눈을 위로 뜨며 용서해 달라는 듯한 표정이었다. 그 모습이 한심해 보여 기타무라는 더 화가 났다.

"뭐야 그 표정은? 너만 피곤하고 지친 게 아니라고!"

데쓰가 몸을 더 움츠렸다.

"네 친구들을 봐! 후렌노쿠마를 보라고! 고로를 봐! 필사적으로 썰매를 끌고 있잖아!"

데쓰가 고개를 숙인다. 얼굴을 들려고 하지 않는다.

"부끄럽지 않아?"

고함과 욕설이 그치지 않았다. 이 정도로 감정이 격해진 적은 없었다.

데쓰는 완전히 기가 죽어 있다.

머릿속에서는 고령인 데쓰의 체력이 한계에 달했다고 생각하면서도 제어할 수 없는 감정이 막무가내로 터져 나왔다.

"너 같은 개는 썰매를 끌 자격도 없어. 그냥 뒤에서 따라와."

기타무라의 태도에 나카노와 기쿠치도 깜짝 놀랐다.

'내가 왜 이러지?'

기타무라도 자신의 감정이 왜 이리 폭발했는지 알 수 없었다. 그런 상태에서 개와 썰매를 잇는 고리를 떼어 냈다. 고리를 떼어 내면 개는 자유로워진다. 데쓰를 떼어 놓지 않으면 썰매가 제대로 나아가지 않는다. 데쓰는 알아서 따라오겠지.

"투(전진)!"

썰매는 다시 달리기 시작했다.

데쓰는 썰매를 따라오지 않았다. 기타무라가 뒤를 돌아보니 데쓰는 혼이 났던 그 장소에 그냥 앉아 있었다. 아름다운 '앉아' 자세로. 50미터. 100미터. 점점 데쓰의 모습이 작아졌다.

"혹시 다친 거 아냐?"

나카노가 기타무라에게 말을 걸었다. 그렇지는 않다. 개들의 부상은 중대한 리스크 포인트다. 감정적이긴 했지만 그 부분은 제일 먼저 체크했고 아무 문제가 없었기 때문에 야단도 친 것이었다.

'그런데 왜 안 움직이는 거지? 야단맞았다고 삐진 건가?'

이유가 무엇이든 두고 갈 수는 없는 법. 기타무라는 혀를 차면서 썰매에서 내려 데쓰가 앉아 있는 곳으로 달려갔다.

"데쓰, 삐지긴 왜 또 삐지고 그래? 그래도 네가 선도견이야?"

다시 한번 강한 어조로 나무랐다. 만약 데쓰가 야단맞은 일로 반항하는 거라면 인간의 명령을 따르도록 다시 가르쳐야 하기 때문이다. 악역이긴 하지만 이것도 개 담당자의 일이다.

기타무라의 마음이 통했는지 데쓰가 천천히 일어나 걷기 시작했다.

"너 진짜, 사람을 이렇게 고생시킬 거야?"

그러나 걷기 시작한 데쓰가 향한 곳은 썰매가 진행하는 방향이 아니라 왔던 길을 되돌아가는 길이었다. 기타무라는 당황했다.

"야, 데쓰! 거기가 아니잖아. 그쪽은 보쓴누텐이라고!"

데쓰는 고개를 숙이고 어깨를 늘어뜨린 채 휘청거리며 왔던 길을 돌아가고 있다.

"데쓰!"

기타무라가 이름을 부르자 데쓰가 걸음을 멈추었다. 천천히 돌아본다. 그러나 데쓰는 이쪽으로 오려고 하지 않고 다시 멀어져 갔다. 기타무라에게 더 이상 선택의 여지는 없었다. 허둥지둥 쫓아갔다.

"미안해, 데쓰! 내가 잘못했어! 너도 고생 많았어. 정말이야. 정말 그렇게 생각한다고. 네가 필요해, 데쓰!"

기타무라는 데쓰에게 애원했다. 데쓰가 다시 한번 멈춰 섰다.

"데쓰, 잘 들어. 네가 함께 있어 주면 좋겠어. 같이 돌아가자. 돌아와 줘!"

기타무라는 필사적이었다. 잠시 후 데쓰가 기타무라 쪽으로 다가왔다. 그러나 달려오지는 않았다. 반신반의하는 모습이다. 그래도 한 발 한 발, 데쓰가 돌아오고 있었다. 기타무라는 안도하며 크게 반성했다.

'내가 너무 감정적이었어.'

고령견한테 남극의 환경은 너무 가혹했다. 이런 나이든 개를 데리고 오다니. 똑같이 젊은 개들처럼 일해 주길 바라는 것 자체가 무리지. 그런데 나는 너무 심한 말을 하고 말았다.

문득, 눈앞에 데쓰의 얼굴이 있었다. 두려워하고 있지는 않았다. 평소의 데쓰다. 어느새 기타무라는 빙원에 손을 대고 엎드려 기는 자세를 하고 있었다. 데쓰가 기타무라의 얼굴을 핥았다. 남극의 설원을 한 젊은 대원과 한 마리의 늙은 가라후토견이 걷는다. 이따금 서로의 얼굴을 살피며 앞서간 썰매를 쫓아간다. 뛰어가다가 장난도 치면서.

기타무라가 손뼉을 치면 데쓰가 꼬리를 흔들며 기타무라 주변을 빙글빙글 돈다. 점프한다. 기타무라가 쓰고 있던 털모자를 벗어 던진다. 데쓰가 신나게 잡으러 간다.

"돌려줘, 내 모자야!"

데쓰는 물론 모자를 돌려줄 생각이 없다. 더 놀고 싶은 것이다.

"이 녀석, 내가 졌다."

기타무라가 웃으며 데쓰를 뒤쫓아 갔다.

수의사의 부재

*

11월 11일. 보쓴누텐 대원정을 마치고 나카노, 기쿠치, 기타무라와 개썰매 팀은 쇼와 기지로 돌아왔다. 주행거리 왕복 435킬로미터를 27일 동안 주파했다. 그 사이 기지에서는 경사가 있었다. 암컷인 시로코가 새끼를 낳은 것이다. 수컷 세 마리, 암컷 다섯 마리가 정신없이 시로코의 젖을 빨고 있었다. 이 강아지들은 적성을 잘 살펴본 후 2차 월동대에 인수인계하자는 제안도 나왔다. 어릴 때는 반려견으로, 수컷들은 자라서 언젠가 개썰매의 새로운 전력이 될 수도 있다. 익숙하지 않은 사람들에게 가라후토견 성견은 다소 두려운 존재다. 하지만 어린 강아지는 다르다.

"이 강아지가 제일 예뻐."

"일본에 돌아가면 이 녀석을 키우고 싶어."

대원들이 돌아가며 강아지들을 안아 올리는 바람에 시로코는 줄곧 예민해져 있다. 천진한 강아지들은 다 귀여웠다.

벡의 죽음, 힛푸노쿠마의 실종 등 가라후토견들의 어두운 뉴스가 이어졌지만 새로운 생명의 탄생은 쇼와 기지의 분위기를 활기

차게 바꾸었다.

그러나 좋은 소식은 더 이어지지 않았다.

기지에 돌아와 일주일 정도 지났을 때 고로가 중태에 빠졌다. 원인은 꼬리뼈 부근에 생긴 종양. 그것이 곪아 터져 피고름이 나왔다. 꼬리 주변의 털도 다 빠졌다.

"나카노 선생님, 무슨 종양인가요?"

기쿠치가 걱정스레 물어 보지만 나카노 의사는 '확실하게 진단할 수 없다'고 대답할 뿐. 이상한 일도 아니다. 나카노는 해부학이 전문인 의사로, 인간에 대한 진료나 치료는 가능하지만 수의사는 아니다. 게다가 기지에는 제대로 된 의료 진단 장비조차 없다.

인간과 개의 신체 구조는 여러 면에서 다르고 사용하는 약품도 다를 수밖에 없다. 인간의 약을 개에게 투여할 수는 없는 법이다. 나카노는 곪은 부분을 소독하고 가능한 청결을 유지하도록 깨끗하게 닦아주었다.

"이 정도로 악화된 상태라면 지금 손쓸 수 있는 방법이 없네. 상황을 지켜보자고."

나카노의 설명을 듣고 기타무라는 후회했다.

사실 기타무라는 고로의 종양을 인지하고 있었다.

보쓴누텐으로 향하던 도중, 원구빙산과 싸울 때였다. 한 마리씩 개들의 상태를 체크할 때 고로의 엉덩이 부분에서 종기 같은 것을 발견했다. 이상하다 싶어 가볍게 눌러 보았는데 고로는 아픈 기색을 보이지 않았다.

'크기도 작고, 아파 보이지도 않고. 문제없겠지.'

아마추어의 섯부른 판단이 큰 실수였다.

하나, 또 기타무라의 머릿속에는 썰매의 주전력인 고로가 절대적으로 필요하다는 계산이 있었다. 원구빙산 돌파처럼 속도보다 힘이 필요한 경우, 체격 좋고 견인력이 강한 고로는 없어서는 안 되는 존재다. 고로 없이 원구빙산은 돌파할 수 없다. 그래서 종양이 있다는 것을 인지하고도 무리하게 썰매를 끌게 했다.

고로는 그때도 평소와 다름없는 투지를 보여 주었다. 그러나 사실은 심하게 아팠는지도 모른다. 지금으로서는 회복해 주기만을 바랄 뿐이다.

어느새 니시보리 대장이 곁에 서 있었다. 고로의 상태를 악화시켰다고 낙심하는 기타무라의 마음을 헤아린 것이었다.

"고로한테 무리하게 썰매를 끌게 했다고 생각하는 게지, 기타무라."

대장은 강한 어조로 말을 이었다.

"그렇지만, 자신이 해야 한다고 마음먹었을 때는 어떠한 비난이라도 각오해야 해. 그것이 탐험이다. 남극 탐험도 마찬가지야."

그것은 질타가 아닌 격려였다. 기타무라의 가슴이 뜨거워졌다.

그러나 현실적으로는 고로의 부상으로 개썰매단은 후렌노쿠마에 이어 최강 엔진 하나를 잃은 셈이었다.

데쓰도 기력을 잃은 채 건물 안 방 한구석에서 잠만 자고 있다.

"데쓰는 아무래도 나이가 있으니까. 다친 데는 없고 그냥 늙어서 쇠약해진 걸 거야."

나카노 의사의 진단에 기타무라가 질문했다.

"27일 동안 썰매를 끄는 일이 데쓰한테는 너무 힘든 일이었겠지요? 앞으로 있을 프린스 올라프 해안의 개썰매 탐사는 불가능할까요?"

나카노가 대답했다.

"개들도 각자 체력이 다르니 나이만 갖고 단정 지을 수는 없지만, 그게 무리였을 가능성은 있지. 나도 반성하고 있네. 프린스 올라프는 당연히 무리지."

돌이켜보면 보쓴누텐에서 돌아오는 길에 데쓰가 보인 행동은 이상했다. 제대로 썰매를 끌지 못했다. 그런 데쓰한테 기타무라는 화내고 혼을 냈다. 그러자 데쓰는 주저앉아 움직이지 않았고 나중에는 왔던 길을 되돌아가려고 했다. 그 묘한 행동에는 데쓰 나름의 심경이 있었던 것이 아닐까.

―나는 이제 이 팀의 전력에 도움이 되지 않아요. 더는 못할 것 같으니 저는 그냥 사라질게요.

'혹시 그런 의사 표시였나? 설마?'

가라후토견이 아무리 똑똑하다고 해도 거기까지 생각이 미쳐 행동한다고는 생각하지 않는다. 실제로 그 후 기타무라가 열심히 설득해 데쓰는 되돌아왔다. 산책하듯 함께 장난치고 놀면서 먼저 간 썰매를 뒤쫓았다. 그때 데쓰는 장난치는 걸 좋아했고 뛰어오르기도 했다. 노견이라는 사실을 잊을 정도였다.

어찌 됐건, 지금은 누워서 잠만 자는 데쓰는 고로와 마찬가지로 다음 탐사에는 데려갈 수 없다. 나카노 의사가 불가능하다고 하니 어쩔 수 없다.

나쁜 일은 겹친다. 데리도 원인 불명의 컨디션 난조다. 기지 내 수의사 부재의 리스크는 서서히 선명해졌다.

마지막 탐사

*

프린스 올라프 해안 탐사 개썰매단은 11월 25일에 출발했다. 월동 초기에 견주어 진용은 현저하게 초라해졌다. 열여덟 마리였던 썰매개 중에 벡의 사망, 힛푸노쿠마의 행방불명, 고로는 중태, 데쓰와 데리도 건강 악화로 전력의 3분의 1 정도를 잃었다. 겨우 열세 마리로 출발했다.

이렇게 되면 어린 타로와 지로에게도 성견 몫의 일을 맡길 수밖에 없다. 갑작스런 1군 승격인 셈이다. 육체적으로 힘든 포지션이라도 맡길 수밖에 없다.

가에루섬과 보쓴누텐은 기지의 남쪽에 위치하는데 프린스 올라프 해안은 북동 방면으로 나란히 이어져 있다. 항공사진도 지도도 없다. 진정한 의미에서 전인미답인 땅에 도전하는 것은 니시보리 대장과 개 담당인 기쿠치와 기타무라 세 명.

1차 월동대의 마지막 과학 탐사다. 과학자와 기술자들로 구성된 월동대원은 누구라도 이 광활하고 매력적인 남극을 조사하고 싶을 것이다. 기지에 남은 대원 중에는 허무하고 아쉬운 심정인 대원들도 있을 것이다. 기타무라는 마지막 임무를 반드시 성공시키리라 다짐했다.

니시보리 대장은 극지 경험이 풍부하다. 게다가 관찰력도 뛰어나 출발 후 얼마 되지 않아 창빙의 상태가 위험하다는 것을 알아챘다.

"잠깐만. 이건 개들한테 좋지 않겠는걸."

기쿠치도 기타무라도 알고 있었다.

보통 창빙은 썰매가 적절히 미끄러지며 개들도 달리기 쉽다. 눈이 약간 쌓여 있어도 적설이 부드럽다면 아무런 문제가 되지 않는다. 그러나 눈이 얼어 굵은 소금 같은 알갱이가 되어 버리면 상황이 달라진다. 지금이 바로 그런 때였다.

굵은 소금처럼 되어 버린 눈의 끝부분은 뾰족하다. 다시 말하면 자잘한 유리 파편이 창빙 위에 박혀 있는 것과 다르지 않다. 그것들이 개들의 발바닥을 콕콕 찌른다.

가라후토견의 발바닥은 일종의 각질층으로 아주 두텁고 단단하다. 하지만 이 상태로 계속 주행한다면 단단한 각질층이 조금씩 파이고 까져 곧 부드러운 속살이 드러나게 된다. 무방비 상태의 부드러운 속살은 결국 날카로운 얼음에 찢겨 피가 날 것이다. 개들이 얼마나 견딜 수 있을까. 이번 탐사의 성패는 이 문제에 달려 있다.

썰매개들의 수를 줄였기 때문에 가능한 하중을 줄이기 위해 썰매에는 인간이나 개들의 식량을 최소한으로 줄여서 실었다. 개들의 식량에 관해서는 미리 대책을 세웠다. 도중에 조우한 바다표범을 포획해 해체하고 그 고기를 먹였다.

출발한 지 이틀째 되는 밤, 통신용 라디오에 긴급 속보가 들어왔다.

"데쓰의 상태가 위독하다. 얼마 못 갈 것 같다."

라디오에서 통신 담당 사쿠마의 절박한 목소리가 들려 왔다. 니시보리 대장, 기쿠치, 기타무라 세 명은 그 순간 서로의 얼굴을 쳐다보았다.

프린스 올라프 해안의 지도는 존재하지 않는다. 지금까지 아무도 밟은 적이 없는 땅이니 당연하다. 따라서 지도를 작성하면서 전진한다. 포인트에 도달할 때마다 정지해 정확하게 측량하고 다시 떠난다. 측량 중에는 개들을 쉬게 할 수 있지만 그래도 발바닥 상태는 악화되어 갔다. 그중에서도 이번 탐사에서 갑자기 중요한 포지션을 맡게 되어 견인의 부담이 커진 타로의 발 상태는 심각했다. 단단한 각질층이 벗겨지고 연약한 안쪽 살이 드러났다. 인간도 겉 피부가 벗겨져 속살이 드러나면 무엇이든 닿기만 해도 쓰리고 아프다. 첫날 걱정했던 일이 현실이 되고 말았다.

쇼와 기지로부터 상당히 떨어져 있기 곳이라 라디오 전파도 닿지 않는다. 데쓰는 죽었을까. 아니야, 제발 살아 있어 줘.

30일. 타로의 발바닥에서 피가 나기 시작했다.

푸른 빙원은 무한히 이어진 바늘산 같았다. 가라후토견의 발바닥은 연령과 함께 점점 두터워지고 각질화되면서 단단해진다. 그러나 가장 어린 타로의 발바닥은 선배 개들에 견주면 충분히 두텁지 않다. 결국 타로의 발바닥 각질층이 벗겨지고 속살이 찢어지고 말았다.

통증이 전해지는지 리드미컬했던 타로의 주행이 무너졌다. 한쪽 다리를 절기 시작했다. 절면서 조금씩 깡총거리는 부자연스러운 움직임을 보였으나 그래도 타로는 달리기를 멈추지 않았다. 개들도 어리광을 부려도 괜찮을 때와 괜찮지 않은 때를 구별하는 걸까. 불과 며칠 전의 타로라면 이런 상태가 되기도 전에 이미 깨갱거리며 울었을 것이다. 그런 타로가 지금은 발바닥이 피투성이가 되도록 달리면서 비명도 지르지 않는다.

타로의 무언의 분발이 전해졌는지 선배 개들도 묵묵히 보조를 맞추어 달렸다.

타로는 지로, 사부로와 함께 태어난 삼형제 중 한 마리다. 가라후토견 모집에 분주했던 홋카이도 대학 농학부의 하가 료이치 조수가 왓카나이 시내에서 발견하고 데리고왔다.

기타무라가 왓카나이시에 설치된 가라후토견 훈련소를 찾았을 때, 세 마리는 아직 너무 어려서 훈련에 참여하지 않았다. 그래도 끌개를 달고 종종거리며 달렸던 것을 기억한다. 아쉽게도 사부로는 몸이 약해 남극에 오지 못했다.

가라후토견 훈련사 고토 나오타로는 타로와 지로를 보고 놀라워하며 말했다.

"믿을 수 없을 정도로 생명력이 강합니다. 두세 살쯤 되면 아주 훌륭한 썰매개가 될 겁니다."

고토의 예언대로 그 어렸던 타로가 지금은 중심이 되어 개썰매단을 이끌고 있다.

출혈을 계속 방치할 수는 없다. 급하게 응급처치는 했지만 환부가 발바닥이니 붕대를 감아도 금방 풀어졌다. 게다가 거즈 같은 얇은 천은 날카로운 얼음조각이 가차 없이 찔러 대 통증 해소에 아무런 도움이 되지 않을 것이다.

"잠깐만. 방법이 생각났어."

갑자기 니시보리 대장이 썰매를 멈추게 했다. 그러더니 짐 속에서 두꺼운 장갑을 꺼내 왔다.

"그걸로 뭐 하시게요?"

기쿠치가 신기하다는 듯 대장의 행동을 지켜본다.

대장은 타로의 상처 부위에 거즈를 두르고 반창고로 고정한 다음 장갑을 발에 신겼다. 처음에는 거부했던 타로도 신어 보니 통증이 덜 느껴지는지 그대로 달리기 시작했다. 아이디어맨 니시보리의 재치가 빛났다.

그렇지만 문제는 타로만이 아니었다. 모쿠, 시로, 지로의 발바닥 각질층이 차례차례 벗겨져 나갔고 속살이 찢어져 곧 피투성이가 되었다. 그 개들에게도 똑같이 장갑을 신겼다. 타로는 네 발에 모두 장갑을 신고 있다.

기타무라는 썰매를 멈추었다. 개들이 너무 불쌍했다. 개들에게 다가가 발을 살펴보았다. 장갑 밖으로 피가 번져 나왔다.

"이렇게 될 때까지…, 많이 아플 텐데 어떻게 견디지?"

무심코 개들을 쓰다듬으려 했다. 그러면 개들이 기뻐하기 때문이다. 그러나 이때 개들은 꼬리를 흔들지 않았다. 타로도, 포치도, 구로도 기타무라를 가만히 쳐다볼 뿐이었다. 의식을 집중하고 있었다.

'혹시 나의 명령을 기다리는 걸까. 발이 아픈데도 달리려고 하는 걸까.'

개들의 마음이 기타무라의 마음으로 스며들었다. 이 개들은 인간과 고락을 함께하는 같은 월동대원이다. 그 마음, 그 행복한 연대감이 기타무라를 감쌌다. 뜨거운 것이 가슴 깊은 곳에서 차올라 기타무라는 잠시 썰매 너머로 눈을 돌렸다. 하얀 눈얼음에 붉은 핏자국이 일직선으로 이어져 있다. 그것은 인간과 함께 썰매를 움직이는 가라후토견들의 활활 타오르는 의지의 색이었다.

데쓰의 죽음

＊

지도 작성이 주요 임무였던 탐사 자체는 순조로웠다.

프랏퉁가-제1 쓰유 바위-다마곳-오메가곳-뵤부 바위-2호 바위.

그리고 12월 1일, 히노데곳 서안 해빙 위에 도달했다. 개들의 부상, 남은 식량, 기상 조건을 생각하면 딱 여기까지다. 측량을 마치고 귀환하기로 했다.

12월 10일 오전 쇼와 기지에 도착했다. 16일 동안 모두 355.2킬로미터를 달렸다. 개들은 유리 파편처럼 날카로운 눈 조각에 발바닥이 찢겨 피투성이가 된 상태에서도 잘 버텨 주었다. 이것으로 개썰매단의 임무는 끝이다. 2차 월동대에 인수하기 전까지 기지 주변에서 푹 쉬게 해 줘야지.

기지 건물 앞에 나카노 의사가 기다리고 있었다. 지난번 벡이 죽었을 때가 떠올라 좋지 않은 느낌이 들었지만 그 예감은 빗나갔다.

"기타무라 군, 데쓰는 아직 살아 있네."

그 한 마디에 안도의 한숨을 내쉬었다. 나카노와 함께 데쓰가 쉬고 있는 방으로 갔다. 데쓰는 분명 살아 있었지만 일어설 기력조차 없어 보였다.

"데쓰! 걱정 많이 했어. 지난번에는 너무 미안했어."

기타무라는 보쓴누텐 탐사를 마치고 돌아오는 길에 데쓰를 질책했던 일을 사과하며 양손을 데쓰의 귀 아래에 넣고 살살 간지럼을 태웠다.

데쓰는 눈을 가늘게 뜨고 꼬리를 살짝 흔들더니 "꾸웅~" 하는 소리를 내며 기타무라의 손을 핥았다.

"한때는 잘못되는 거 아닌가 했어. 자네들이 떠나고 이틀 후에 갑자기 심한 경련을 일으키며 한동안 의식불명 상태였네."

나카노가 당시의 상황을 전해 주었다. 포도당 주사를 놓고 바로 라디오 무선으로 연락을 넣었다. 그후 데쓰는 회복해 의식이 돌아왔다. 그때까지는 아무것도 못 먹었는데 스나다가 만든 흰쌀죽을 조금씩 먹기 시작했다고 한다.

"벡이 죽었을 때, 니시보리 대장이 말했잖나. 개썰매단이 돌아오는 소리를 듣고 빈사 상태였던 벡이 작게 짖었다고."

"네, 그랬지요."

"데쓰도 그랬어. 개썰매단이 기지 가까이 오면서 개들이 짖는 소리를 듣자 잠들었던 데쓰가 눈을 뜬 거야. 벡처럼 짖지는 않았지만 꼬리를 흔들더라고."

그랬구나. 이렇게 데쓰가 살아 있어 다행이다.

도그 푸드를 조금 줬더니 맛있게 먹었다. 기타무라는 진심으로 마음이 놓였다.

그리고 데쓰는 그날 밤 숨을 거두었다.

쇼와 기지의 어느 방에서 차갑게 식은 데쓰의 몸에 타월을 덮어 주었다. 데쓰가 남극에서 분투한 증거이기도 한 목줄을 조화 대신 곁에 두었다. 데쓰는 일본을 출발할 때 이미 여섯 살이었으니 이제 일곱 살이다. 고령이라 체력이 달렸고 33킬로그램인 한 살짜리 타로보다 체중도 적게 나갔다. 몸집이 작은 편이라 다른 개들과 보조도 잘 맞지 않았기에 썰매를 끌기에 적합하다 할 수는 없었다. 다른 수컷 개들은 혹한인데도 밖에서 잘 잤는데 베쓰는 추위를 많이 타서 자주 건물 안으로 들어오고 싶어했다.

그런 데쓰가 근성이 없다고 실망하지는 않았나? 쓸모없는 개라고 무시하지는 않았나? 기타무라는 개 담당자로서 자문했다.

데쓰는 든든한 전력이 되지는 못했다. 하지만 그런 노견을 남극까지 데리고 온 것은 자신을 포함한 인간들이다. 지금껏 보살펴 주던 주인과 생이별을 하게 하고 1만 킬로미터가 넘는 거리를 흔들리는 배 안에서 견뎌야 했다. 베쓰에게는 너무나 추운 남극에서 젊고 기운 넘치는 개들과 함께 썰매를 끌어야 하는 일상은 육체적으로나 정신적으로 다른 개들보다 열세였던 데쓰에게는 너무 가혹했다.

데쓰의 사체가 안치된 방에는 기타무라밖에 없다. 단 한 사람의 입회인과 함께 치러진 데쓰의 장례식이다.

대원들은 "데쓰의 명복을 비네", "데쓰는 나이도 많았는데 정말 열심히 해 줬어"라며 기타무라를 위로해 주고 장례식에도 참가하려 했지만, 아마도 니시보리 대장이 담당자에게 맡기라고 지시한 듯했다. 기쿠치도 데쓰의 싸늘한 사체를 보는 게 괴로웠는지 나타나지 않았다. 그 마음도 충분히 이해했다.

데쓰와 둘이 마주한 정적 속에 기타무라의 생각은 더욱 깊어 갔다.

벡은 개썰매 탐사대가 유트레섬에서 돌아온 날 밤에 죽었다. 그 때는 탐사대의 도착과 벡의 죽음이 우연히 맞아떨어졌다고 생각했다. 그런데 이번 프린스 올라프 해안 탐사에서 돌아온 날 밤에 마찬가지로 데쓰도 죽었다. 우연도 두 번이나 일어나면 더는 우연으로 여기지 않게 된다. 이 때를 맞춘 죽음은 개들의 강한 의지의 표현이라고 생각하게 된다. 과학자가 비과학적인 사고에 휘둘려서는 안 되지만 그래도 그렇게 생각되었다.

인간과 마찬가지로 개한테도 감정이 있다. 기타무라의 마음속에는 그런 생각이 점점 커져 점점 단단한 확신이 되었다. 데쓰뿐 아니라 남극에서 지난 1년간 개들과 함께 지낸 나날은 개를 생각하는 기타무라의 인식을 크게 바꾸었다. 보쓴누텐 탐사에서 개들은 원구빙산과 고투에 지쳐 일어서지도 못했다. 기타무라는 한 마리 한 마리에게 다가가 말을 걸었다. 부탁을 했다.

"제발 부탁이야. 너희 말고는 의지할 데가 없어. 같이 힘 내자!"

그러면 꼼짝도 못 하던 개들이 기타무라의 호령 한마디에 일제히 우뚝 서서 원구빙산을 넘었다. 그것은 기타무라의 절실한 마음이 개들에게 전해졌기 때문이 아닐까.

인간과 마찬가지로 개한테도 긍지가 있다. 개들도 자부심을 갖고 살아간다. 그렇다면 데쓰가 보쓴누텐에서 돌아오는 길에 반대 방향으로 돌아선 것도 운명을 깨닫고 스스로 사라지고자 한 행동은 아니었는지. 너무 비약해서 생각하는 걸까.

훗카이도 왓카나이시에 설치된 '가라후토견 훈련소'에서의 개 훈련을 떠올렸다. 그때 자신은 가라후토견에 대해 아무것도 몰랐다. 맹수 같은 가라후토견이 인간의 명령을 따르고 자유자재로 썰매를 끌게 되기까지 개들이 반항하면 때리라고 배웠다. 개들에게는 인간이 가진 지성이나 자존감 같은 것은 없다. 개들은 원래 그런 것이라 여기며 몽둥이를 휘둘렀다. 남극에 와서 그런 생각이 얼마나 잘못되었는지 통감했다.

벡이 숨을 거두었을 때의 충격은 컸다. 슬픔 이외의 감정이 아무것도 없었다. 기타무라는 함께 있어 준 니시보리 대장에게 들키지 않도록 소리 없이 통곡했다.

눈앞에 있는 데쓰를 바라보며 차오르는 눈물을 참는다. 더는 울면 안 돼.

함께 싸워 온 개가 죽었다. 슬픈 건 당연한 일이다. 그러나 개와 함께해 온 담당자로서 그저 슬퍼하기보다는 데쓰의 자부심을 온전히 받아들여야 한다는 마음이 더 컸다.

그래 울지 말고 칭찬해 주자.

"데쓰, 넌 정말 잘 해냈어. 정말 대단한 영감님이었다고."

탄생, 성장 그리고 죽음. 생명이 있는 모든 존재들에 이것은 피할 수 없는 운명이다. 어떻게 살아 왔는지가 중요한 것은 개도 인간도 같다.

안녕, 데쓰.

기타무라는 밖으로 나갔다. 남극의 냉기가 기타무라에게 현실을 깨닫게 해 준다.

그래, 이제 곧 2차 월동대가 온다. 남은 개들을 잘 인계해 주어야 한다.

4

절
망

(1957년 12월~1959년 3월)

* 얼음 바다를 항해하는 남극 관측선 소야호.

마지막 임무

＊

1957년 12월 하순 남극 관측선 소야호는 쇼와 기지를 향해 얼음 바다를 항해하는 중이었다. 소야호에서 쇼와 기지에 전보를 보냈다.

"1958년 1월 8일 접안 예정."

소야호에는 2차 남극 관측대 쉰 명이 타고 있다. 1차에 이어 이번에도 관측대 대장은 나가타 다케시다. 부대장 겸 2차 월동대의 대장이 될 사람은 무라야마 마사요시(요코하마 국립대학)다. 2차 월동대원 스무 명이 1차 월동대와 교대해 새로운 월동 활동을 시작하게 된다.

교대 시기가 다가오면서 1차 월동대원 열한 명은 복잡한 감정에

사로잡혔다. 일본인으로서 최초로 남극 월동을 했고 그것은 인생 최고의 경험이라 할 것이다. 남아서 좀 더 연구하고 싶은 과학자로서의 욕구와 1년 넘게 떨어져 지낸 가족이나 친구들을 하루 빨리 만나고 싶은 그리움이 교차하고 있었다.

"허가를 받을 수만 있다면 한 해 더 남고 싶군."

"아니, 일본에 돌아가서 남극에서 경험을 살려 연구해야지."

"빨리 돌아가서 아이들과 아내를 보고 싶어. 설마 나를 잊은 건 아니겠지?"

한 해 동안 고락을 함께한 열한 명은 각자의 심경을 토로하면서 2차 월동대에 인수인계할 작업에 몰두했다.

기타무라와 기쿠치도 썰매를 끄는 가라후토견들의 데이터를 정리하느라 정신이 없었다. 수컷 열다섯 마리의 특징과 훈련시 주의할 점 등 개들의 성격이나 버릇을 정리해 둔 메모, 유트레섬 탐사를 포함한 네 번의 개썰매 탐사 리포트 등, 2차 월동대 개 담당자에게 전할 항목은 셀 수 없을 만큼 많다.

시로코가 낳은 새끼 여덟 마리는 기지에 남겨서, 남극에서 나고 자란 개들이 어떻게 성장하는지 살펴보자는 비공식적인 계획도 세워 두었다.

그런 상황에서 강아지 여섯 마리의 행방이 묘연해졌다. 수컷인 보토, 요치, 마루는 남극에 남게 된다면 썰매를 끄는 새로운 전력으로 시험대에 오를 날이 올 것이다. 암컷인 유키, 미치, 차코, 스미, 후지도 언젠가는 시로코처럼 남극에서 새끼를 낳을 수도 있다.

아무튼 일본의 남극 관측대가 처음으로 얻은 남극 태생 강아지들이다. 계획의 실행 여부와 관계없이 한 마리도 잃을 수는 없다. 기쿠치와 기타무라만으로는 일손도 시간도 모자라 대원들을 총동원해 개들을 찾아 나섰다. 얼마 후 기지에서 꽤 멀리 떨어진 곳에서 개들을 발견했다. 어미인 시로코가 새끼들을 데리고 기지 밖으로 나간 것이었다. 시로코는 다른 수컷 개들과 달리 계류지에 묶여 있지 않고 건물 안에서 새끼들과 함께 지냈는데 어느 틈에 빠져나간 걸까.

"기지가 분주하고 소란스러우니 산책이라도 하러 나갔나?"

"아무리 그래도 너무 멀리 온 거 아니야?"

대원들끼리 이야기해 본 결과, 이것은 어미 개의 모성본능에서 비롯된 행동일 것이라는 결론을 내렸다.

호랑이나 사자 같은 야생동물을 봐도 어미는 새끼들에게 위험하거나 안전한 곳, 천적이 있는 곳, 물이 있는 곳 등 살아가는 데 필요한 정보를 가르친다. 시로코도 자신의 행동 범위인 기지 주변의 위험한 곳, 펭귄이나 도둑갈매기 같은 강아지들에게 위협이 될 만한 동물의 서식지를 가르쳐 주었을 것이라는 추론이었다.

강아지들에게는 쇼와 기지가 고향인 셈이고 고향의 지리 정보를 숙지해 두는 것은 생존 가능성을 높이는 일이기도 하다.

"시로코는 정말 훌륭한 어미야."

대원들은 가라후토견의 모성본능을 가까이에서 확인하며 고향에 있는 어머니와 아내를 떠올렸다.

2차 월동대와 교대 시기가 다가왔다. 1차 월동에서는 예상했던 것과 실제 경험의 차이가 큰 경우가 많았다. 지난 1년간의 노하우를 쇼와 기지에 도착할 2차 월동대에게 잘 전해 주고 소야호와 함께 귀국한다. 그것이 1차 월동대의 마지막 임무다. 완벽하게 준비해야 한다.

다행히 준비 작업은 대체로 순조로웠고 날씨도 좋았다. 개들도 충분히 휴식한 터라 다들 건강하다. 2차 월동대와 교대는 아무 문제없다.

해가 바뀌어 1958년 1월 3일이 되었다. 사흘 전부터 불어닥친 블리자드의 영향으로 소야호는 꼼짝도 못하는 상태였다. 소야호를 둘러싸고 있던 바닷물은 자취를 감추고 어느덧 밀려와 부딪히는 두꺼운 얼음이 사방 20킬로미터까지 펼쳐졌다. 거대한 빙판에 갇힌 것이다. 꼼짝 못 할 뿐 아니라 소야호를 둘러싼 거대한 빙판은 해류에 실려 점점 서쪽으로 이동하고 있었다. 쇼와 기지까지 남은 거리 140킬로미터 지점까지 다가갔는데 빙판과 함께 다시 멀어져 가고 있었다. 속수무책이었다.

소야호는 최선을 다했지만 열흘이 지나도 빙판에서 벗어날 수 없었다. 사태의 심각성을 인지한 문부성의 남극 관측 통합추진본부는 1월 하순에 소야호가 빙판에서 탈출할 수 있도록 미국에 부분적인 지원을 요청했다.

나가타 대장은 외국의 힘을 빌리지 않고 어떻게 하든 자력으로 빠져나가고 싶어했다. 1차 때도 외국의 힘을 빌렸는데 이번에도 또 도움받고 싶지는 않다. 그러나 그 소망은 이루어지지 않았다.

2월 1일. 소야호의 스크루 일부가 파손되었다. 좌현 스크루의 날개 네 개 중 하나가 부러졌다. 이 스크루 파손 소식에 충격을 받은 통합추진본부는 즉시 미국에 지원 요청을 했다. 1월 하순의 요청은 '부분적인 지원'이었으나 이번 요청은 '전면적인 지원'이었다. 외국의 힘에 의지하지 않겠다는 얘기를 할 때가 아니었다.

이 요청을 받아 미국 해안경비대 쇄빙선 버턴아일랜드호가 구조에 나섰다. 그러나 이 시점에서 소야호와 버턴아일랜드호는 1,600킬로미터나 떨어져 있어서 2월 7일 밤에야 가까스로 합류할 수 있었다. 미국 쇄빙선의 지원으로 단번에 문제가 해결되었다. 버턴아일랜드호의 파워는 대단했다. 소야호를 오도 가도 못하게 했던 두터운 빙판을 너무도 쉽게 격파하며 전진했다. 소야호는 그 뒤를 따라가기만 하면 되었다. 이대로만 가면 쇼와 기지에 재접근이 가능하다.

"이제 아무 문제가 없겠군."

2차 관측대에 드디어 안도가 찾아 왔다. 다른 나라의 힘을 빌리기는 했지만 쇼와 기지로 가는 안전한 루트를 확보하게 된 것이다. 이제 교대 준비를 서둘어야 한다. 다들 분주해졌다. 2차 월동대원들은 개인 물품을 다시 확인하고 언제든 남극 기지에 들어갈 수 있도록 준비를 마쳤다. 사명감에 들떠 있었다. 드디어 자신들의 차례가 온 것이다. 하루라도 빨리 기지에 들어가서 1차 대원들과 교대하고 업무를 시작하고 싶다.

혼란 속의 인수인계

✳

2월 8일. 소야호에 탑재된 소형 비행기가 쇼와 기지로 출발했다. 기지에서는 일손이 빈 대원들이 옥외에서 대기 중이었다. 잠시 후 북쪽 방향에서 나타난 기체를 확인했고 비행기는 점점 가까워졌다. 늘 고요했던 남극에 울려 퍼지는 비행기 소음은 문명의 소리였다.

비행기에서 몇 가지 물자가 투하되면서 낙하산 꽃이 피었다. 조리 담당인 스나다가 전속력으로 뛰어갔다. 비행기가 떨어트린 물자의 일부는 냉동육, 양배추와 토마토, 과일 등 신선식품이었다. 지난 9개월 동안 월동대원들이 맛보지 못한 식재료였다.

지난해 5월, 해빙을 파서 만든 천연 냉동고 바닥에 바닷물이 스며들어 많은 식료품이 잠기게 되면서 냉동육과 냉동 생선들이 못쓰게 되었었다. 그 후 남은 식재료로 머리를 쥐어짜며 음식을 해야 했던 스나다는 제대로 솜씨를 발휘할 기회가 없었다. 이날 밤 대원들은 스나다가 혼신의 힘을 다해 준비한 고기 요리를 마음껏 즐겼다. 식재료가 남아 있으니 내일이나 모레까지는 호화로운 식사를 할 수 있다. 식후에 니시보리 대장은 소형 비행기가 떨어트려준 가족들의 육성 테이프를 듣기 위해 자신의 방으로 돌아갔다. 대원들도 각자 가족이나 친구들의 편지를 읽으며 1만 킬로미터 이상 떨어진 고국을 지면을 통해 느꼈다.

배도 부르고 마음도 불렀다. 귀국 준비도 끝냈다. 내일이라도 당장 2차 월동대가 비행기를 타고 기지로 올 것이다. 인수인계가 끝나면 1차 월동대는 소야호에 승선한다. 그리고 고국 일본으로 돌아간다.

2월 9일. 기지로 날아와야 할 비행기가 오지 않는다.

"어찌 된 일이지?"

"준비가 늦어지나?"

올 것이라 믿었던 비행기가 오지 않자 갑자기 불안해진다. 게다가 연락도 없다.

소야호와 기지는 매일 정해진 시간에 연락을 취하게 되어 있으나 깜깜무소식이다.

야간의 정시 연락 시간인 10시에서 2분이 지난 후 2차 월동대장 무라야마로부터 연락이 왔다. 그러나 그 내용은 이해하기 어려웠다.

"내일 10일, 비행기가 기지로 갈 것이다. 니시보리 월동대는 전원 소야호에 수용한다. 준비할 것!"

'잠깐만, 대체 무슨 말을 하는 거야?'

그곳에 있던 대원들 모두 고개를 갸우뚱했다.

"2차 월동대가 먼저 이곳으로 오는 게 아닙니까?"

"그러지 않으면 인수인계가 불가능한데."

"그리고 수용이라니, 우리가 무슨 조난이라도 당한 것처럼 말하잖아?"

모두 무라야마의 전달 사항에 혼란스러워했다. 잠시 후 2차 관측대장 나가타의 목소리가 들렸다.

"16일까지 2차 월동대를 보낸다. 어쨌든 내일 1차 월동대는 전원 소야호에 귀선한다."

이런 기묘한 인수인계라니.

먼저 2차 월동대원이 쇼와 기지에 온다. 1차 월동대와 충분한 인계 업무를 수행, 완료 후 1차 월동대는 소야호로 돌아간다. 소야호 선내가 아닌 쇼와 기지에서 인수인계를 하는 데는 실무적인 이유가 있다.

지난 1년간 기지에서는 실로 예상치 못한 문제들이 다양하게 발생했다. 모든 것이 처음 겪는 일이었다. 문제가 발생하는 이유도, 다양한 기자재나 시설의 안전한 활용법도 기지가 아닌 곳에서는 제대로 전해 줄 수 없다. 감각으로 이해할 수밖에 없는 노하우는 기지가 아니면 설명할 수도 없고, 설명을 듣는 쪽도 좀처럼 이해하기 쉽지 않다.

아무리 생각해도 쇼와 기지에서 합류해 1차대가 2차대를 안내하면서 꼼꼼하게 인수인계를 할 필요가 있다. 2차대는 꼭 먼저 기지로 와야 한다. 소야호에서 온 명령은 납득하기 어렵다.

니시보리 대장은 대원들을 집합시켜 2차 월동대의 지시를 전달했다. 그리고 곧 강력한 반발에 부딪혔다.

"이런 말도 안 되는 순서가 어디 있습니까?"

"기지가 아닌 곳에서 설명할 수 없는 사항은 셀 수 없을 정도로 많습니다. 소야호에는 가져갈 수도 없는 기재나 자료도 있고요."

"우리가 철수하고 2차대가 올 때까지 단 며칠이라 해도 기지는 무인 상태가 됩니다. 아무 문제없을 거라 장담할 수 있습니까?"

아무도 납득하지 않았다. 니시보리 대장도 난처한지 두 손으로 머리를 감쌌다.

어찌 되었건 다음 날인 10일에 첫 비행기가 기지에 도착한다고 했다. 거기에 다쓰미 대원을 실어 보내기로 했다.

첫째, 2차 월동대와 인수인계는 쇼와 기지에서 수행한다.

둘째, 2차 월동대가 기지에 올 수 없는 경우, 1차 월동대가 월동을 지속한다.

이 두 가지를 소야호에 있는 나가타 관측대장과 무라야마 월동대장에게 전해야 하는 다쓰미의 책임은 막중했다. 10일 오후 다쓰미는 비행기로 관측선 소야호로 돌아갔다. 1년 만에 보는 소야호의 선체다. 그러나 추억에 잠길 여유 따위는 없다.

'빨리 나가타 대장에게 직소해야 하는데, 어디 계신 거지?'

다쓰미는 2차 대원들을 붙잡고 대장의 행방을 물었다. 몇 번을 되풀이한 끝에 정보를 얻었다.

"아, 나가타 대장님은 헬리콥터로 빙상 정찰 중이신데요."

'아니, 소야호 선내에 관측대 최고 책임자가 없다고?'

그 이유를 생각할 여유도 없었다. 넘버원이 없다면 넘버투다. 그리고 무엇보다 2차 월동대의 준비 상황이 어떤지 자세히 알고 싶었다. 다쓰미는 무라야마 월동대장을 찾았다. 무라야마는 2차 월동용 짐들을 운반하는 총지휘를 맡고 있다고 했다. 소야호에서 해빙면에 내려 여기저기 찾아 헤맸지만 도저히 찾을 수가 없었다. 다쓰미는 망연자실했다. 이런 상황에서는 1차대의 의견을 2차대에 전달할 수 없다. 이날 결국 다쓰미는 나가타도 무라야마도 만나지 못한 채 기지에 연락했다.

"죄송합니다. 두 사람과 만나지 못했습니다."

"그럼, 기지의 요청 사항도 전하지 못했다는 뜻인가?"

"네, 그렇습니다. 두 분 다 어디에 계신지…."

"무슨 이런 일이! 아이들 심부름도 아니고."

니시보리가 평소와 달리 격노했다. 그러나 소리를 지른다 해서 상황이 달라지는 것도 아니다. 다쓰미 대원의 연락을 받은 후 니시보리 대장이 대원들에게 알렸다.

"어쩔 수 없다. 내일 11일, 일단 소야호로 귀환한다."

그 지시에 순응하는 월동대원은 없었다. 모두 불만이었으나 대장의 지시에는 복종해야 한다. 단, 귀환할 때 암컷 강아지들을 함께 데리고 가기로 했다. 기타무라의 제안이었다. 지금 계획대로라면 1차 월동대가 소야호로 귀환한 후에 2차 월동대가 쇼와 기지로 들어온다. 일시적이기는 하지만 기지가 비게 되고 아무리 2차 대가 바로 들어온다고 해도 무인 상태는 위험 부담이 있다. 꼼꼼하게 확인하고 또 확인해서 위험 부담을 최소화해야 한다는 것을 지난 1년간 엄혹한 남극의 경험에서 배웠다.

수컷 성견 열다섯 마리는 계속해서 2차 월동대와 함께하고 수컷 강아지들도 그대로 기지에서 자라면 언젠가 썰매를 끄는 새로운 전력이 된다. 새끼들의 어미인 시로코도 기지에 남겨 둔다. 그러나 썰매를 끌지 않는 암컷 강아지들은 임무가 없다. 데리고 가도 문제없다.

기타무라는 동료 대원들에게 부탁했다.

"모두 개인 소지품을 조금씩 기지에 남겨 두고 가면 어떨까요? 그러면 비행기의 적재 중량이 초과되지 않을 것 같아요."

제일 먼저 동의한 사람은 니시보리 대장이었다.

"그렇군. 나도 짐을 두고 가겠네. 남극에 개들을 데리고 가자고 건의한 건 나니까."

이름표와 목줄

＊

2월 11일이 되었다. 첫 비행기에 기타무라가 탑승하게 되어 있었다. 기타무라는 아침부터 개들의 목줄에 이름표를 다는 작업을 하고 있었다. 개들을 묶어 두는 곳은 시기나 기후에 따라 몇 번 바뀌었는데 지금은 기지 동쪽에 있다. 개들은 눈 위에서 각자 자유자재로 앉아 있거나 뒹굴고 있었다. 기타무라가 달고 있는 이름표는 나무 조각에 빨간 칠을 한 다음 그 위에 개들의 이름을 쓴 것이다. 떨어지지 않도록 단단히 목줄에 이름표를 묶었다. '몬베쓰노쿠마', '데리', '구로'…. 개들한테 이름표를 달아 주는 것은 처음이었는데 의외로 잘 어울렸다. 개들은 뭐 하는 건지 모르겠다는 표정으로 기타무라를 바라보았다.

개들에게 목줄이란 인간과 신뢰 또는 인간과 연결을 실감하게 하는 물건이다. 자신의 냄새도 묻어 있다. 그래서인지 목줄을 하면 오히려 안심하는 경우도 있다.

그러나 목에 매달려 덜렁거리는 나무 조각이 불편한지 예민한 아카나 몬베쓰노쿠마는 마음에 들어하지 않는 것 같다. 이따금 머리를 흔들며 이름표를 털어 내려 하는 것 같았다. 안쓰러웠지만 이름표는 필요하다. 가라후토견은 뛰어난 능력이 있지만 인간과 신뢰가 형성되지 않으면 개들을 다룰 수 없다. 게다가 개마다 성격도 전혀 다르다. 개들의 성격과 특징을 기록한 인계장부를 만들어 두었으나 2차 월동대 개 담당자들이 시로가 어느 개인지, 고로가 어느 개인지 구별할 수 없다면 곤란하다. 암컷인 시로코는 이름표가 없어도 되지만 수컷 썰매개들은 열다섯 마리나 있으니 답답해도 참아 주길 바랄 수밖에. 반드시 도움이 될 것이다.

"고로, 잘 들어. 이제 곧 2차대가 올 거야. 귀여움 많이 받아, 알겠지?"

"리키, 넌 리더니까 잘 부탁한다."

"이봐, 후렌노쿠마. 너 2차 대원들한테 덤비지 말고 알겠지?"

"포치, 사실은 네가 제일 많이 먹는다는 걸 2차대에 꼭 전해 줄게."

한 마리씩 머리를 쓰다듬으며 말을 건넸다.

가만히 기타무라의 눈을 응시하는 고로, 딴청 부리는 후렌노쿠마. 그래도 다 듣고 있다는 것을 안다. 그런 성격이니까.

지난 1년간 많은 일들이 있었다.

첫 주행의 대실패, 개들의 끊임없는 싸움, 사료 캔 따기의 어려움, 유트레섬 탐사 때 리키의 실종과 귀환, 그 사이 일어난 벡의 죽음, 생각지도 못한 힛푸노쿠마의 실종, 보쓴누텐 탐사 때 원구빙산과 고투, 그것을 극복한 후에 경험했던 개들과 인간 간의 충만했던 교감, 아직도 마음이 복잡한 데쓰의 죽음, 상처투성이로 달렸던 프린스 올라프 해안, 그 과정에서 썰매개로 크게 성장한 타로와 지로, 이 모든 것이 평생 잊을 수 없는 값진 경험이다.

과학자로서 오로라 연구라는 임무도 맡고 있었지만 기타무라에게는 그 연구 성과보다 개 담당자로서 개들과 함께했던 경험이 더 진하게 남았다. 기타무라의 인생에서 개라는 동물이 전에는 존재하지 않았다. 개는 인간의 지성에 견주면 발끝에도 못 미치는 생물이라 믿었다. 그랬는데 지난 한 해 동안 완전히 달라졌다. 인생관 자체가 바뀌었다. 개들은 누구와도 바꿀 수 없는 소중한 동료들이다. 2차 월동대에 잘 인계해야 한다. 이름표 부착 작업 전에 2차 관측대장인 나가타로부터 개들에 관한 지령이 도착했다.

"2차 월동에도 가라후토견은 반드시 필요하다. 개들이 도망가지 못하도록 단단히 매어 두도록!"

당연하다. 개들이 이탈하면 정말 큰일이다. 가라후토견들은 목줄 빼기가 특기다. 특히 앙코, 잭, 시로는 솜씨가 좋다.

개들이 목줄을 빼고 나오는 걸 몇 번이나 봤던 기타무라와 기쿠치라면 문제가 없지만, 아직 신뢰 관계를 쌓지 못한 2차 월동대원들이 왔을 때 같은 문제가 발생하면 개들이 어떤 행동을 할지 감히 상상할 수도 없다. 무엇보다 2차 대원들은 개들을 붙잡을 수 없다. 어쩌면 개들이 멀리 도망갈 수도 있다. 기지를 벗어난 개들을 기다리는 것은 아마도 죽음뿐일 것이다. 썰매개들은 2차 월동대에 다른 월동대원들과 마찬가지로 소중하다. 단 한 마리, 실수로라도 개를 잃어서는 안 된다.

기타무라는 그런 생각을 하면서 목줄의 구멍을 평소보다 더 조였다. 2차 월동대를 위한 것이 아니다. 개들을 위해 더 단단히 목줄을 조였다.

이제 헤어질 시간이다. 개들은 새로운 담당자를 만나 새로운 1년을 보낼 것이다.

'다들 잘 부탁해. 한 해 동안 정말 고마웠어.'

마지막으로 제일 어린 타로와 지로의 머리를 쓰다듬으며 기타무라는 개들을 뒤로했다.

뒤돌아보면 마음이 약해질 것 같아 똑바로 비행기로 향했다.

열다섯 마리의 개들은 빨간 이름표를 달고 목줄에 매여 계류지에 얌전히 앉아 있다. 조금씩 멀어져 가는 기타무라의 뒷모습을 개들이 바라본다.

비행기의 엔진이 돌기 시작했다. 기타무라는 무게가 20킬로쯤 되는 강아지 한 마리와 카나리아 두 마리가 든 새장을 들고 탑승했다. 기체는 거대한 엔진 소리를 내며 설면을 활주한 후 이륙했다.

그때였다. 계류지에 앉아 있던 개들이 갑자기 일어나 일제히 짖기 시작했다.

"우워~웡!"

"멍! 멍! 멍!"

"컹! 컹! 컹!"

엔진 소리의 벽을 뚫고 개들의 격렬한 포효가 기타무라의 귓가에 들려 왔다. 저도 모르게 아래를 내려다보니 평소 냉정하고 침착한 리키도 짖고 있었다. 고로가 쇠사슬을 끊을 기세로 뛰어오르고 있었다. 늘 얌전했던 시로도 정신없이 빙글빙글 돌고 있다. 개들이 이렇게 격렬히 한꺼번에 짖는 일은 이제껏 없었다. 기타무라의 심장을 찌르는 개들의 울음소리였다. 슬픈 걸까. 아니야, 그렇지 않아. 저 개들은 나에게 힘내라고 응원하는 거야. 기타무라는 그렇게 생각했다. 비행기가 기지 상공을 선회하면서 점차 고도를 높였다. 열다섯 마리의 개들은 하얀 눈 위의 검은 점 같다. 이제 그들의 포효는 닿지 않는다. 기타무라는 마음속으로 개들에게 작별을 고했다.

'너희도 2차대와 건강히 잘지내야 해, 안녕!'

개들을 남극에 방치하게 되리라고는 꿈에도 생각하지 못했다.

예기치 못한 권고

＊

기타무라를 시작으로 제2편기로 기쿠치, 사에키와 강아지 네 마리, 제3편기로 니시보리 대장과 사쿠마 그리고 강아지 한 마리와 고양이 한 마리. 제4편기로 나카노, 무라코시, 오쓰카 대원이 차례로 기지를 떠났다. 전날 떠난 다쓰미, 후지이, 스나다와 함께 1차월동대 전원이 소야호로 귀선했다. 강아지는 암컷 다섯 마리와 마지막에 결정된 수컷 한 마리로 모두 여섯 마리를 데리고 왔다. 쇼와 기지에서 인수인계 계획은 무산되었지만 기본적인 사항은 선내에서도 전달이 가능했다. 어찌 되었든, 일본인 최초의 남극 월동을 희생자 없이 성공시켰다는 사실이 중요하다. 월동 중에 두 마리의 가라후토견이 사망하고 한 마리가 실종되었지만 열다섯 마리의 수컷과 암컷 한 마리가 건강하게 쇼와 기지에 남아 있다. 2차대에서도 크게 활약하리라 믿는다. 게다가 새로 태어난 수컷 강아지도 두 마리나 있다.

강아지 여덟 마리 중 여섯 마리는 소야호로 데리고 왔다. 다시 기지로 데려갈지 이대로 일본까지 갈지는 2차대가 결정한다. 1차월동대의 임무는 끝났다.

"여러분 수고 많으셨습니다. 다들 정말 잘해 주었습니다!"

나가타 2차 관측대장과 함께 2차대 대원들과 소야호 선원들이 열한 명을 둘러싸고 어깨를 두드리며 노고를 치하했다.

밖에서는 2차 월동을 위한 기자재들이 해빙면으로 옮겨지고 기지로 운반할 준비를 하고 있었다.

2차 대원들도, 소야호 선원들도, 다들 분주하게 2차 월동을 위해 움직였다.

그 모습을 보며 모르는 상태에서 불안감이 고조되었던 1차 대원들도 그제서야 긴장이 풀리며 안도하기 시작했다. 바쁜 와중에도 간소한 귀환 축하연이 열렸다. 1차 월동대 열한 명의 활짝 웃는 모습이 카메라에 담겼다.

"아무튼 우리는 해냈어!"

"2차 월동 준비도 착착 진행 중이고, 이제 안심해도 되겠어."

"얼른 인수인계를 마칩시다."

인계 작업이 끝나면 곧바로 2차 월동대가 기지로 가게 된다.

"잘 부탁드립니다."

기타무라도 무라코시도 사쿠마도 각각 자신의 임무를 이어받을 2차 월동대원에게 부탁의 인사를 건넸다.

"걱정 마시고 저희에게 맡겨 주십시오. 정말 수고 많으셨습니다."

돌아오는 대답이 든든했다.

1차 월동대의 성취감과 안도감, 2차 월동대의 기대와 고양감으로 가득한 그 공간에서는 손톱만큼의 '불안'도 감지할 수 없었다.

그곳에는 만면에 가득한 웃음만 있었다.

　소야호 선내에서는 쉴 틈도 없이 2차 월동의 작전회의가 열렸다. 시간이 촉박하다.

　스무 명으로 꾸릴 예정이었던 2차 월동대는 아홉 명으로 축소되었다. 그 결과 필요한 자료는 6톤 정도면 충분했다. 게다가 그 중 2톤은 이미 기지로 옮겨진 상태였다. 나머지는 4톤 남짓. 비행기는 한 번에 300킬로그램을 운반할 수 있다. 하루에 여섯 차례 왕복이 가능하니 이틀이면 전량을 옮길 수 있다.

　2월 12일. 2차 월동대의 선발대가 꾸려져 모리타 야스타로(기상 담당), 마루야마 하치로(기계 담당), 나카무라 준지(오로라 관측) 세 대원이 쇼와 기지로 먼저 들어갔다. 월동 가능 여부를 확인하고 월동이 결정되면 그 후에 도착할 후발대가 문제없이 임무를 개시하도록 태세를 갖추어 놓는 것이 이들의 임무다. 이제 2차 월동이 시작되었다.

　그러나 이 해의 남극 기후는 지극히 불안정했다. 기온이 예년보다 낮아 개수면(빙해에서 부분적으로 물이 보이는 부분)이 순식간에 새 얼음으로 바뀌고 있었다. 전파의 통신 상태도 열악했다. 버턴아일랜드호가 곁에 있다고 마음 편히 머무를 수만은 없는 상황이었다. 버턴아일랜드의 함장 브랜팅험이 소야호에 연락해 온 것은 13

일이었다.

"중요한 안건이 있으니 저희 배로 와 주십시오."

나가타 대장과 소야호의 책임자인 마쓰모토 선장이 헬리콥터로 버턴아일랜드호에 올랐다.

브랜팅험 함장의 설명과 권고는 다음 네 가지였다.

첫째, 주변이 새 얼음으로 차기 시작했고 상황은 나빠지고 있다.

둘째, 두 척의 배가 여기 더 머물면 곧 얼음에 둘러싸이게 될 가능성이 높다.

셋째, 일본 관측대는 쇼와 기지에 보낸 2차 월동대 세 명을 철수시키기 바란다.

넷째, 대원이 철수하면 이곳을 빠져나가 일단 외해로 나가는 게 어떤가.

명령이 아닌 설명과 권고였으나 소야호의 이동과 관련해 버턴아일랜드호에 전적으로 의존하고 있던 일본 측에서는 거부할 수가 없었다.

나가타는 사실상 모든 의견을 수용하면서도 마지막에 덧붙였다.

"일본 관측대는 외해에 나가서도 2차 월동을 위해 항공기 수송을 도모하겠다."

소야호로 돌아온 나가타 대장은 관계자 전원을 식당에 소집해 미국 측의 권고를 전달했다. 내용을 들은 기타무라는 경악했다.

겨우 기지로 들어간 2차 월동대원 세 명을 귀환시키고 소야호는 외해로 이탈해야 한다니. 나가카 대장은 '2차 월동대를 기지로 보내는 노력은 포기하지 않겠다'고 했지만 믿기 어려웠다. 멀리서 사람만 실어 보낸다고 끝나는 게 아니다. 식료품도 자료들도 필요하다. 필요한 물자를 모두 멀리 외해에서 비행기에 실어 옮기는 계획이 성공할 확률은 지극히 낮다. 만약 실패한다면 2차 월동대를 위해 기지에 남겨진 개들은 어떻게 한단 말인가. 수컷 열다섯 마리는 단단히 조여진 목줄과 함께 묵직한 쇠사슬로 연결되어 기지 밖에 있다. 버려 두고 갈 것인가? 앙코나 잭, 구로 그 개들을 외면할 것인가? 시로코도 아직 기지에 남아 있는데 그건 안 된다, 절대 안 된다.

그러나 상황은 급속도로 최악의 방향으로 달려가고 있었다. 그리고 자신의 힘으로는 멈출 수가 없었다.

목줄만이라도

＊

목줄, 목줄이 문제다. 지난 1년 동안 개들은 자주 목줄에서 빠져

나갔다. 관측선 소야호로 귀선하기 전 나가타 대장의 지시가 도착했다.

"2차 월동에도 가라후토견은 반드시 필요하다. 개들이 도망가지 못하도록 단단히 매어 두도록!"

기타무라도 지당한 지시라고 생각했다. 개 담당자로서도 그리해야 한다고 생각했다. 그래서 개들의 목줄 구멍을 평소보다 한 칸 더 빡빡하게 조였다. 곧 2차 월동대가 온다고 믿어 의심치 않았기 때문이다.

그러나 지금 전개되는 상황을 보고 있자니 2차 월동 자체가 성립될 것 같지 않다. 개들은 아무도 없는 기지에서 꼼짝도 못 하고 방치되는 것인가. 그런 잔인한 일이 있을 수 있나. 소야호에 데려와 달라는 말이 아니다. 그저 목줄만이라도, 쇠사슬만이라도 풀어서 해방시켜 주고 싶을 뿐이다. 자유로운 상태가 되면 개들은 마음대로 어디든 가겠지. 가령 그것이 0.1퍼센트의 가능성이라 할지라도 조금이나마 오래 살아남을 기회가 될 것이다. 하지만 목줄에서 빠져나가지 못하면 그냥 죽을 수밖에 없다. 쇠사슬에 묶여 공복의 고통 속에 몸부림치다가 꼼짝없이 굶어 죽을 것이다. 개들을 그러도록 내버려 둘 것인가. 함께 개들을 돌본 사람만이 이 심정을 알 것 같아 기타무라는 기쿠치의 방을 찾아갔다.

"어떻게 안 될까요? 2차 선발대 세 명과 그들을 데리러 가는 비행기 조종사들에게 부탁해서 개들의 목줄을 풀어 달라 부탁하면 안 될까요? 만약에 2차 월동이 중지되면 개들은 그대로 죽게 될 거예요."

기쿠치의 답변은 실로 합리적이고 원론적이었다.

"2차 월동대에 개들은 반드시 필요해. 개썰매를 사용해야 하니까. 그리고 지금은 2차 월동이 중지된 것도 아니고, 나도 2차 월동대를 포기하지 않았어. 그러니 개들을 풀어줄 수는 없네."

그 답변에는 반론의 여지가 없었다. 기쿠치의 의견은 지당했다. 논리로는 맞지만 기타무라는 받아들일 수 없었다. 그렇다고 현실적으로 자신이 할 수 있는 일도 없었다. 기타무라는 쇼와 기지에 가 있는 세 명의 대원에게 희망을 걸었다.

'부디, 돌아오기 전에 개들의 목줄을 풀어 주길….'

2차 월동대의 선발대로 쇼와 기지에 들어간 대원 세 명에게, 소야호로 귀선하라는 지시가 당도한 것은 2월 14일 오전 10시였다.

"이게 무슨 소리야? 겨우 여기까지 준비했는데."

"2차 월동을 포기한다는 말인가?"

"밖에 있는 개들은 어떻게 하지?"

혼란 속에서도 2차 선발대 세 명은 나가타 대장에게 진언했다.

"기지에는 1차대가 남겨 둔 식량이 있습니다. 가라후토견도 남아 있고요. 2차 월동대가 쇼와 기지에 재진입할 계획이 있다면 저희는 이대로 남아서 계속 월동 준비를 하겠습니다."

세 명의 대원은 최악의 경우, 자신들만이라도 남아서 월동할 각오를 한 참이었다. 그러나 진언은 그 자리에서 받아들여지지 않았다.

의문과 불신과 불안으로 가득한 대원 세 명을 2차 월동대의 옵서버로 참가한 《아사히 신문》 기자 모리마쓰 히데오와 오카모토 데이조가 조종하는 비행기가 데리러 왔다. 바깥에 계류된 수컷 열다섯 마리와 건물 안에 있는 암컷 시로코에 관해서는 아무런 지시가 없었다. 아무런 지시가 없다면 수컷들은 계류지에 방치할 수밖에 없다. 2차 월동대가 다시 올 때까지라고 하지만 개들은 정말 괜찮을까. 시로코는 어떻게 해야 할지도 판단하기 어려웠다. 강아지 여덟 마리 중 두 마리는 아직 기지 안에 있다. 강아지들만은 데리고 떠날 생각이었으나 강아지들이 어미인 시로코 곁을 떠나지 않으려고 했다.

"어쩔 수 없군. 시로코도 데리고 갑시다."

"꽤 무게가 나가는데요."

"비행기 적재 가능 중량을 초과할지도 모르겠군요."

적재 중량이 초과되면 비행할 수 없다. 비행기에서 내린 모리마쓰가 다가왔다.

"무슨 일이십니까? 서둘러 이륙해야 합니다. 기상 상태가 좋지 않아요."

　모리타는 사정을 설명했다. 이야기를 들은 모리마쓰는 비행기로 돌아가 기내에 있던 오카모토와 잠시 이야기를 나누더니 연료 탱크를 열어 항공 연료를 버렸다. 시로코의 체중만큼 연료를 포기한 것이다.

"이것 말고는 다른 방법이 없겠지요?"

　조종석에 앉은 모리마쓰는 뒷자석에 앉은 모리타와 대원들에게 웃음을 지어 보였다.

　오후 4시. 비행기에 시동이 걸렸다. 아슬아슬한 적재량이지만 제발 뜨기만 하면!

　사람 다섯 명, 어미 한 마리와 강아지 두 마리를 태운 비행기는 소야호를 향해 날아올랐다. 그 순간 쇼와 기지는 다시 무인의 땅이 되었다. 그 의미를 계류되어 있던 열다섯 마리의 개들은 본능적으로 알아차렸던 걸까. 기타무라가 떠날 때와 마찬가지로 개들은 일제히 일어서서 포효했다. 모리타는 시로코가 흥분하지 않도록 꼭 안았다. 비행기가 기지 상공을 한 차례 선회했다.

"꼭 다시 올 테니 기다려 줘."

　기내에 있던 사람 모두 아래에 보이는 개들에게, 그리고 자신에게 그렇게 말했다.

선발대가 소야호로 귀환했다. 기타무라는 기다렸다.

기지에 남겨졌던 강아지 두 마리는 마루야마와 다른 대원에게 조심스레 안겨 있다.

'다행이다…. 강아지들은 구출했어.'

문득 모리타 곁에 시로코의 모습이 보였다.

"강아지들이 어미와 떨어지려고 하지 않아서요. 시로코도 함께 데리고 왔습니다."

웃고 있는 모리타가 하느님처럼 보였다.

"고맙습니다."

절로 감사의 인사를 하게 되었다. 그리고 선발대원들에게 물었다.

"바깥에 계류 중인 열다섯 마리는 어떻게 하셨습니까?"

"별다른 지시가 없어서 그대로 두고 왔습니다만…."

물론 그들에게는 아무런 잘못이 없다. 충실하게 지시에 따랐을 뿐이다. 그러나 이것으로 마지막까지 가졌던 희망의 끈이 끊어진 느낌이 들었다.

아직 2차 월동은 취소되지 않았고, 외해에서 기지로 들어간다는 방침도 포기하지 않았다. 그러니 아직 개들은 버려진 것이 아니다. 잠시 동안 기지에 아무도 없을 뿐이다. 기타무라는 자기 자신에게 그렇게 설명하고 이해시켰다.

2차 월동대 대원 누구도 희망을 버리지 않았다. 그러나 시간이 흐르고 날이 지나면서 그 희망이 이루어질 가능성은 점점 희박해져 갔다. 악천후는 회복될 기미가 보이지 않았다. 외해에서 월동 작업을 진행시킨다는 것 자체가 이제는 황당무계한 계획처럼 느껴졌다.

월동 철회

*

2차 관측대는 어려운 결단을 내려야 했다.

현재의 기상 상황, 손상된 소야호의 항해 능력, 식수 및 담수 보유량 등 모든 것을 놓고 종합적으로 판단했을 때 빙해역에 머무를 수 있는 것은 2월 24일이 한계였다.

일단 외해로 나가 그곳에서 2차 월동대를 파견한다는 계획의 성공률을 높이기 위해 2차 월동대의 규모도 축소했다. 대원을 일곱 명으로, 운반할 자재를 1톤으로 줄였다. 이 계획이 성공하면 2차 월동이 성립되고 개들도 무사하게 된다.

소야호에 있는 대원들 모두 기후 회복을 간절히 바랐다. 2차 월동의 가능 여부를 결정하는 것은 결국 '날씨'였다. 그러나 19일은 하루종일 눈이 내려 시계조차 확보되지 않았다. 20일도 마찬가지였다.

2차대도 수수방관한 것만은 아니었다. 외해에 나가게 된다면 비행기는 바퀴 대신 플로트를 장착해 해수면에서 날아오를 수 있다. 그러나 그렇게 되면 기지 근처의 설원에 착륙하는 것이 불가능하다. 플로트가 있기 때문이다. 기지에서 떨어진 개수면에 착수할 수밖에 없고 거기에서 인력으로 자재를 운반한다는 것은 거의 불가능하다.

그렇다면 착수한 지점에서 헬리콥터로 재수송하자. 그러나 수송 중에 기상이 악화되면 기지에서 소야호로 귀환이 불가능해질 가능성이 있다.

"그럴 경우, 헬리콥터는 기지에 두면 된다. 헬리콥터 조종사들은 비행기에 실어 소야호로 돌아오게 하자."

현실적이지 못한 무리한 작전이다. 그래도 모든 가능성을 열어 두고 할 수 있는 최선의 방법을 필사적으로 검토했다.

2월 23일. 2차 월동을 결행하게 된다면 내일이 기한이다. 소야호 선내에서 기지에 부임할 예정인 월동대원들을 위한 발대식이 열렸다. 대원들의 얼굴에 긴장이 역력했다. 웃음기 없는 발대식이다. 밖에는 풍속 12미터 강풍이 불어 대고 높은 파도가 일었다. 2차 월동대는 궁지에 몰렸다. 그리고 24일 아침이 밝았다.

기상 상태는 호전되지 않았다. 소야호 주변에는 무정한 바람만

거세게 불어 대고 있었다. 이런 날씨에는 비행기가 날아오를 수 없다. 절망의 바람이 남극의 검은 바다와 대원들의 마음을 파도치게 했다.

오후 2시 긴급 소집. 지금부터 소야호 식당에서 최종 결정을 듣게 된다. 전대원과 일부 선원들 앞에서 나가타 대장이 발표했다.

"일본의 통합추진본부로부터 2차 월동 중지와 쇼와 기지 폐쇄 명령이 내려졌다. 2차 월동관측 계획은 포기할 수밖에 없다."

지속되는 악천후로 소야호는 부상을 입고 행동에도 한계가 있었다. 전 대원이 머리를 맞대고 여러 의견을 검토했다. 할 수 있는 모든 일을 했다. 그 결과가 2차 월동 중지. 납득하는 대원은 한 사람도 없었다. 모두 조용히 고개를 떨구고 있을 뿐.

기타무라의 얼굴은 분노로 붉으락푸르락했다.

'결국 이렇게 돼 버리는구나. 이게 무슨 말도 안 되는 일이란 말인가.'

기타무라는 식당을 빠져나와 자신의 선실로 돌아갔다. 벽에 기대 힘없이 웅크렸다. 자신의 두 손을 바라보았다. 그 손으로 목줄을 단단하게 조여 개들이 살아남을 가능성을 빼앗았다.

포치, 구로, 잭, 아카, 페스, 타로, 지로, 모쿠, 데리, 앙코, 고로, 리키, 시로, 후렌노쿠마, 몬베쓰노쿠마.

개들은 우리가 돌아온다고 믿고 있다. 배가 고파서, 빨리 밥 좀

갖다 주길 바라고 있을 것이다. 그러나 이제 아무도 개들을 구하러 가지 않는다.

'내가 이 손으로 개들을 죽인 거나 마찬가지야.'

1958년 2월 24일 오후. 2차 월동을 포기한 남극 관측대를 태우고 소야호는 북항을 시작했다. 열다섯 마리의 가라후토견을 남극 대륙에 남겨 두고.

비난의 폭풍

＊

1차 월동대 귀국 후, 국민의 비난 여론은 정말이지 대단했다.

"부끄러운 줄도 모르고 이리 뻔뻔스럽게 돌아오다니!"

"일본인의 치욕이다!"

사실 2차 월동을 감행할 수 있을지 귀로에 섰을 때부터 일본에서는 소야호로 항의 전보가 날아들고 있었다. 2차 월동이 불안해질 무렵, 일본의 신문에는 〈가라후토견을 살려내자〉, 〈썰매개 열다섯 마리를 죽게 내버려 둘 것인가?〉 같은 기사 제목들이 실리고 라디오에서도 매일 같이 '불쌍한 가라후토견들을 어떻게든 살리자'는 취지의 방송들이 전파되었다. 신문이나 라디오 모두 일본 최초의 남극 월동 성공이라는 평가는 거의 없었고, 개들을 내버려 두고 온 사실에만 초점을 맞추었다.

남극 관측 통합추진본부에도 전국에서 전보와 편지들이 쇄도했다. 그 전까지 남극 관측은 패전 후 일본의 부흥을 전세계에 보여주는 국가 프로젝트라는 기대가 컸고 많은 국민이 성원을 보냈다. 본부에는 각종 선물과 기부, 격려의 편지들이 도착했었다. 순풍에 돛 단 듯 순조로웠다. 그런데 하루아침에 완전히 달라져 비판의 소용돌이에 휘말리게 되었다. 대원들의 변명은 받아들여지지 않았고 묵묵히 견딜 수밖에 도리가 없었다. 니시보리 대장의 자택은 경찰들이 경호를 서야 할 정도였다.

반려로서 동물이라는 가치관이 정립되기 이전인 시대였는데도 남극에 열다섯 마리의 가라후토견을 버리고 온 사건은 국민에게 깊은 충격과 슬픔을 가져다 주었다.

기타무라는 교토의 집으로 돌아온 후 답답한 나날을 보내고 있었다. 내가 이러고 있는 동안 개들은 점점 기력이 다해 쓰러지고 눈에 덮여 죽어 가겠지. 나는 개들이 도망가지 못하도록 목줄을 조였어. 그 책임을 어떻게 질 것인가. 무릎이라도 꿇을 것인가. 아니, 그 정도로 용서받을 수 있다고 생각하는 것 자체가 말이 안 된다. 무슨 일을 해도 그 자책의 고통 속에서 벗어나지 못하고 이불 속에서 잠들지도 못하며 고민하던 끝에 기타무라는 한 가지 결론에 이르렀다.

남극에 남겨진 개들은 어떻게 마지막 순간을 맞이했을까. 그 순간들을 내 눈으로 직시하자. 열다섯 마리 개들을 내 손으로 찾아내고 개들이 얼마나 무참한 상태이든 진심을 다해 장례를 치러 주자. 개들을 죽게 한 내 손으로 다시 개들의 사체를 보듬어야 한다. 내가 저지른 잘못과 똑바로 마주해야 한다. 그것이야말로 1차 월동대의 개 담당자가 할 수 있고 해야만 하는 속죄가 아닐까. 그것을 실현할 방법은 하나밖에 없다. 기타무라는 모두가 놀라워할 행동에 나섰다.

다시 남극으로

*

1959년 1월. 기타무라는 3차 남극 관측대의 월동대원으로 남극으로 향했다.

남극 관측선 소야호의 갑판에 선 기타무라의 눈앞에 1년 전과 같은 새하얀 대륙이 펼쳐져 있었다. 그러나 기대와 고양감으로 벅찼던 1차 월동 때와 달리 기타무라의 기분은 복잡했다. 남극을 거점으로 한 지구물리에 관한 관측 조사. 특히 우주선에 관한 조사가 이번 기타무라의 연구 주제다.

그러나 솔직히 말하면 그것은 3차 월동을 지원한 진짜 이유가 아니다. 기타무라의 마음은 차가운 눈얼음 아래서 죽어 간 가라후토견들로 가득했다. 하루라도 빨리 그 추운 곳에서 개들을 꺼내 주고 싶다. 그리고 정성껏 장례를 치러 주고 싶다. 그 마음으로 3차 남극 월동대에 지원한 것이다.

그러나 월동대 지원 사유서에 '개들의 장례'라고 쓸 수는 없는 법이다. 그런 사유로 대원 선발에 합격할 리가 없다. 지원 사유서 내용에 거짓은 없으나 개들에 관한 언급은 하지 않았다. 국비로 진행되는 국가 사업이다. 과학기술의 발전을 위해 주어진 임무를 완수해야 한다.

3차 남극 월동대에 지원할 때, 기타무라는 예전에 니시보리 월동대장이 한 말을 되새겨 보았다.

'자신이 해야 한다고 마음먹었을 때는 어떠한 비난이라도 각오해야 해. 그것이 탐험이다. 남극 탐험도 마찬가지야.'

지금 기타무라는 그 말을 실천하려 한다. 진짜 이유를 숨기는 게 마음에 걸리지만 이것은 내가 해야 할 일이다. 비난을 받게 된다면 달게 받으리라. 가령 이 문제로 학자로서의 생명이 끊긴다 해도 어쩔 수 없다. 대원 선발에 관여한 사람들이 기타무라의 지원 사유를 어떻게 평가했는지는 모르지만 어찌 되었든 기타무라는 통과했다.

소야호의 기적 소리가 울려 퍼졌다. 빙산이 보이고 점차 바다가 사라지면서 하얀 얼음이 눈앞에 펼쳐지기 시작했다. 이제 곧 접안할 때다. 기온도 급속히 떨어지고 있다. 기타무라는 방한복의 앞섶을 단단히 여미며 남극에서 연구 과제를 생각했다. 주어진 지구물리에 관한 연구는 당연히 그 누구보다 열심히 할 것이다. 이번 월동에서 이 분야를 담당하는 대원은 세 명이다. 기타무라와 나카무라 준지(도쿄 대학)와 오구치 다카시(도쿄 대학)다. 나카무라는 1년 전 2차 월동대의 선발대로 쇼와 기지에 들어간 적이 있으나 그 후 내려진 철수 명령으로 눈물을 삼키며 월동을 포기했던 쓰라린 경험이 있다. 나카무라와 오구치에게는 이번이 남극에서 첫 지구물리 조사다. 기타무라에게는 1년간의 경험이 있다. 어떻게 하면 보다 나은 조건에서 조사가 가능한가, 해야 할 일은 무엇인가. 남극에서 경험이 없으면 얻을 수 없는, 자신이 깨달은 모든 지식을 그 두 사람에게 전수하고 모두의 연구 성과를 올려야 한다. 개들에 관한 것은 그다음이다. 자유 시간을 이용해 열다섯 마리의 개들이 잠들어 있는 곳을 찾아내고 장례를 치러 주고 싶다.

3차 남극 관측대에는 아미타여래상을 함께 모셔 왔다. '가라후토견을 지키는 사람들의 모임'을 비롯한 전국 애견인의 기부금을 모아 만든 것이다. 도쿄 예술 대학 야마모토 교수가 나라의 야쿠시지 절에 있는 아미타여래를 모델로 만든 작품이다. 높이 21센티미터인 아미타여래상의 내부는 비어 있고 남극의 추위에도 견딜 수 있도록 두께를 통상의 두 배인 6밀리미터로 만들었다. 불상 뒷면에는 "가라후토견들의 영혼이 편히 쉬기를"이라고 새겨져 있다.

아미타여래상 내부에는 개들의 훈련지였던 홋카이도 왓카나이 훈련소에서 가져온 흙과 가라후토견 모집에 전면적으로 협조해 준 홋카이도 대학 부속박물관 주변의 흙이 봉납되어 있었다. 여래상에 흙을 넣은 사람은 홋카이도 대학 농학부 이누카이 데쓰오 교수다. 개들과 인연이 있던 곳의 흙을 넣고 "모든 개가 다 훌륭했습니다"라고 속삭이듯 말하며 봉인했다.

이누카이 교수는 일본에서 가라후토견을 가장 잘 아는 학자다. 개썰매용 가라후토견을 어떻게 찾아내서 훈련시킬지도 가장 잘 알고 있었다. 만약 니시보리가 홋카이도 대학을 찾아가 이누카이 교수를 만나지 않았다면 남극에 가라후토견을 데려가 개썰매로 과학 탐사를 한다는 프로젝트는 이루어지지 않았을 것이다. 이누카이 교수는 남극 가라후토견 썰매 탐사단을 탄생시킨 산파라고 해도 좋을 인물이다.

기타무라는 이누카이 교수에 대해 가졌던 의문이 있었다. 1차 월동대가 철수할 때 두고 온 열다섯 마리 개들의 생사에 관해서는 죽었을 거라고 절망적으로 말하는 의견이 대부분이었다. 상식적으로 생각해도 움직이지도 못하는 상태에서 먹을 것도 없이 남극에서 1년을 살아 낼 리 만무하다. 그러나 이누카이 교수는 "몇 마리 정도는 살아남을 가능성이 있다"고 말했다. 초고층 지구물리학자인 기타무라는 개들의 생태에 관해서는 잘 알지 못한다. 그러나 이누카이 교수는 개뿐 아니라 응용동물학의 권위자다. 기타무라는 왓카나이시에서 개 훈련을 시작했을 무렵부터 이누카이 교수의 논문을 정독하며 교수의 가라후토견에 관한 깊은 지식과 조예에 감탄했었다. 그래서일까. 기타무라는 이누카이 교수가 홋카이도 지방신문이나 전국지에 남극의 가라후토견에 관해 쓴 칼럼을 몇 번이고 다시 읽었다.

칼럼의 내용은 세 가지로 압축할 수 있다.

1. 가라후토견은 부실한 음식도 잘 견딜 뿐더러 한번 먹으면 그 에너지를 체내에 축적하는 능력이 좋다. 한번 충분한 양을 섭취하면 어느 정도 오랜 기간 아무것도 먹지 않아도 생존할 수 있다.

2. 일정 기간 먹을 것이 없으면 당연히 서서히 말라간다. 목둘레가 가늘어지면 결과적으로 목줄이 느슨해질 것이다. 그렇게 되면 목줄에서 빠져나와 탈출할 가능성이 있다.

3. 그러나 육체적으로 강하지 않으면 그렇게 될 때까지 견디지

못한다. 고령의 개들은 더욱 그렇다. 하지만 두세 살 정도 된 어린 개들의 생존 가능성은 높다.

이누카이 교수의 이러한 의견은 과학자나 과학 평론가들로부터 "있을 수 없는 일이다", "너무 비과학적이다"라며 격한 반론에 부딪혔다. 전멸이냐, 일부 생존이냐. 온 국민의 관심을 받았던 이누카이 박사의 예측은 여러 방면에서 주목받고 다루어졌다.

기타무라로서는 어느 쪽이 옳은지 판단이 서지 않았다. 다만 홋카이도의 주요 매체에 실린 이누카이 교수의 기사를 읽다 보면, 남극 가라후토견들의 생존 예측이 단순한 희망 사항이나 즉흥적인 논리가 아니라, 가라후토견 연구의 일인자로서 연구 성과를 바탕으로 한 확신이라는 것을 알 수 있었다.

'어쩌면 적어도 한 마리 정도는 살아 있을지도 몰라.'

그런 희망을 품을 때도 있었다. 살아 있었으면 하는 기대에 개들이 꿈에 나타나기도 했다. 두 마리의 가라후토견이 눈 속을 뛰어다니는 꿈이었다. 지인들에게 이야기하면 동정을 받거나 비웃음을 사거나 혼이 나거나 셋 중 하나였다. 기타무라 자신도 꿈에서 깨어나면 설마 그런 일이 있겠냐며 허탈해진다. 희망적인 관측과 예측할 수 없는 현실 사이에서 기타무라의 마음은 흔들렸다.

개들이 살아 있다!

✳

1월 14일. 소야호가 접안했다. 쇼와 기지까지 약 140킬로 지점이다. 며칠 전부터 선내에서는 접안 후 상륙 준비를 위해 선원들과 관측대원들이 총동원되어 짐 꾸리기에 분주했다. 밤을 새는 작업이 이어졌다. 지구물리학자든 전파학자든 월동이 시작되기 전까지 모든 대원은 자재 준비와 운반 담당이다. 일손이 부족하니 당연한 일이다. 젊은 기타무라는 관측대에 소중한 노동력이다. 유일하게 두 해를 연속으로 참가한 대원으로 기타무라 자신도 누구보다 더 열심히 일해야 한다는 심정으로 몸을 움직였다. 수면 부족 상태였다. 14일에도 온몸이 지쳐 있었다. 쇼와 기지로 향하는 첫 헬리콥터를 보낸 후, 잠시만이라도 쉴 요량으로 방에 돌아왔다가 순식간에 잠이 들고 말았다.

그 무렵 소야호에서 날아오른 헬리콥터는 대원 몇 명을 태우고 쇼와 기지를 향해 순조롭게 비행 중이었다. 드디어 옹굴섬이 보였다. 상공에서 바라보는 쇼와 기지는 아무 일도 없어 보였다. 착륙 후 내부를 확인하지 않으면 알 수 없지만 말이다.

그때, 기지에서 조금 떨어진 지점에 검은 점이 두 개 보였다. 탑승하고 있던 대원들이 모두 놀랐다.

"저게 뭐지?"

"바다표범 아닐까요?"

"아니야, 뛰고 있잖아. 게다가 빨라. 바다표범이나 펭귄은 아니야."

"개다, 개야! 틀림없어! 두 마리다!"

"소야호에 연락해!"

바깥 통로 쪽이 소란스럽다. 다들 뛰어다니는 것 같다. 무슨 일이 생긴 걸까.

기타무라는 몸을 일으켜 방문을 열었다. 누군가 소리를 지르며 복도를 뛰어간다.

"개들이 발견되었어요! 살아 있대요!"

갑자기 정신이 번쩍 들었다. 통신실로 뛰어 들어갔더니 거기도 난리가 났다.

"기타무라 대원, 개들이 살아 있답니다!"

"그것도 두 마리랍니다!"

'두 마리나? 정말?'

헬리콥터로부터 속속 정보가 들어왔다. 그러나 어느 개가 살아 있는지는 알 수 없었다.

"헬리콥터 탑승자는 그 두 마리가 쿠마와 고로가 아닐까 추측합니다."

누군가가 알려 주었다.

'잠깐만, 쿠마라니. 후렌노쿠마와 몬베쓰노쿠마 중 어느 개란 말인가.'

잠시 후 헬리콥터가 소야호로 돌아왔다.

"쿠마와 모쿠일지도 모르겠습니다."

헬리콥터 탑승 대원이 자신 없게 말했다.

'그러니까, 쿠마는 두 마리다. 어느 쿠마인가. 고로랑 모쿠는 겉모습이 닮아서 구별을 못할 수도 있지만.

다시 생각해 보니, 그런 상세한 구별이 가능한 사람은 개 담당인 기타무라 자신뿐이다. 기타무라 외에 개를 식별할 수 있는 대원은 없다.

"두 마리 다 건강해 보였습니다만 무서울 정도로 적개심을 나타내고 있어서 아무도 가까이 가지 못했습니다. 개체 확인은 어렵겠습니다."

헬리콥터 탑승원의 보고에 주변에 있던 모든 이의 눈이 기타무라로 향했다.

'물론이지. 내가 아니면 아무도 개들을 구별할 수 없어.'

타로와 지로, 기적의 생존

＊

기타무라는 헬리콥터에 탑승했다. 로터(회전 날개)가 고속회전하며 기체가 서서히 상승했다. 주황색 탐사선 소야호가 점점 작아진다. 쇼와 기지까지는 약 140킬로미터. 헬리콥터는 빠른 속도로 남하하기 시작했다. 눈에 익은 풍경이 보였다. 마지막으로 개썰매 탐사를 했던 프린스 올라프 해안. 타로와 개들이 유리 파편 같은 창빙에 발바닥을 베어 피투성이가 되며 달렸던 곳이다. 오메가곶, 다마곶, 프랫퉁가를 지나면 옹굴 해협이 보인다.

헬리콥터가 강하하기 시작했다. 쇼와 기지다. 착륙하자마자 기타무라는 주변에 있던 대원에게 소리쳤다.

"개들은 어디에 있습니까?"

대원이 가리키는 방향에 두 개의 검은 물체가 보였다. 100미터 정도 떨어져 있다.

"어~이!"

기타무라는 개들을 부르며 다가갔다. 그러자 두 물체가 뒷걸음질을 쳤다. 개들이 가라후토견이라는 것은 알 수 있었지만 어느 개인지는 알 수 없었다.

'이런 개들이 있었나? 왜 다가오지 않지?'

멀리서 보니 기타무라가 알고 있는 열다섯 마리의 개 중 하나로 보이지 않았다.

'혹시 다른 나라 기지에서 도망쳐 온 개들일까.'

순간 그런 생각도 했지만 그럴 리가 없다. 쇼와 기지에서 가장 가까운 외국 기지라도 직선거리로 천 킬로미터는 떨어져 있다. 그것은 불가능한 거리다. 처음 개들을 발견한 헬리콥터의 승무원은 개들이 '쿠마와 고로 같다'고 했다. 쿠마라면 후렌노쿠마나 몬베쓰노쿠마밖에 없다. 그러나 지금 눈앞에 있는 사나운 가라후토견 중 한 마리는 어쩌면 힛푸노쿠마가 아닐까 생각했다. 가에루섬 탐험 후 돌아오는 길에 홀로 대륙으로 사라졌던 힛푸노쿠마가 혹시 살아 있었던 걸까? 그렇다면 다른 한 마리는? 힛푸노쿠마와 사이좋게 지낼 만한 개는 한 마리도 없었다.

기타무라는 머릿속이 정리되지 않은 채 개들에게 다가갔다. 두 마리의 겉모습은 남극에 오기 전에 기타무라가 상상했던 것과는 전혀 달랐다. 설사 살아 있다 해도 제대로 먹지 못해 야위어 있을 거라 생각했다. 그러나 눈앞에 보이는 개들은 가라후토견이라기보다 되록되록 살찐 새끼 곰들 같았다.

기타무라는 검은색 또는 검은색에 가까운 털을 가진 개들을 떠올리며 한 마리씩 이름을 불러 보았다. 먼저 힛푸노쿠마부터 시작하자. 1차 월동대 시절에는 '힛푸'라고 불렀었다.

"너 혹시 힛푸니?"

기타무라가 낸 첫 목소리에 두 마리가 동시에 으르렁거렸다.

무섭다. 그러나 용기를 내어 한 발 더 가까이 다가갔다. 가까이 서 관찰해 보니 털 색깔은 검은색으로 힛푸노쿠마와 같은 색이지 만 개들 중 가장 포악했고 개성 있는 외형이었던 힛푸노쿠마는 아 니었다.

얼굴이나 눈 색깔, 가슴 언저리의 털 색깔을 좀 더 확인하고 싶 어 한 발 더 다가가려 했지만 좀처럼 다가갈 수가 없었다. 두 마리 다 머리를 낮게 숙이고 으르렁대며 눈을 위쪽으로 치켜뜬 채 나를 노려보고 있다. 기타무라는 차분하게 기다리기로 했다. 저 개가 어 느 개이든 어느 날 갑자기 사람들한테 버림받고 필사적으로 1년을 버티며 살아남았다. 원망하는 것도 경계하는 것도 당연하다. 천천 히 조금씩 안심시키면서 신뢰를 회복해 갈 수밖에 도리가 없다.

"고로니?"

반응이 없다. 오히려 더 크게 으르렁거린다. 기타무라는 어색하 게 웃으면서 다시 말했다.

"그럼 모쿠?"

두 마리 다 뒷걸음질을 친다.

후렌노쿠마, 몬베쓰노쿠마, 구로…, 털이 검은 개들의 이름은 다 불러 보았다. 그러나 두 마리는 경계심을 풀지 않았고 다가오려 하 지도 않았다.

그럼 나머지는…? 타로와 지로인가? 눈앞의 두 마리는 기타무라가 기억하는 타로, 지로와 체격도 체형도 전혀 다른 개들이다. 그렇지만 검정색 털을 가진 개 중에 남은 개는 타로와 지로뿐이다.

기타무라는 작은 소리로 불러 보았다.

"타로?"

험악한 인상이었던 한 마리의 표정이 한순간 부드러워진 듯한 느낌이 들었다. 이제껏 계속 아래로만 향했던 꼬리가 잠깐이나마 위로 향한 것 같기도 하다. 고개를 숙인 자세는 바꾸지 않았지만 이 개의 마음속에 무슨 일인가 일어나고 있다.

"타로~, 타로!"

이번에는 큰 소리로 불러 보았다. 그러자 이 개가 맹렬히 꼬리를 흔들기 시작했다. 명령도 하지 않았는데 스스로 '앉아' 자세를 취하려고도 했다.

그렇다면 틀림없다. 다른 한 마리의 이름은?

"지로!"

그러자 오른쪽 앞발을 살짝 올렸다. 응석을 부리고 싶을 때 나오는 지로의 버릇이었다.

"타로! 지로!"

기타무라가 눈밭에 무릎을 꿇고 양팔을 크게 벌렸다. 타로와 지로는 맹렬한 기세로 달려와 기타무라에게 부딪혔다. 마침내 기억해 낸 것이다.

타로가 1년 전과는 비교도 안 될 정도로 커져 버린 몸을 비벼 댄다. 지로가 앞발을 세워 장난치려 한다. 그 발의 힘이 대단해서 아플 정도다. 놀랄 정도로 건장해졌다.

"너희 정말…."

더는 말이 나오지 않았다. 기타무라는 타로와 지로의 목을 당겨 힘껏 끌어안았다. 타로와 지로도 기타무라의 얼굴을 날름날름 핥았다.

"그, 그만해…."

기타무라가 웃으며 떼어 놓으려 해도 두 마리는 오래오래 기타무라를 핥았다. 두 마리의 힘에 눌려 기타무라는 눈 위에 쓰러져 뒹굴었다. 타로와 지로가 걱정스러운 표정으로 내려다본다. 타로와 지로는 덩치가 커졌으나 가까이서 보니 얼굴은 달라지지 않았다. 타로와 지로 뒤에 끝없이 펼쳐진 감청색 하늘이 보였다. 기타무라는 그 순간 인생 최고의 행복에 취했다.

사체 찾기

＊

남극에 1년간 방치되어 있었던 가라후토견 두 마리가 살아 있었다. 이 충격적인 소식은 일본뿐 아니라 전 세계에 전해졌다. 모두 믿을 수 없다고 했다. 전국의 신문에 일면 톱기사로 실리고 세계 주요지들도 기사와 사진을 개제했다. 라디오에서는 연일 기적의 생환 뉴스가 전해졌다. 타로와 지로의 생존은 기타무라에게도 꿈만 같았다. 그러나 그저 기쁨에 겨워 지낼 수만은 없었다. 기지에 남겨진 개들은 모두 열다섯 마리. 이제 다른 열세 마리를 찾아야 한다.

2월 1일. 3차 월동 실시가 정식으로 결정되었다. 기타무라는 지구물리학자로서 우주선을 조사하는 임무가 있다. 당연하지만 이 일이 먼저다. 개들 탐색은 자유 시간에 혼자 할 수밖에 없다.

쇼와 기지 주변에는 360도 눈얼음이 펼쳐져 있다. 1년 동안의 강설 그리고 동결. 그러나 기타무라에게는 어느 정도의 계산이 있었다. 개들은 계류지에서 도망갈 수 없었을 것이니 그곳을 파다 보면 발견될 것이다. 기타무라는 1차 월동 당시 개들을 묶어 둔 장소를 기억하고 있다. 단지 어느 개를 어느 위치에 고정시켰는지는 정확하게 기억나지 않는다. 약 100미터짜리 와이어로프 양쪽 끝을 기둥이나 드럼통에 연결해 고정했다. 그곳이 계류지다. 와이어로프에 열다섯 개 쇠사슬을 매달아 열다섯 마리의 개들을 수 미터 간격으로 구슬 꿰듯 묶어 두었다. 그런데 표식이 되어야 할 기둥도 드럼통도 보이지 않았다. 쓰러진 건지 아니면 통째로 눈 속에 파묻힌 건지 알 수 없다.

'이 근처였는데.'

기타무라는 어림짐작으로 장소를 특정하고 삽으로 눈얼음을 파기 시작했다.

'내가 발견하는 것은 목줄만이길⋯.'

개들이 목줄에서 빠져나가 쇠사슬의 구속에서 벗어날 수 있었기를 바랐다. 그렇다면 0.1퍼센트라도 어딘가에 살아 있을 가능성이 있기 때문이다. 기도하는 심정으로 삽을 움직였다. 퍽퍽퍽.

눈얼음은 생각보다 단단했다. 수십 센티미터 파다가 아무것도 나오지 않으면 다른 곳을 팠다. 몇 군데나 구멍을 파 보았다.

'이상하군. 왜 아무것도 없지?'

파도 파도 개들의 사체나 목줄이 보이지 않았다. 눈 위에 구멍만 허무하게 늘어갔다.

'왜 없지?'

기타무라는 혼란스러웠다. 결국 눈밭에 주저앉았다.

기억을 더듬는다. 1년 전 2월 11일, 그날 자신은 틀림없이 이곳 계류지에 개들을 묶어 두었다. 그때 나가타 2차 관측대장의 지시에 따라 개들의 목줄을 평소보다 단단하게 구멍 하나를 더 짧게 조였다. 후회해도 소용없다. 그 장소를 착각할 리가 없다. 사체나 목줄이 발견된다면 이 근방이어야 한다.

잠깐만. 그날 나는 첫 비행기를 타고 소야호로 귀환했다. 전날에 세 명이 귀환한 상태였으나 아직 기지에는 일곱 명의 대원들이 남아 있었다. 누군가 어떠한 이유로 개들을 이동시켰을지도 모른다. 그러나 만약 이동시켰다면 개 담당인 나나 기쿠치에게 알렸을 것이다.

1차 월동대가 소야호에 귀환한 다음날인 12일에는 2차 월동대의 선발대 세 명이 아무도 없는 쇼와 기지에 들어갔다. 14일에 나가타 대장이 귀환 명령을 내렸으나 그때도 '2차 월동에 개들이 필요하니 반드시 쇠사슬에 묶어 두고 돌아오라'는 지시를 받았을 터다. 어쩌면 그 작업을 할 때 무슨 일이 생겼을지도 모른다.

불안해진 개들이 난리를 치고 뛰어오르면서 와이어로프가 기둥에서 빠지는 바람에 개들이 마음대로 이동했다거나, 또는 개들을 다른 장소에 이동시켜야 할 이유가 생겼다거나. 이런저런 상상으로 머릿속이 어지럽지만 지금으로서는 알 도리가 없다.

'남극에 오기 전에 1차, 2차 월동대원들에게 확인하고 올 것을…. 후회해도 소용없다. 며칠 간의 구멍 파기 작업으로 알게 된 것은 1년 전 자신이 묶어 둔 장소에는 개들이 존재하지 않는다는 것이었다. 예상했던 장소에서 조금 벗어난다 해도 사방이 눈으로 덮인 곳에서 파묻힌 개들을 찾아낸다는 것은 너무나도 광범위하다. 난감하다. 이 근방을 다 파헤치는 건 불가능하다.

자유 시간에 같이 구멍을 파 주는 대원들도 있었다. 무라야마 마사요시 3차 월동대장도 묵인해 주었다. 하지만 일주일이 지난 시점에도 사체는 커녕 목줄도 발견되지 않았다. 기타무라는 점점 초조해졌다.

부서진 희망

＊

2월도 거의 끝나갈 무렵인 26일이었다. 삽 끝에 무엇인가 부딪히는 느낌이 있었다. 눈얼음의 감촉과는 사뭇 달랐다. 뭔가 더 단단한 느낌이다.

'여기다.'

만약 그게 개의 사체라면 커다란 삽으로 몸에 상처를 낼 수는 없다. 작은 삽으로 바꾸고 유치원생들이 놀이터에서 모래놀이하듯 신중하게 파 내려갔다. 눈얼음 속에서 무언가 거무스레한 것이 보인다. 가죽으로 만든 물건 같다.

"찾았다!"

기타무라는 자신도 모르게 소리쳤다. 그것은 개의 목줄 외에 다른 무엇도 아니었다. 가까이 있던 대원들이 달려왔다.

"어느 개인지 알겠나?"

"모르겠습니다."

조심스레 조금씩 주변의 눈을 걷어 냈다. 빨간 나무 조각으로 된 이름표가 보였다. 기타무라는 이름표에 달라붙은 눈을 손으로 닦아 냈다.

'후렌노쿠마'

기타무라는 목줄과 이름표를 눈얼음 구멍에서 꺼내 양손으로 움켜쥐었다.

'다행이야…'

후렌노쿠마는 썰매개들 중에서 가장 거칠고 힘이 세 월동 중에도 몇 번이나 목줄에서 빠져나갔다.

사체는 없었다. 용케 빠져나간 듯하다. 홋카이도 가미카와군 후렌초 출신의 야생미 넘치는 후렌노쿠마, 너라면 어딘가에 살아 있을지도 모르겠구나.

그날 밤 기타무라는 후렌노쿠마의 목줄을 가슴에 품고 잠들었다. 목줄이 발견되었다는 것은 그 주변에 다른 개들의 목줄도 있다는 뜻이다. 또는 개들의 사체가.

목줄을 발견한 구멍을 중심으로 크고 둥글게 주변을 파다 보면 발견할 가능성이 있다. 그런 식으로 계속 구멍을 파 나가다가 여기다 싶은 느낌이 든 것이 3월 2일이었다. 의외로 후렌노쿠마의 목줄이 발견된 곳 바로 옆이었다. 그때와 마찬가지로 작은 삽으로 바꿔

들고 조심해서 파기 시작했다.

잭이다. 목줄과 이름표가 발견되었다. 잭도 빠져나갔다. 연달아 목줄과 이름표만 발견되었다. 기타무라의 마음속에 작은 희망이 생겼다.

'어쩌면 모두 다 빠져나갔을 수도 있어.'

'멀리 떨어진 곳에 다들 무리 지어 살고 있는 건 아닐까.'

그 희망이 산산이 부서진 것은 다음 날인 3일이었다. 기타무라는 구멍을 파다 지쳐 눈밭에 멍하니 주저앉아 있었다.

시선이 닿는 앞쪽에 바다표범 해체 장치가 보였다. 1차 월동대가 만들어 사용했던 것이다. 세 개의 철기둥을 삼각추 모양으로 조립해 꼭대기에는 도르래를 달아 포획한 바다표범을 쇠사슬과 갈고리에 매달았다. 그러면 바다표범을 해체하기 쉬워진다.

그 장치에는 1차 월동대가 철수할 때 두고 간 바다표범 고기 조각이 머리 부분에서 몸통 중간까지 말라비틀어진 상태로 매달려 있었다.

1차 월동을 준비할 때 개들의 먹이가 바다에 떠내려가는 사고가 있었고 먹이 부족을 보완하기 위해 어쩔 수 없이 바다표범을 포획해 개들에게 주었다. 바다표범 고기 냄새를 인간들은 견디기 힘들어했으나 개들은 의외로 잘 먹었다. 합성사료보다 생고기가 맛있는 건 당연할 수도 있다.

'녀석들, 그 냄새 나는 고기를 잘도 먹었지.'

그런 생각을 하며 자연스레 해체 장치 주변을 바라보았다. 눈 표면에 뭔가 검은 것이 보였다.

"응?"

가까이 가 보니 개털 같다. 개털? 그러나 이런 곳에 개를 묶어 둔 기억은 없다. 목줄 두 개를 발견한 장소와도 꽤 떨어져 있다. 반신반의하며 파 보았다.

얼마 안 돼 딱딱하게 얼어붙은 개의 사체가 나왔다. 검은 등이 보였다. 눈 위로 조금 삐져나왔던 것은 역시 검은 개의 털이었다. 각오는 하고 있었지만 눈앞에 사체를 마주하고 보니 기타무라의 마음은 철렁 내려앉았다. 처음 발견된 사체는 고로의 것이었다.

고로의 마지막 식사

＊

'고로, 왜 여기에 있니?'

이 부근은 3차 월동대원들이 빈번하게 지나다니는 곳이라 통행하기 쉽도록 눈을 어느 정도 제거했다. 원래 깊이 묻혀 있었으나 제설 작업을 통해 고로의 털이 눈더미 위로 삐져나온 것 같다.

그런데 이곳은 후렌노쿠마와 잭의 목줄을 발견한 장소와 전혀 다른 위치라는 점이 이해되지 않았다. 고로는 쇠사슬에 연결된 상태였다. 그 쇠사슬을 힘껏 당겨보았지만 꼼짝도 하지 않았다.

'이 쇠사슬의 끝에 뭔가 있어.'

기타무라는 쇠사슬을 파내기 시작했다. 그 끝에는 소형 썰매가 묻혀 있었다. 그리고 쇠사슬은 소형 썰매와 단단히 연결되어 있었다. 1년 전 모든 개들은 분명히 한 줄의 와이어로프에 일정한 간격으로 이어져 있었다. 왜 고로의 쇠사슬은 소형 썰매와 연결되어 있을까?

3차 월동대의 무토 아키라 의사가 고로의 사체를 해부했다. 방치되었던 개들의 사인을 특정하기 위함이다. 사체 상황을 상세히 조사하는 것은 앞으로 각국의 기지에서 활약할 개들의 건강 관리와도 이어지는 중요 수의학 데이터가 된다. 가엽지만 필요한 조치였다. 메스를 넣었다. 피하지방, 내장지방이 완전히 손실된 상태였다. 내장을 확인했다. 모든 것이 심하게 소모된 흔적이 있다. 실질 세포가 현저히 손실되어 있었다. 큰 장기 중 하나인 간장이 얇은 종이 조각 같다. 위장을 절개하고 가늘어진 고로의 위 내부를 살펴보았다.

"이게 뭐지?"

무토 의사가 고로의 위장에서 무엇인가를 발견하고 집게로 꺼냈다. 세로 20센티미터, 가로 15센티미터의 초록색 종이 같은 것이다.

"기타무라 씨, 이게 뭘까요?"

기타무라도 그걸 보고 고개를 갸우뚱했다. 비닐 조각 같기도 하고 텐트 천 조각 같기도 했다. 고로가 발견된 곳 주변에 텐트가 있을 리 없다. 인공적인 물체라는 것은 틀림없다. 쇼와 기지 어딘가에 있던 물건일 것이다. 바람에 날려와 우연히 아사 직전인 고로 앞에 놓여졌던 걸까.

기타무라는 상상한다. 누군가가 어떤 이유로 고로에게만 소형 썰매를 매달았다. 예를 들어, 고로와 연결된 쇠사슬이 끊어져 어슬렁거리던 고로를 우연히 가까이 있던 소형 썰매에 붙들어 맸을 수 있다. 얌전한 고로의 성격이라면 담당자가 아니더라도 그 작업을 할 수 있었을 것이다. 그리고 쇼와 기지는 무인의 상태가 되었다. 고로는 몸집이 좋고 힘도 세서 제일 열심히 썰매를 끌었던 개중 한 마리다. 고로의 힘이라면 눈 위의 소형 썰매를 움직일 수 있었을 것이다.

고로의 눈에는 해체 장치에 매달린 바다표범이 보인다. 공복의 고통 속에 보이는 눈앞의 성찬. 고로는 필사적으로 썰매를 끌어당겼을 것이다. 바다표범에 조금씩 가까워져 입을 벌리고 고기를 물었을 것이다. 그것은 살아 있는 것들의 본능이다. 처음에는 배불리 먹었겠지. 낮은 위치의 고기를 다 먹고 나면 몸을 좀 더 일으켰다.

그러지 않으면 닿지 않는다. 필사적으로 몸을 일으켜 세웠을 것이다. 그리고 닿을 수 있는 높이의 고기를 다 먹었다. 그다음에는 잔혹한 상황이 기다린다.

아무리 몸을 세워도, 점프를 해도, 혀를 끝까지 내밀어도, 눈앞에 있는 고기에 닿지 않는다. 목줄, 쇠사슬, 연결된 썰매 들이 등 뒤에서 자꾸 방해를 한다. 고로가 위로 뻗으려 하면 할수록 등 뒤에서 끌어당기고 목줄은 더 옥죄어 올 뿐이다. 눈앞에 고기가 매달려 있는데 뒷다리만으로 서 있는 고로는 그것을 먹지 못한다. 처음부터 아무것도 없었다면 포기라도 하지. 하지만 눈앞에 맛있는 고기가 있다. 고로는 반광란 상태였겠지. 처절한 공복에 시달리면서 판단력을 잃고 고기가 아닌 가까이에 있던 무엇인가를 입에 넣었고 삼켰다. 그리고 죽었다.

고로가 마지막으로 먹은 것은 눈앞에 있던 바다표범 고기가 아닌 정체불명의 비닐 조각이었다. 1차 월동 중 체중을 측정했을 때 고로는 가장 무거울 때 43.5킬로그램이었다. 썰매개들 중 가장 체중이 많이 나가는 개였다. 해부 당시 체중은 22킬로그램. 반으로 줄어 있었다. 최종적인 해부 소견에 의하면 고로는 완전 아사였다. 홋카이도 왓카나이에서 온 개썰매 무리 중에서 제일 먹성이 좋았던 고로는 굶어 죽었다.

러시안룰렛

*

고로는 계류지의 와이어로프가 아닌 소형 썰매에 연결되어 있었다. 고로는 예외로 보고, 다른 개들은 로프에 연결되어 있다고 보는 게 타당하다. 지금껏 발견된 후렌노쿠마와 잭의 목줄 위치 정보는 중요하다. 두 지점을 이으면 눈에 보이지 않는 일직선의 루트가 떠오른다. 후렌노쿠마에서 잭의 방향으로 이동할 것인가 아니면 그 반대로 갈 것인가. 기타무라는 잭의 방향으로 이동하기로 했다. 만약 가도 가도 발견되는 것이 없다면 방향을 바꾸자. 기타무라는 파기 시작했다. 발견되는 것이 목줄이길 바라며. 주검인가 목줄인가. 그것은 비정한 러시안 룰렛이었다.

잭의 목줄 근방을 파고 있을 때 기타무라는 묘한 것을 보았다. 딱히 어떤 물체라기보다 눈얼음에 뭔가 희고 기다란 것들이 달라붙어 있었다.

'이것은?'

기타무라는 삽을 집어 던지고 손으로 만져 보았다. 희고 긴 그 것은 개털이었다. 눈얼음과 같은 흰색이라 눈을 파낼 때는 몰랐지만 틀림없는 흰 개의 털이었다. 남겨진 열다섯 마리 가라후토견 중에 새하얀 털을 가진 개는 시로 밖에 없다. 여기 시로가 있었던 것이다. 다시 한번 구멍을 살펴보았지만 목줄과 이름표는 없었다.

쇠사슬도 확인할 수 없었다. 주변을 좀 더 파 보면 알 수도 있겠지만 그보다 다른 개들을 찾아보자. 시로는 무사히 탈출한 것 같다. 그걸 알게 된 것만으로도 안심이다.

그런데 여기서 조금 마음에 걸리는 문제가 있다. 개들은 묶어 둘 때, 기타무라는 개들 사이에 4~5미터 정도 간격을 두었다. 너무 가까우면 개들끼리 싸움이 벌어지기도 하기 때문이다. 그런데 후렌노쿠마와 잭의 목줄, 시로의 털이 발견된 곳은 서로 아주 가까웠다.

'왜?'

그 후로도 짐작만으로 눈얼음을 파는 작업을 계속해 갔다. 그러던 중 불안한 느낌이 왔다. 목줄과는 완전히 다른 감각이었다. 잭의 목줄을 발견한 곳에서 약 15미터 떨어진 곳이었다. 기타무라는 천천히 파 내려갔다. 조금씩 형태가 보였다. 검고 긴 털이 얼어붙어 있다. 조심스레 주위의 눈을 털어 냈다. 등, 옆구리, 머리 그리고 얼굴….

모쿠였다.

고로도 그랬지만 사체는 전혀 손상되지 않았다. 냉동 보존 중인 것처럼 살아 있을 때와 같은 표정이었다. 덕분에 마음이 덜 힘들었다. 타로와 지로가 발견되었을 때 '한 마리는 모쿠가 아닐까'하는 의견도 있었지만 결국 아니었다. 모쿠는 여기서 차갑게 잠들어 있었다. 3일의 수색은 이걸로 끝이었다.

4일. 모쿠의 사체 바로 옆에서 페스의 사체가 발견되었다. 모쿠는 엎드린 자세로 발견되었으나 페스는 옆으로 누워 눈을 감고 있었다. 얌전하고 말을 잘 들었던 페스는 월동 중에도 목줄에서 빠져나가는 일이 없었다. 목줄과 이름표는 회수했으나 쇠사슬은 주변의 동결이 심해 회수하지 못했다. 일단은 다른 개들도 찾아야 한다. 그러나 그때부터 수색은 난항이었다. 모쿠 옆에서 페스가 발견되었기 때문에 그 근처를 중심으로 파 보았지만 아무 것도 찾을 수 없었다. 5미터, 10미터, 그리고 드디어 15미터 바깥쪽을 파고서야 포치의 사체를 발견할 수 있었다.

목줄은 쇠사슬에 연결되어 있었으나 무슨 연유인지 이름표가 없었다. 몸부림을 치다가 어딘가로 날아가 버린 것일지도 모른다. 포치는 힘이 세고 대식가였으며 자주 옆에 있는 개들의 밥을 빼앗아 먹으려고 했다. 그 정도로 장사였는데 목줄을 빠져나가지는 못했다.

그러고 한동안은 아무것도 찾지 못했는데 거기서 15미터 더 떨어진 곳에서 몬베쓰노쿠마의 사체를 발견했다.

쿠마라는 이름을 가진 가라후토견은 모두 세 마리 있었다. 세 마리 다 사나웠다. 야생의 본능을 강인한 몸뚱이에 품고 있는 진정한 가라후토견이었다. 싸움이 잦아 상처가 아물 날이 없었지만 개썰매가 난항을 겪거나 다른 개들이 지쳐 떨어졌을 때 비로소 쿠마는 진가를 발휘했다.

'몬베쓰노쿠마, 너는 쇠사슬 따위 제일 먼저 물어뜯고 도망칠 줄 알았는데….'

현재까지 도주 세마리, 사망 다섯 마리가 확인되었다.

남은 개는 다섯 마리다.

부자연스러운 '법칙성'

*

다음 날부터 다시 수색 작업이 어려워졌다. 어느 곳을 파도 발견되는 것이 없었다. 이럴 때는 침착해야 한다. 기타무라는 지금까지의 발견 상황을 정리해 보았다. 후렌노쿠마의 목줄, 잭의 목줄, 시로의 털은 서로 가까운 곳에서 발견되었다. 모쿠와 페스의 사체는 서로 곁에 누운 듯 발견되었다. 그러나 시로의 털과 모쿠의 사체 사이, 페스와 포치의 사체 사이, 포치와 몬베쓰노쿠마의 사체 사이는 약 15미터씩 간격이 있었다.

개들을 일정한 간격으로 묶어 두었기 때문에 사체도 거의 같은 간격으로 묻혀 있을 줄 알았다. 그러나 실제로 사체와 목줄이 발견된 장소는 전혀 같은 간격이 아니었다. 지나치게 가깝거나 또는 부자연스러울 정도로 멀리 떨어져 있다. 소형 썰매에 묶여 있던 고로를 제외하고는 무슨 법칙 같은 것이 존재하는 듯한 느낌이 들었다. 이 불규칙에는 뭔가 의미가 있을 것 같다.

발견했을 당시의 상황을 종이에 그려 보았다. 후렌노쿠마를 비롯해 잭, 고로, 시로, 모쿠, 페스, 포치, 몬베쓰노쿠마…. 그때, 퍼뜩 어떤 생각에 이르렀다.

'어쩌면 다들 무리를 지으려 한 것은 아닐까?'

자신이 그린 사체 발견 상황도를 응시한다. 고로를 제외하고 후렌노쿠마의 목줄, 잭의 목줄, 시로의 털. 이것들이 가까운 데서 발견된 것은 잭에게 후렌노쿠마와 시로가 달라붙으려고 했기 때문이 아닐까? 즉, 세 마리씩 작은 그룹을 만들려고 한 것은 아닐까? 만약 세 마리가 함께 움직였다고 한다면 다른 개들은 어떻게 움직였을까?

시로의 털과 모쿠의 사체 사이의 15미터 공백 지대.

페스의 사체와 포치의 사체 사이의 15미터 공백 지대.

포치의 사체와 몬베쓰노쿠마의 사체 사이의 15미터 공백 지대.

나머지 개들이 발견된다면 이 일대가 유력하다.

기타무라는 생각한다. 사슬에 묶인 채 인간들에게 버려진 가라후토견들은 아마도 한 번도 겪어 본 적 없는 불안을 느꼈을 것이다. 그런 궁지에 내몰린 상황에서 개들은 공포에 떨며 본능적으로 서로에게 다가가 의지하려 한 것은 아닐까. 물론 사슬에 묶여 있었기 때문에 완전히 몸을 붙일 수는 없었을 것이다. 하지만 거리를 좁힐 수는 있다. 그들은 작은 무리를 만들려고 했던 것이다. 그런 시점으로 상황도를 보니, 일견 뒤죽박죽인 듯한 발견 지점에 법칙성이 보였다.

시로의 털과 모쿠의 사체 사이, 페스와 포치의 사체 사이, 포치와 몬베쓰노쿠마의 사체 사이에 아직 발견되지 않은 개들의 사체가, 목줄이 틀림없이 묻혀 있을 것이다.

3월 16일. 기타무라는 먼저 시로의 털과 모쿠의 사체 사이의 공간을 파 보았다. 그곳에는 시로 때와 마찬가지로 대량의 털만이 남아 있었다. 목줄도 이름표도 없었다. 어쩌다가 목줄이 사슬에서 빠져나갔는지 사슬을 물어뜯기라도 한 건지 알 수 없다. 어쩌면 이름표나 목줄이 가까이에 떨어져 있을 수도 있겠지만 그걸 찾기에는 시간이 아깝다. 적어도 한 마리 더 여기서 벗어날 수 있었다는 사실을 확인했다. 털 색깔은 갈색, 갈색 개는 두 마리다. 데리와 앙코 중 하나다.

다음으로 페스의 사체와 포치의 사체 사이를 파 보았다. 포치의 사체가 발견된 곳 바로 가까운 곳에서 한 마리가 발견되었다. 아카였다. 목줄은 하고 있었으나 이름표는 없었다. 아마 흔들어 대다가 어딘가로 사라졌을 것이다. 장난이 심한 녀석이었으니까.

싸움을 좋아하던 아카를 다른 개들은 멀리하며 피하거나 늘 무시했었다.

그런 생각을 하면서 바로 옆을 파는데 삽 끝에 뭔가 닿는 느낌이 있다. 이제는 이게 무엇인지 안다. 사체다.

구로였다. 검정색 털에 구로시바견처럼 눈 위에 하얀 반점이 있다. 그래서 대원들이 '오쿠게사마(일본 중세 시대 조정의 상급관리. 원래 눈썹을 밀고 이마에 먹으로 타원형 눈썹을 그리는 화장법이 유행해 이들의 상징처럼 되었다-옮긴이)'라 부르며 귀여워했다. 포치와 구로는 아카를 사이에 두고 죽어 있었다. 구로의 목줄과 이름표를 회수했다.

이제 남은 개는 리키와 데리 또는 앙코. 마지막 수색 지역은 포치의 사체와 몬베쓰노쿠마의 사체 사이다. 아마도 거기에 남은 두 마리가 있을 것이다. 몬베쓰노쿠마 바로 옆에서 리키의 목줄과 이름표가 발견되었다.

'그럼 그렇지. 네가 탈출하지 못했을 리가 없지.'

그리고 바로 옆에서 앙코의 이름표가 발견되었다. 목줄은 쇠사슬에서 떨어져 나와 갈기갈기 찢긴 상태였다. 기타무라는 그 목줄의 일부를 이름표와 함께 회수했다. 앙코라는 것이 특정되었기 때문에 시로와 모쿠의 사체 사이에서 발견된 갈색 털의 주인은 데리의 것으로 판단되었다. 그리고 이것으로 모든 개들의 운명이 판명되었다.

남겨졌던 열다섯 마리의 가라후토견.

이 중 타로와 지로는 목줄에서 빠져나온 후에도 쇼와 기지에 남아 3차 관측대와 재회했고 보호되었다. 남은 열세 마리 중 사망을 확인한 개가 일곱 마리다. 고로, 모쿠, 페스, 포치, 몬베쓰노쿠마, 아카, 구로. 행방불명된 개가 여섯 마리다. 후렌노쿠마, 잭, 시로, 데리, 리키, 앙코.

사망 일곱 마리 그리고 행방불명 여섯 마리.

3월 16일. 안도와 절망을 오갔던 고통스러운 확인 작업이 끝났다.

극한 상황에서의 본능

＊

가라후토견은 야생성이 강하고 영역을 중요시한다. 이것은 그들의 본능이다. 일반 가정에서 한 마리씩 기르던 시절에는 개들에게 자기 영역이 침범되는 일이 없었다. 하루아침에 왓카나이의 훈련소로 보내졌을 때 개들은 돌연 영역을 잃고 수많은 라이벌을 만나면서 긴장하고 끊임없이 싸워 댔다. 그러나 서서히 동화되어 갔다. 그리고 남극 월동 1년간의 생활과 개썰매 탐험의 고투를 겪으며 열다섯 마리에게는 하나의 '무리'라는 의식이 확립되었다. 의미 없이 다투는 일이 급격히 줄었다.

그러나 자신들의 주인이라 믿었던 인간들이 홀연히 자취를 감춘 시점에서, 와이어로프 한 줄에 나란히 묶여 있던 열다섯 마리가 겪었을 혼란은 어렵지 않게 상상할 수 있다. 공포인지 분노인지 불안인지 알 수 없지만 위험에 맞닥트렸을 때 혼자 있는 것보다 무리 지어 있는 편이 살아남을 확률이 높다. 사자, 코끼리, 원숭이, 얼룩말, 펭귄 등 많은 동물이 더 오래 살아남기 위해 무리를 짓는다. 갑작스런 위기 앞에서 가라후토견의 본능이 그리 가르쳤던 것일까.

가능한 서로 가까이 다가가라고.

기타무라는 다시 한번 발견 상황도를 살펴보았다. 역시 세 마리씩 작은 그룹이 만들어져 있다. 잭의 양옆으로 후렌노쿠마와 시로가 나란히 함께 한다. 모쿠를 중심으로 데리와 페스가 나란히 기대어 있다. 아카를 가운데로 두고 구로와 포치가 가까이 있다. 그리고 리키의 앞뒤로 앙코와 몬베쓰노쿠마가 서로에게 다가가려는 모양을 하고 있다. 고로만이 소형 썰매에 매달려 있는 바람에 쓸쓸한 죽음을 맞이했다. 그 이후의 운명은 도주에 성공한 그룹과 그 자리에서 숨을 거둔 그룹으로 명암이 갈렸다. 연결된 채로 죽음을 맞이한 일곱 마리. 그리고 탈출에 성공했지만 눈앞에서 동료 개들이 고통스러워하는 모습을 지켜보았을 타로와 지로를 포함한 여덟 마리. 기타무라는 몸을 떨었다. 추위 때문이 아니었다. 마음이 차갑게 식어 버린 것이었다.

고로, 모쿠, 페스, 포치, 몬베쓰노쿠마, 아카, 구로의 사체는 꽝꽝 얼어 있었다. 1년 동안 녹지 않는 눈얼음 아래에 있었기 때문이다. 냉동고에 들어 있던 것이나 마찬가지다. 눈얼음 위에 나란히 놓인 일곱 마리의 얼어붙은 사체. 거주동 내부에 안치해 주고 싶지만 개들의 사체를 들일 수는 없다. 그렇다고 해서 길바닥에 방치하듯 눈더미 위에 놓아 두는 것도 마음이 허락하지 않는다.

적어도 바닥이 아닌 곳에 안치해 주고 싶다고 생각하며 기지 주변을 두리번거리며 걷고 있는데 그게 안타까웠는지 대원 한 사람이 말을 걸어왔다.

"기타무라 씨, 개들을 눈 위에 그대로 두는 건 좀 미안하네요. 드럼통이 있으니 그 위에 안치해 두는 건 어떨까요?"

고마웠다. 드럼통이라면 모두들 묵인해 줄 거야. 기타무라는 드럼통 위에 얼어붙은 개들의 사체를 안치하고 두 손을 모았다.

어느새 주변에 있던 대원들 몇 명이 개들의 사체 앞에 서서 손을 모으고 있다. 과학자와 기술자 등의 엘리트 집단인 월동대원들은 따뜻한 심성을 가진 사람의 집단이기도 했다.

'동료는 참으로 고마운 존재야.'

기타무라는 진심으로 그리 생각했다. 이 월동대 동료들이 곁에 있어서 연구와 개들의 수색 작업에 집중할 수 있었다. 남극 같은 극한의 환경에서는 동료가 무엇보다 큰 의지가 된다. 만약 쇼와 기지에 나 혼자였다면…. 그렇게 생각하니 공포심마저 든다. 기타무라는 일곱 마리한테 말을 걸었다.

"1년 동안 많이 기다렸지? 다들 떨어져 있어서 힘들었지? 이제 곧 함께 있게 해 줄게."

수장

　＊

개들의 사체는 수장하기로 했다. 쇼와 기지 동쪽 옹굴 해협의 한 곳이 개들의 묘비명 없는 안식처가 될 것이다. 한때 개들이 끌었던 썰매에 기타무라는 일곱 마리의 개들을 실었다. 그 일곱 마리를 일렬로 나란히 싣지는 않았다. 먼저 고로, 모쿠, 포치, 몬베쓰 노쿠마를 실었다. 그리고 그 네 마리 위에 페스, 구로, 아카를 쌓아 올렸다.

"기타무라! 자네 지금 뭐 하는 건가?"

근처에 있던 대원들이 놀라서 뛰어왔다.

"좀 더 정중하게 다뤄야 하는 거 아닌가요?"

"옆으로 나란히 눕혀도 될 텐데 말이야."

"아무리 개라도 이건 너무 불쌍하지 않습니까?"

마치 짐짝처럼 쌓아 올려진 개들의 사체를 보고 다들 놀란 모양이었다. 대원들의 반응이 매서웠다. 그렇지만 기타무라의 심정은 전혀 달랐다.

"서로 꼭 붙어 있게 해 주고 싶습니다. 이 녀석들은 죽기 직전까지 서로에게 조금이라도 다가가려고 안간힘을 썼지만 쇠사슬 때문에 결국 떨어진 채로 죽었습니다."

대원들은 아무 말도 하지 못했다. 기타무라는 이어서 말했다. 사체를 처음 발견했을 때의 충격이 자신을 떠미는 듯했다.

"도망도 못 가고 무섭고 그런 상황에서는 같은 동료의 체온이나 숨결 같은 걸 느끼고 싶었을 거라 생각합니다. 이렇게라도 쌓아 주면 친구들과 꼭 붙어 있을 수 있겠지요."

개썰매에 쌓인 일곱 마리의 가라후토견의 사체. 그것은 남극에서 버려지고 죽어 간 개들을 향한 애도의 탑이었다. 대원들은 가만히 고개를 끄덕였다.

춘분이라 하기엔 허망하기만 한, 눈보라 치는 3월 21일. 가라후토견 일곱 마리를 태운 썰매는 조용히 쇼와 기지를 출발했다. 어떤 이는 경례로, 어떤 이는 깊은 묵례로 썰매를 배웅했다. 쇼와 기지에서 동쪽으로 얼어붙은 순백의 옹굴 해협 위를 개썰매가 천천히 전진한다. 아침부터 회색 구름이 낮게 드리워져 있었다. 황량한 눈얼음 벌판에 지면을 몰아치는 눈보라가 주변의 경치를 지운다. 떨어진 상태로 숨을 거둔 일곱 마리의 개들은 썰매 위에서 오랜만에 서로의 몸을 붙이고 있다.

나카무라 준지와 오구치 다카시 대원이 함께 와 주었다. 나카무라는 오로라, 오구치는 지자기, 기타무라는 우주선 연구 조사를 담당하고 있다. 모두 지구물리 영역이다. 나카무라와 오구치는 일본인 최초로 남극에서 오로라를 관측한 기타무라를 학자의 한 사람으로 존경하고 있었다.

거주동에서는 다양한 과학적 논의가 이루어지곤 했다. 토론이 지속되는 사이 두 사람은 기타무라의 가라후토견에 대한 깊은 애정을 느끼게 되었다. 그래서 무라야마 대장에게 동행 신청을 했다. 대장도 따스한 배려를 보이며 허가해 주었다.

"기타무라 혼자서는 위험하겠지?"

묵묵히 치루는 장례. 바람이 잦아들고 눈송이가 개들의 몸 위에 하얗게 내려앉았다.

수장 예정지에 도착했다. 얼음이 두껍게 얼어 있다. 세 명은 아이스 드릴을 꺼내 들었다. 얼음에 구멍을 뚫는 티(T) 자 모양의 도구다. 손으로 회전시키면서 위쪽에서 압력을 가한다. 얼음에 구멍을 내어 서서히 뚫고 내려간다. 꽤 많은 힘이 든다. 일곱 개의 구멍이 뚫렸다. 다음은 구멍과 구멍 사이에 압력을 가해 금이 가게 했다. 칠각형의 작은 구멍이 뚫렸다. 옹굴의 검은 바다가 얼굴을 드러냈다. 일곱 마리를 위한 칠각형. 여기가 그들의 안식처다. 썰매에서 개들을 내려 구멍 근처에 안치했다.

기타무라가 제일 먼저 안아 올린 개는 아카다. 몸체가 길고 다리가 짧다. 잘 어울리지 못해 친구가 없는 녀석이었다.

'아카, 너는 고독하고 힘든 삶을 살았어. 다른 개들과 사이좋게 지내지 못했으니 내가 좀 더 잘해 줬어야 했는데….'

곁에 있던 나카무라와 오구치는 어찌할 바를 몰랐다. 기타무라가 품에 안고 있는 아카를 좀처럼 바다에 넣으려고 하지 않았기 때문이다.

두 사람의 시선을 느낀 기타무라가 허리를 굽혀 아카를 얼음 구멍 속으로 살며시 넣었다. 천천히 바다 속으로 가라앉는다…고 생각했으나 예상치 않았던 일이 벌어졌다. 아카가 가라앉지 않는 것이다. 마치 기타무라와 이별을 아쉬워하듯 물 위에 뜬 상태로 빙글빙글 원을 그리고 있다.

"아카, 이제 괜찮아. 조용히 쉬어."

아카는 뒷발부터 서서히 가라앉기 시작했다. 북실거렸던 꼬리, 아랫배, 가슴, 마지막으로 아카의 머리가 천천히 사라져 갔다. 수면에 작은 소용돌이가 남는다. 일본 출항 시 다섯 살, 적갈색 털, 체중 34킬로그램, 홋카이도 왓카나이시에서 온 이 보조 선도견은 걸핏하면 목줄에서 빠져나가 기타무라를 곤란하게 했다. 그러나 마지막에는 쇠사슬로부터 벗어나지 못했다. 기타무라 옆에서 나카무라와 오구치 두 남자가 참지 못하고 울고 있다. 기타무라는 울지 않았다.

두 번째로 구로를 안아 올렸다. 1958년, 열다섯 마리를 기지에 두고 떠나온 1차 월동대를 향한 국민의 비난은 거셌다. 그러나 그해 4월에 열린 가라후토견 추도회에서 구로를 양도했던 원래 주인은 기타무라나 다른 대원들을 전혀 책망하지 않았다.

"월동 중에 어리광쟁이 구로를 여러분이 많이 귀여워해 주셔서 감사합니다"라고 말하면서 대원들에게 머리를 숙였다. 대원들은 차마 얼굴을 들지 못했다.

"너를 자랑스럽게 생각하셨단다."

기타무라는 수면에 떠 있는 구로에게 전했다. 일본 출항 시 세 살 반, 검정색 털, 체중 34킬로그램. 대원들이 다른 개를 쓰다듬으면 자기도 쓰다듬어 달라고 낑낑거리며 애교를 떠는 귀여운 녀석이었다.

세 번째 페스는 가라후토견 치고 너무 온순했다. 사나운 개들에게 자주 먹이를 빼앗겼는데도 "어라?" 하는 표정을 지을 뿐 화를 내는 일이 없었다. 사나운 가라후토견들 속에서 두드러지는 개성은 없었다. 그러나 그것이 페스의 좋은 점이었다. 모든 개가 유아독존이면 팀워크가 이루어지지 않는다. 일본 출항 시 네 살, 연갈색 털, 체중 39킬로그램. 홋카이도 리시리군 구쓰가타초에서 온 과묵한 베테랑 가라후토견은 개썰매팀의 윤활유 역할을 충분히 해 주었다.

네 번째는 포치다. 기타무라가 처음 포치를 봤을 때 도사견이 아닐까 생각했을 정도로 다른 가라후토견과 풍모가 달랐다. 털이 짧은 포치에게 남극은 더욱 추웠을 것이다. 하지만 이제 추위 때문에 떨 일은 없다. 모두 함께다. 일본 출항 시 두 살 반, 갈색 털, 체중 38킬로그램. 홋카이도 리시리섬 출신의 이 대식가는 뭐든 맛있게 먹었다. 엄청난 투지를 보이며 열심히 썰매를 끌었다.

다섯 번째 모쿠는 정말 얌전한 개였다. 가라후토견은 크게 단모종과 장모종 두 종류가 있다. 모쿠는 기지에 있는 장모종 개 중에서도 가장 털이 길었다. 그래서 모쿠는 멀리 있어도 금방 알아볼 수 있었다. 자기 이름처럼 묵묵히(일본어로 '모쿠모쿠') 썰매를 끌었다. 일본 출항 시 두 살, 검정색 털, 체중 38킬로그램. 합병해서 후카가와시가 되기 전의 홋카이도 우류군 이치안무라에서 왔다. '일치단결'이라는 뜻을 가진 고향의 이름과 어울리게 썰매단의 팀워크에 꼭 필요한 존재였다.

여섯 번째 몬베쓰노쿠마는 후렌노쿠마와 함께 여러 방면에서 가라후토견다웠다. 난폭한 데다 다른 개들과 자주 싸움을 해서 기타무라를 힘들게 했으나 의지와 체력만큼은 매우 뛰어났다. 다른 개들이 지쳐 쓰러질 때 자기라도 끌겠다는 투지가 있었다. 가라후토견 특유의 장점을 많이 가진 개였다. 일본 출항 시 세 살, 검정색 털, 체중 43킬로그램. 오호츠크해 연안 몬베쓰 출신의 호걸이었다.

마지막은 고로다. 가장 열심이었다. 보쏜누텐 탐사 때 평소와 달리 힘이 없는 것 같아 수상히 여긴 기타무라가 살펴보니 꼬리 부근에 큰 종기 같은 게 있었다. 고름이 찬 것 같았다. 그런데도 힘껏 썰매를 끌었다. 기타무라는 무리인 줄 알면서도 고로에게 썰매를 끌게 했다. 고로의 힘이 반드시 필요했기 때문이었다. 하지만 그토록 무리했던 게 원인이 되어 기지로 귀환한 고로는 바로 중태에 빠졌었다. 통증이 극에 달했는지 불굴의 고로가 어느 순간 움직일 수 없게 되었었다. 바다표범 고기를 그렇게도 좋아했는데 마지막으로 먹은 것은 초록색 비닐 조각이었다.

고로도 한동안 물에 떠서 빙글빙글 수면 위를 돌았다. 그러더니 이젠 때가 됐다는 듯 조금씩 가라앉기 시작했다. 가장 힘차게 눈을 차내던 뒷발이 가라앉는다. 부러질 듯 흔들어 대던 꼬리가 보이지 않게 되었다. 큼직했던 몸집이 깡마른 몸으로 가라앉는다. 힘차게 전진했던 튼튼한 앞발도 사라져 갔다. 수면에 떠 있는 얼굴이 하늘을 향해 있다. 지시를 잘 알아들었던 두 귀가 물속에 잠긴다. 뜬눈으로 하늘을 보는 듯하더니 물속으로 사라졌다. 일본 출항 시 두 살, 검정색 털, 체중 45킬로그램. 홋카이도 왓카나이시에서 온 이 커다란 가라후토견은 썰매를 잘 끌었고 잘 먹었고 마지막까지 살려고 했다.

옹굴 해협에 울적한 바람이 분다. 가끔 얼음 구멍에서 작은 파도가 일며 반짝거린다. 이제 다시는 이 일곱 마리의 개들을 볼 수 없다. 기타무라는 수면을 바라보고 있었다. 1년 전 혼란 속에서 열다섯 마리의 가라후토견을 남극에 두고 떠났다. 어쩔 수 없었다고 말하는 이들도 있었다. 어떻게 그럴 수 있냐고 비난하는 이들도 있었다. 기타무라 자신도 고민했다. 그리고 다시 한번 남극에 오는 길을 선택했다.

생각지도 못했지만 타로와 지로가 살아남았다. 여섯 마리는 탈출에 성공했다.

전멸이 아니었다. 그러나 그것으로 마음이 편해지지는 않는다. 깊은 눈 속에서 개들이 발견될 때마다 기타무라의 마음은 채찍을 맞는 듯했다.

기타무라는 개들을 떠나보낸 얼음 구멍 앞에 무릎을 꿇었다. 어두운 수면을 들여다본다. 그의 눈에 눈물은 없다. 그러나 어깨가 팔이 머리가 격렬하게 떨렸다. 그것은 무너져 버린 기타무라의 영혼이 짜내는 오열 없는 통곡이었다.

개들은 단단한 눈얼음 속에 파묻혀 있었다.

눈얼음 속에서 조심스럽게 파냈다.

개들이 끌던 썰매에 일곱 마리를 싣고 수장지로 떠났다.

5

검증

(2019년)

* 하루의 주행을 마치고 캠프에서 쉬고 있는 가라후토견.

봉인된 진실

＊

기타무라 씨의 증언은 거기에서 끝났다.

2019년 4월 30일. 후쿠오카 시내는 등꽃이 엷은 보라색 커튼처럼 여기저기서 흔들리고 있었다. 1차 월동대로부터 버림받은 후 타로, 지로와 함께 쇼와 기지에 머문 것으로 추정되는 제3의 개. 그 정체를 밝히기 위한 검증 작업을 다시 시작한 지 1년이 경과하고 있었다.

1년 동안 여러 차례 기타무라 씨를 취재하며 1차 월동과 3차 월동 당시의 기억을 함께 더듬었다. 어떤 때는 두 사람 다 기억의 미로에 빠져 헤매기도 했고, 의문을 한꺼번에 해결할 자료를 입수했을 때는 저절로 손을 마주 잡았다. 그 사이 2018년 12월에 1차 월동대원이었던 사쿠마 도시오 씨가 세상을 떠났다. 이제 기타무라 씨는 1차 월동대원 열한 명 중 유일한 생존자가 되었다. 검증을 서둘러야 했다.

5월 1일. 일본의 연호元号가 레이와슈和로 바뀌었다.

"선생님, 오늘부터 검증 작업을 시작하시지요. 모든 것은 지금부터입니다."

"그래야지요. 실은 말씀드리는 동안 새삼 알게 된 사실이 여러 가지 있습니다. 1차 월동 중에 일어난 사건들이나 개썰매 탐사를 통해 경험한 것들이요. 그리고 3차 월동 때 개들의 사체를 찾을 때의 기억도 마찬가지입니다. 60년이 지난 지금도 생각나는 게 있습니다. 인간의 기억이란 참 신기하군요."

기타무라 씨는 증언 도중에 "앗!" 또는 "아, 그렇구나…"라는 감탄사나 혼잣말을 하며 이야기를 자주 멈추었다. 단편적이었던 기억들이 이어지고 막연했던 기억이 명확하게 떠올랐을 때다. 증언을 이어 가는 과정에서 그 빈도는 계속 늘어 갔다. 그리고 별것 아니라 여겼던 일들이 사실은 중대한 단서였다고 확신하게 되었던 부분도 많았다.

그런 부분을 중점적으로 검증해 간다면 수수께끼의 해명에 한 발짝 더 다기기게 될 것이다.

쇼와 시대(1926~1989) 역사와 함께 한 '타로와 지로의 기적'. 그 이야기의 그림자에 가려진 제3의 개는 대체 어느 개였을까. 어떤 수수께끼가 감추어져 있을까.

제3의 개를 둘러싼 의문은 몇 가지 있다. 물론 제3의 개 그 자체가 가장 큰 의문이긴 하지만 그뿐만이 아니다. 왜 그 개의 사체 발견 사실이 묻혀 있었나? 왜 제3의 개는 다른 개들처럼 기지를 탈출하지 않았나? 어리고 미숙한 타로, 지로와 무리를 지은 까닭은 무엇인가? 먹이는 어떻게 확보했나? 이 모든 것이 막연할 뿐이다. 그중에서도 가장 이해하기 어려운 것은 왜 그 사실이 공표되지 않았나 하는 점이다. 제3의 개의 사체를 9차 남극 관측대원들 중 몇 명은 실제로 확인했다. 1968년 2월이었다. 숨길 수도 없고 숨길 필요도 없었다.

"제가 제3의 개에 관해 들은 게 1982년이고 곧바로 조사를 시작했을 때는 솔직히 아주 낙관적이었습니다. 남극 관측대의 공식 기록은 아주 정밀하고 상세했습니다. 제3의 개에 관해서도 반드시 상세한 기술이 있을 거라 생각했습니다."

기타무라 씨는 제일 먼저 9차 관측대의 공식 기록을 입수했다.

[제9차 남극 지역 관측대 하계 연구팀 보고서 1967-1968]

손으로 쓴 277쪽에 이르는 보고서는 '종합편', '부문편', '자료편', '동행자 보고' 등 네 개 장으로 구성되어 있었다. 부문편과 자료편은 기대하지 않았다. 각 전문 분야의 보고에 한정되어 있기 때문이다. 종합편에는 뭔가 단서가 될 만한 내용이 실려 있을 것 같았다. 28페이지짜리 종합편에는 4차 월동대에서 행방불명되었던 후쿠시마 신 대원의 시신 발견에 관한 보고가 상세히 적혀 있었다. 그러나 개에 관한 보고는 없었다.

다음으로 동행자 보고서에 주목했다. 9차 월동대에는 네 명의 기자가 옵서버로 동행했다. 물론 취재가 목적이다. 개 사체 발견은 관측대의 업무와 상관없는 일이라 공식 기록에 기재할 필요가 없을 수도 있다. 그러나 1차 월동대가 개들을 남극에 방치했고 행방불명이 되었던 개들 중 한 마리가 10년 후 사체로 발견되었다는 사실은 미디어 세계에서 엄청난 뉴스가 아닌가. 기사화하지 않을 이유가 없다. 동행자 보고에는 네 명의 기자가 송고한 기사 리스트가 빽빽하게 적혀 있었다. 그러나 개에 관한 기사는 없었다.

[제9차 남극 지역 관측대 월동대 보고서 1968-1969]

또 하나의 공식 기록인 9차 월동대 보고서에 기대감을 이어 갔다. 월동대 보고서에는 남극에서 일상이 상세하게 기록되어 있었다. '총괄', '월동 상황', '설치 보고', '생활', '기지 외 작업 및 조사', '극점 여행', '보도' 등 여덟 개 장으로 구성된 141쪽짜리 보고서였다.

그중에서도 월동 상황에 포함된 '월동 일지'는 매일 일어난 일이나 발견 등이 상세히 기재되어 있어 기대가 컸다. 그러나 2월 1일부터 시작된 월동 일지에 제3의 개 사체 발견에 관한 보고는 없었다. 보도 기록에도 개에 관한 기술은 없었다.

기타무라의 기대는 완전히 무너졌다. 그러나 거기서 퍼뜩 전년도인 8차 월동대의 보고서를 떠올렸다. 8차 월동대는 9차 월동대와 교대 작업을 마치고 귀국길에 오르기 직전이었다. 그런데 후쿠시마 대원의 시신이 발견되어 귀국 일정을 미루고 9차 월동대와 협력해 시신의 안치와 화장 등 일련의 과정들을 수습했을 것이다.

[제8차 남극 지역 관측대 월동대 보고서 1967-1968]

그다지 기대하지 않았으나 입수한 보고서를 확인해 보니 제3의 개의 사체에 관한 기록이 있었다. 너무나도 간단한 보고였다.

"올 여름은 쇼와 기지의 기온이 높아 (…) 융설 현상이 심했다. 그 영향으로 1차 월동대가 남겨 두고 간 가라후토견의 사체가 발견될 정도였다는 점을 추가로 기록한다."

제3의 개의 사체가 발견되었다는 사실을 명확하게 뒷받침하는 기록이긴 했지만, 그게 어느 개인지 특정할 만한 실마리가 될 기술은 전혀 없었다. 사실상 제3의 개를 특정할 수 있는 기록이 전혀 없는 것이다. 그러나 이것이 도리어 기타무라의 탐구심에 불을 붙였다.

'이상해. 어떻게 이럴 수 있지? 분명 이유가 있을 거야.'

초고층 지구물리학자인 기타무라 씨는 과학자의 본능이 기록이라 믿는 사람이다. 기록이 없다는 것은 아주 부자연스러운 일이다. 정확하고 자세히 기록하고 보고한다. 과학자는 그것만으로 충분하다.

듣기만 하는 나로서도 납득이 되지 않았다. 전직 신문기자인 내 경험으로 보더라도 제3의 개의 발견은 빅뉴스다. 1차 월동대가 철수할 때 가라후토견들 방치했던 사건으로부터 딱 10년이라는 타이밍도 적절했다.

"방치로부터 10년, 대원들 묵념"

"10년을 기다렸다. 관측대, 예전 견주에게 연락"

신문의 헤드라인이 절로 떠올랐다. 보도할 가치가 있는 발견이다. 기자라면 누구라도 취재하고 기사를 쓸 거라 생각했지만 아무리 알아봐도 기사는 찾을 수 없었다. 마치 봉인된 것처럼 제3의 개는 역사 속에 묻히고 말았다.

이러한 의문을 해명하는 일은 제3의 개를 특정하는 일로 이어질 수도 있다. 기타무라 씨가 그렇게 생각했고 나도 동의했다. 여기서부터 접근해 보기로 하자. 먼저 세 가지 가능성에 대해 주목했다.

직무 전념 의무

＊

먼저, 남극 관측은 거액이 투자된 국가 사업이며 과학적 연구가 목적인 거대한 공적 프로젝트라는 점에 주목했다. 엄격한 심사를 통과한 대원들은 지구물리, 지질, 해류, 기상 등 다양한 전문 분야에서 조사와 관측을 한다. 그 목적으로 1만 킬로미터 이상 떨어진 남극으로 간다. 놀러 가는 게 아니다. 임무 이외의 것을 할 시간도, 다른 목적으로 쓰일 인적 여유도 없다. 하고 싶은 게 있다고 마음 대로 해서도 안 된다. 이러한 남극 관측 사업의 원리원칙에 따른다면 개의 사체를 발견했다고 해서 본연의 임무를 팽개치고 개의 정보를 기록하는 것은 주객이 전도된 일이라 할 수 있다.

차가운 눈 속에서 죽은 개를 발견했다. 물론 그 죽음을 애도할 수는 있다. 그러나 감정에 휘둘리지 말고 맡은 임무를 우선해야 한다.

융통성 없는 말처럼 들리겠지만 극지에서는 그게 연구가 되었든 생활이든, 정해진 규칙을 엄격히 지키지 않으면 무슨 일이 일어날지 모른다. 규칙에 어긋나는 행동 때문에 큰 사고라도 난다면 어떻게 될까? 부상을 입어도 수술받을 병원조차 없는 곳이다. 규율을 지키는 것은 월동대 전체를 지키는 일과 같다. 그런 곳이 남극이었다. '남극 관측 = 국가 사업'이라는 의식이 철저해 개에 관한 기록을 남기지 않았더라도 어떤 의미에서는 당연하다 할 수 있다. 공적 임무인 이상 모든 대원에게는 정해진 직무 전념의 의무가 있다.

돌아보면 3차 관측대 때도 마찬가지였다. 3차 관측대의 최대 목적은 2차대가 실패한 월동 활동의 부활이자 과학적 관측과 조사의 재개였다. 나가타 다케시 3차 관측대장과 무라야마 마사요시 3차 월동대장에게 그 밖의 일은 냉정하게 말해 중요하지 않은 일이다. 물론 나가타 대장도 무라야마 월동대장도 타로와 지로가 살아남은 것을 매우 기뻐했다. 그러나 현지 책임자로서는 기지가 제대로 기능하고 있는지, 월동 재개가 가능한지에 대한 확인과 본국에 보낼 보고가 최우선이었을 것이다. 그것은 나가타 대장이 본국에 타전한 보고 내용을 읽어 보면 잘 알 수 있다.

〈남극 관측선 소야호에서 나가타 대장 15일발〉이라는 약 260자 보고서에는 쇼와 기지의 건물이나 설비가 건재하다는 것, 안테나도 튼튼하다는 것, 연료나 썰매 등 옥외에 두었던 것들이 그대로 보존되어 있다는 것, 기상 관측기가 멈춘 상태라는 것 등 본부가 가장 알고 싶어 하는 기지의 상태가 기재되어 있었으며 마지막 부분에 "가라후토견 중에 타로와 지로로 보이는 개 두 마리가 건강히 자라 있었고 나머지 개들은 현재 행방불명"이라 쓰여 있다.

〈쇼와 기지에서 나가타 대장 15일발〉이라는 약 580자 보고서에도 쇼와 기지에 들어온 대원의 이름과 인원 수, 건물 모습, 실내 상태, 보관해 둔 연료와 약품을 그대로 사용 가능하다는 사실, 디젤 발전기에 고장은 없는 듯하고 설상차 한 대도 손질하면 사용할 수 있을 것 같다는 등의 내용이 적혀 있었으나 타로와 지로에 관한 기재는 없었다.

나가타 대장의 15일발 보고를 전국의 신문들이 일면 톱으로 게재했다. 헤드라인은 큼직하게 "타로와 지로가 살아 있다!"였지만 기사의 주요 내용은 3차 월동을 재개할 수 있다는 확인이었고 타로와 지로에 대한 기술은 거의 없었다. 그것은 기사가 아닌 3차 관측대장의 보고였기 때문에 어떤 의미에서는 당연하다 할 수 있다. 국가 사업의 지속 가능 여부를 밝히는 정보를 싣는 것이 가장 중요하기 때문이다. 3차 월동 때 무라야마 마사요시 월동대장은 기타무라 씨가 개들 사체를 찾기 위해 눈구덩이 파는 작업을 묵인해 주었다. 그리고 일곱 마리의 가라후토견 사체를 수장할 때 나카무라 준지 대원과 오구치 다카시 대원의 동행 지원서를 수리해 주기도 했다. 그것은 특혜였다. 공식 임무에서 벗어난, 어쩌면 감상

적이라 할 수도 있는 활동을 쉽게 허락해 줄 정도로 남극은 만만한 곳이 아니다.

기타무라 씨 자신이 3차 월동을 지원한 이유도 '지구물리 연구'였지 결코 '개들 수색'이 아니었다. 그리고 후자의 이유로 월동대에 발탁될 가능성은 제로였다. 결코 냉정한 것이 아니다. 합리적인 것이다.

9차 월동대원들에게 1차 월동은 10년 전의 이야기다. 대원들한테 오래 전의 개들에 대한 관심이 없다 해도 전혀 이상하지 않다. 개의 사체에 대해 상세한 데이터를 남기자는 의견이 없었다고 해도 자연스러운 일이다. 게다가 그것은 9차 월동대의 임무도 아니다. 임무에 벗어난 일을 해서는 안 된다. 그 결과, 확정적인 증거 없이 제3의 개는 역사 속으로 사라져 갔다. 그런 관점에서 보면 공식 자료에 기재되어 있지 않은 것도, 사체 발견 장소에 있었던 대원들의 기억이 애매한 것도, 기타무라 씨 자신이 과학자이기에 더욱 납득이 되었다.

후쿠시마 대원 시신 발견

*

그리고 제3의 개 발견 당시의 상황에 주목했다. 제3의 개 발견이 4차 월동 시 조난해 행방불명되었던 후쿠시마 신 대원의 시신 발견 시기와 비슷하다는 점이다. 1960년 4차 월동 시에 발생한 후쿠시마 신 대원 조난 사건은 일본의 남극 관측 사상 최대 비극이었다.

10월 10일 후쿠시마 대원은 요시다 요시오 대원과 함께 건물에서 나왔다. 타로나 다른 강아지들에게 먹이를 주기 위해서였다. 그날은 블리자드가 심했고 바깥의 시계는 열악했다. 두 사람은 개들에게 밥을 주고 나서 일단 기지로 돌아갔다가 다시 밖으로 나갔다. 그 후 요시다 대원은 가까스로 귀환했지만 후쿠시마 대원은 그대로 행방을 알 수 없게 되었다. 대대적인 수색 작업이 이루어졌지만 결국 찾지 못했고 현지 시간 17일 오후 2시부로 사망을 인정했다. 일본 월동대의 첫 희생자였다. 그 후쿠시마 대원의 시신이 1968년 2월 9일 9차 대원들에 의해 발견되었다. 그해 남극은 유난히 기온이 높아서 상당히 많은 양의 눈이 녹았다. 후쿠시마 대원의 시신도 눈이 녹으면서 발견되었다. 발견 장소는 쇼와 기지에서 남서쪽으로 4.2킬로미터나 떨어진 지점이었다. 블리자드로 방향을 잃고 강풍에 휩쓸려 헤매다가 죽음에 이르렀을 것이라 추측했다. 후쿠시마 대원의 시신이 발견된 9일은 8차 월동대와 9차 월동대의 인수인계 작업이 종료된 시점이었다.

옵서버 한 명을 포함한 9차 월동대 스물아홉 명은 네 명의 하기

대원과 함께 쇼와 기지로 들어가 다음 날인 10일에 예정된 9차 월동대 성립 기념식 준비와 기지 증설 작업에 여념이 없었으며 모든 대원이 주어진 임무를 수행하기 바빴다.

그러나 후쿠시마 대원의 시신 발견은 임무 외 부가 작업이라고 하기에는 차원이 다른 일이었다. 9차대는 진행 중인 임무를 모두 중단하고 시신의 확인, 검시, 수용, 화장, 일본으로의 유골 이송에 총력을 다했다.

한편, 인수인계를 마친 8차 월동대 스물네 명은 전원이 남극 관측선 후지호에 승선해 있었다. 그 속에는 후쿠시마 대원이 조난되었을 당시 함께 있었던 요시다 대원도 있었다. 10일에 있을 9차 월동대 발대식 행사가 끝나면 9차대의 하계 대원들과 함께 일본으로 향할 예정이었다. 그러나 후쿠시마 대원의 시신이 발견됨에 따라 대원들은 관측선에서 하선, 9차대와 협력해 대처에 힘썼다.

즉, 후쿠시마 대원의 시신 발견이라는 예상 외의 사태에 직면하면서 8차 월동대와 9차 관측대는 함께 힘을 모아 할 수 있는 최선을 다했다. 아주 어려운 작업이라는 사실은 쉽게 상상할 수 있다. 9차 월동대의 하계 연구팀에는 4차 월동대원이기도 했던 무라코시 노조미 대원이 참가하고 있었고 그는 후쿠시마 대원의 시신 발견 현장에도 있었다. 그래서 시신이 후쿠시마 대원이라는 것을 바로 확인할 수 있었다. 개의 사체를 발견한 것은 그 후였다고 훗날 무라코시 씨는 기타무라 씨에게 말했다.

갑작스레 겪게 된 일로 아마 대부분의 대원은 지칠 대로 지쳐 있었을 것이다. '이 개가 어느 개인지 알아보자'는 분위기가 아니 었다고 해도 이상하지 않다. 오히려 자연스럽다.

사실 기타무라 씨는 후쿠시마 대원이 사망한 책임의 일부는 자 신에게 있다며 자책하고 있었다. 후쿠시마 대원이 조난했을 때 기 타무라 씨는 교토에 있었다. 그 소식을 듣고 경악했다. 후쿠시마 대원은 기타무라 씨의 초등학생 때부터 선의의 경쟁자이자 둘도 없는 친구였기 때문이다.

"후쿠시마 씨의 죽음이 왜 선생님의 책임이라고 생각하십니까?"

내 질문에 기타무라 씨는 두 가지 후회를 고백했다.

후쿠시마 씨는 원래 남극에 전혀 관심이 없는 사람이었다. 1차 월동대가 출항한 1956년 11월 도쿄 하루미 부두에는 후쿠시마 씨 도 배웅을 나와 주었다. 하지만 그때도 기타무라 씨에게 이렇게 말 했다고 한다.

"다들 제정신이 아닌 것 같아. 뭐 하러 남극 같은 곳에 가는지 모르겠어. 무슨 의미가 있는 건지."

현장파인 기타무라 씨와는 달리 후쿠시마 씨는 연구실에서 진득하게 연구에 몰입하는 학구파였다. 그런 후쿠시마 씨에게 1차 월동에서 돌아온 기타무라 씨는 "남극은 정말 대단해. 초고층 지구물리를 연구하는 인간이라면 반드시 가야 하는 곳이 남극이야"라고 말하며 후쿠시마 씨를 부추겼다. 아마 그 말이 연구실에서 일하기를 좋아했던 후쿠시마 씨의 마음에 불을 지펴 남극으로 향하게 한 동기가 되었다는 것이다. 기타무라 씨는 자신이 둘도 없는 친구를 죽음으로 내몰았다고 생각하고 있었다.

그리고 또 한 가지가 있다. 3차 월동대의 기타무라 대원은 4차 월동대로 남극에 온 후쿠시마 대원의 두 손을 붙잡고 머리를 숙였다.

"부탁이야. 타로와 지로를 잘 돌봐 줘. 필사적으로 살아남은 개들이야."

후쿠시마 씨는 4차 월동대의 개 담당이 아니었다. 개들을 돌보는 것은 담당자의 일이다. 그런데 친한 친구라는 이유로 너무 쉽게 그런 부탁을 해 버린 것이다.

후쿠시마 대원이 실종된 날 밤에는 블리자드가 휘몰아치고 있었다. 그러나 후쿠시마 대원은 타로나 다른 개들에게 먹이를 주려고 위험을 감수하고 밖으로 나갔다. 왜?

"지로가 죽었기 때문이라 생각합니다. 지로는 후쿠시마가 조난하기 3개월 전인 7월 9일에 기지에서 병사했습니다. 물론 후쿠시마는 아무런 잘못이 없어요. 그러나 지로를 잘 돌보지 못했다고 자책하지 않았을까 싶습니다."

자신의 말이 후쿠시마를 무리하게 했을지도 모른다는 생각에 기타무라 씨는 괴로웠다.

후쿠시마 대원의 남극행이 결정되었을 때 기타무라 씨는 불현듯 걱정이 되었다. 후쿠시마 대원은 산악 경험이 없기 때문이었다. 그것은 남극의 크레바스나 블리자드, 저온 등에 대한 대처 능력이나 판단 능력이 떨어진다는 뜻이었다. 너무 걱정되어서 기타무라 씨는 같은 4차 월동대원인 무라코시 노조미 씨 앞으로 편지를 썼다. 그 편지의 사본이 이번에 입수되었다. 편지에는 이렇게 쓰여 있었다.

> "후쿠시마 신이라는 친구를 잘 부탁드립니다. (…) 아무래도 그런 극지에서의 생활은 처음이라 무슨 문제가 생길지도 모르겠습니다…."

편지에는 산악 경험이 없는 친구를 걱정하는 마음이 가득 담겨 있었다. 그러나 불행하게도 그 예감마저 적중해 버린 것이다.

후쿠시마 대원의 시신 발견 직후 제3의 개의 사체가 발견되었다. 현장은 후쿠시마 대원의 시신 수습이 무엇보다 중요했고 개한테 신경 쓸 여유 따위 조금도 없었다. 제3의 개 발견 사실이 덮여 버린 것은, 일본의 남극 관측 사상 최대의 비극과 겹쳤기 때문이었다. 그야말로 타이밍의 문제였다. 이것이 두번째 가능성이다.

부작위의 작위

*

세 번째 가능성은 '조사해 본 바로는'이라는 전제가 있고 내용은 다소 민감한 정황을 품고 있다. 제3의 개가 발견된 1968년은 1차 월동대가 철수할 때 열다섯 마리의 가라후토견을 방치한 후 10년이 경과한 때였다. 국민의 분노는 아직 가라앉지 않았다. 1차 월동대가 귀환했을 때 국민의 분노는 실로 극에 달했다. 그리고 그 분노의 표적은 1차 월동대에만 머물지 않고 조직의 최상부인 남극 지역 관측 통합추진본부와 정부로 향했다.

"개들을 왜 그렇게 죽게 내버려 두었나?"

"남극 관측 따위 집어치워라!"

관계기관에는 날마다 항의 전보와 항의 전화가 빗발쳤다. 정부도 추진본부도 진화에 진땀을 뺐다.

그로부터 10년. 그때만큼의 분노는 아니었지만 여전히 남극 관측에 대한 시선은 냉랭했다. 그런 미묘한 상황에서 방치되었던 가라후토견 중 한 마리가 다시 사체로 발견되었다는 소식이 공식적으로 보도되면 조금씩 누그러지고 있던 국민 감정에 다시 불이 붙고 비판받을 것이 뻔했다. 남극 관측 사업에도 영향을 끼칠 수 있었다. 사건이 있은 후 딱 10년이라는 그 시기야말로 공표하기에 리스크로 작용할 수 있었다.

8차 월동대의 보고서에는 제3의 개 사체 발견이라는 사실이 짧으나마 기록되어 있다. 그 보고서는 당연히 귀국 후 정부에 제출되었을 것이다.

뉴스는 현장에 있다. 제3의 개 사체 발견 현장에서 그 사실을 공표하는 것이야말로 국민이나 미디어의 주목을 받는 일일 것이다. 그러나 그렇게 하는 것은 스스로 화를 자초하는 일이 될 수도 있다. 그런 우려가 남극 현장이 아닌 오히려 정부 고위층에서 제기되었을 가능성은 없을까?

'충분히 그럴 수 있다.'

나는 그렇게 생각했다. 정부나 지자체, 경찰 등 권력을 가진 조직은 달갑지 않은 상황을 은폐하려 한다. 나 자신도 직업상 몇 번이나 그런 일을 경험했다. 공표는 현명한 방법이 아니다. 그래서 공표하지 않았다는 가설은 충분히 가능하다. 이것을 검증할 수는 없을까.

남극에 버려져 행방불명되었던 개의 사체가 10년이 지난 어느 날 발견되었다. 충분히 보도할 가치가 있다. 게다가 9차 관측대의 하계 연구팀에는 NHK, 교도 통신사, TBS 방송국에서 파견된 세명의 저널리스트가 있었고 월동대에는 아사히 신문사 기자가 한명 옵서버로 참가하고 있었다. 즉, 제3의 개 사체가 발견되었을 당시 남극에는 네 명의 보도진이 있었다는 뜻이다. 이 정도의 특종을 취재하고 보도하지 않을 이유가 없다. 만약 취재를 했다면 기사를 보낸 기록이 남아 있지 않을까? 기사가 송부되었다면 공표된 것이고 송부된 기사가 없다면 공표되지 않은 것이라 생각하는 게 일반적이다.

1차 관측대 때는 아사히 신문사 사원이 여섯 명 있었고 교도 통신도 하계 연구팀원으로 기자를 한 명 파견 중이었다. 교도 통신 기자는 전국의 신문사, 텔레비전 방송국, 라디오 방송국에 제공하는 기사를 쓴다. 당시 파견된 기자는 덴 히데오 씨였다. 훗날 일본 뉴스 캐스터의 선구 역할을 한 기개 있는 저널리스트다.

9차 월동대에 동행한 기자도 덴 씨와 마찬가지로 소속 회사를 대표할 만한 유능한 기자였을 것이다. 제3의 개의 사체를 발견했다는 소식을 들었다면 기자들은 자세히 취재하고 기사로 썼을 것이다. 기타무라 씨도 나도 그 점에서 의견이 일치했다. 회사를 대표하는 에이스 기자들이 사실을 알고서도 쓰지 않을 이유가 없다. 그렇지만 사체 발견이라는 정보 그 자체를 알지 못하면 쓸래야 쓸수가 없다.

객관적인 증거는 없을까. 검증을 하는 동안 〈제9차 남극 지역 관측대 하계 연구팀 보고서〉의 266쪽부터 269쪽 부분에서 '동행 기자단 보고'라는 리포트를 찾았다. 당시 남극에 있던 기자 네 명의 이름이 있고 보고서 후반부에는 남극에서 송고한 기사 일람표가 있었다.

'풀 전보'와 '특전 기사' 두 종류의 보도 기사가 있었다. 풀 전보의 '풀'이란 아마도 '공용'이라는 의미일 것이다. 남극기자회, 또는 일본신문협회에 가입한 신문사들이 모두 공평하게 사용할 수 있는 원고를 말한다. 교도 통신 기자가 31편, 아사히 신문사 기자가 10편, 모두 41편을 썼다. 1967년 11월 30일의 〈레이테 오키 위령제〉를 비롯해 〈정착빙에 접안〉, 〈쇼와 기지에 도착한 비행기〉, 〈대형 설상차 상륙에 성공〉이라는 기사들에 이어 1968년 2월 9일 자로 〈후쿠시마 대원의 시신 발견〉, 〈눈물을 참는 도리이 대장과 대원들〉 그리고 10일 자로 〈유골, 쇼와 기지로 돌아가다〉라는 후쿠시마 대원의 시신 발견 관련 기사가 세 편 있다. 그러나 제3의 개에 관한 기사는 한 편도 없었다.

다음으로 '특전 기사'를 살펴보았다. '교도 특전'이라 명명된 것은 교도 통신사 기자가 쓴 기사로 보인다. 〈남극에 지진?〉〈시신 발견의 걸림돌은 눈〉을 포함한 다섯 편이다. '아사히 특전'은 아사히 신문사 기자가 쓴 것이리라. 〈시신 발견에 중복되는 우연〉이라는 기사 한 편뿐이었다. 'NHK 특전'도 한 편 있었으나 그것은 후쿠시마 대원에 관한 기사가 아니었다. 결과적으로 '특전'에서는 후쿠시마 대원 관련 기사가 두 편 있었으나 역시 제3의 개에 관한 기사는 없었다.

네 명의 저널리스트가 있었음에도 제3의 개에 관한 기사는 한 편도 없다. 여기서 추측할 수 있는 것은 제3의 개의 사체가 발견된 남극에서 동행기자단의 기자회견이나 브리핑, 자료 배부와 같은 형태로 사실이 공표되었을 가능성은 거의 없다는 뜻이다. 물론 공표는 했지만 현장에 있던 네 명의 기자가 기사로 쓸 가치가 없다고 판단해 보도하지 않았을 가능성도 있다. 그러나 대부분의 일본인이 알고 있는 '개 열다섯 마리 남극 방치 사건' 중 한 마리가 10년 만에 발견된 것이다. 이 정도의 뉴스 가치가 큰 정보가 제공되었는데 기사를 쓰지 않았다는 것은 말이 안 된다. 일본 보도의 세계에서는 정보를 입수했으나 가치가 없다고 판단해 쓰지 않는 일, 또는 썼어도 게재하지 않는 것을 '네구루'라고 한다. 영어 'neglect'에서 유래한 말로 보도업계 용어지만 제3의 개 사체 발견이라는 소재는 절대 '네구루'할 정보가 아니기 때문이다.

다만, 관측대의 공식 자료에 게재된 출고 일람표는 신뢰할 수 있다 하더라도 다른 곳에 송고한 기사가 없다고 단언할 수 있을까.

내밀하게 원고를 보낼 수 있지 않았을까. 우리는 '동행기자단 보고' 속에 있었던 한 문장에 주목했다.

> "풀 전보에 대장과 선장의 사인을 받아야 한다는 문제가 이번
> 에도 해결되지 않은 채 끝났다. 대원도 아닌 동행기자의 원고
> 에 소속사 외부의 제삼자 사인이 필요하다는 사실은 현장의
> 기자로서 납득할 수 없다. 이 점을 남극기자회나 일본 신문협
> 회 등에서도 안건으로 채택, 검토해 주기를 바라는 바다."

이 문장에서 전해지는 것은 검열에 대한 저널리스트로서의 분노와 허탈감이다. 보도기관에 소속된 기자가 쓴 기사 내용을 다른 사람에게 보이고 허가를 받는다는 것 자체가 본디 있을 수 없는 일이다. 그것은 보도의 자유, 표현의 자유를 권력이 억압하는 것이기 때문이다. 태평양 전쟁 당시 일본의 신문과 라디오는 일본 육해군의 최고 통수기관인 대본영에 기사를 검열받아야 했기 때문에 진실된 보도를 할 수 없었다. 그래서 전쟁의 확산을 막지 못했다는 회한이 아직도 남아 있다. 전쟁이 끝난 지 얼마 되지 않았던 그 시기의 기자들에게 권력의 개입은 예민하게 반응할 수밖에 없는 지점이었을 것이다.

그러나 남극에서는 검열을 피할 수 없었다. 지금처럼 인터넷이

나 위성 휴대전화 따위가 없던 시절이다. 신문사마다 수월하게 원고를 보낼 만한 환경이 아니었다. 기사의 송신은 남극 관측선 후지호의 송신기기에 맡길 수밖에 없었을 것이다. 기자로서 보도 정신은 있지만 송신 수단은 없었다. 제3의 개 사체 발견 사실을 알았다 해도 남극에서 기사를 보내는 것은 불가능했을 수도 있다.

그러나 기자들이 귀국한 후라면 송신의 문제는 해결된다. 알고 있었다면 쓸 수 있지 않았을까. 그게 아니라면 보도 자체가 허락되지 않는 일종의 제한 규정 같은 게 있었던 걸까.

기타무라 씨와 나는 당시 신문들의 축쇄판을 가능한 많이 찾아서 읽었다. 그러나 제3의 개의 사체에 관한 기사는 찾아볼 수 없었다. 그러나 모든 신문의 기사를 조사한 것은 아니다. 어쩌면 몇 년쯤 지나 어느 신문의 귀퉁이에 조그맣게 게재되었을 수도 있다. 그 가능성은 부정할 수 없지만 공식 자료에 기재된 기사 송고 기록을 꼼꼼히 읽어 본 결과 제3의 개의 사체에 관한 기사는 찾을 수 없었다.

어찌 되었건, 남극 관측을 추진하는 정부나 남극 관측 본부 측에서는 제3의 개 사체 발견을 적극적으로 공표해서 얻을 이점이 없을 뿐 아니라 오히려 불리하게 작용할 것으로 예상해 아예 공표하지 않기로 했을 수도 있다. '함구령'이나 '은폐'가 아니다. 이른바 '부작위의 작위'라고나 할까. 악의는 없었으나 그저 남극 관측 사업을 큰 문제없이 지속하고자 하는 일방적인 논리 판단이 우선시되었다. 이 가능성은 우리 두 사람에게 의외로 설득력을 가지며 납득이 되었다.

제3의 개는 일부러 공표하지 않은 채 역사 속에 묻혀 버렸을 가능성이 있다. 어디까지나 '가능성'이지만 현시점에서 우리는 그렇게 결론지었다.

털 색깔과 체격 정보

*

2019년 5월 일본은 골든위크(4월 말에서 5월초까지 각종 공휴일이 겹쳐 생긴 긴 연휴-옮긴이)였다.

"돈타쿠의 분위기는 어떤가요? 사람들이 많나요?"

기타무라 씨가 평소답지 않게 개 이야기 이외의 화제를 올렸다. 기분 좋은 봄바람이 그가 입소해 있는 시설의 개인실 안으로 불어 들어온다. 1년에 걸쳐 증언을 마친 지금 기타무라 씨에게도 마음의 여유가 찾아온 것일까.

'돈타쿠'는 830여 년의 역사를 가진 후쿠오카의 전통 행사다. 정식 명칭은 '하카타 돈타쿠 미나토 마쓰리'. '휴일'을 뜻하는 네덜란드어 'Zondag'가 어원이라고 한다. 매년 5월 3일과 4일, 가장행렬에 참여한 시민들이 시내 각지를 천천히 행진한다. 전국에서 200만 명의 관광객이 몰리는 골든위크 기간 중 최대의 축제다.

"늘 그렇듯 붐비고 활기찹니다. 음악과 주걱(돈타쿠 퍼레이드 때 사용하는 도구-옮긴이) 치는 소리, 구경군들의 환호성이 아주 시끄럽지요."

시내의 소음과는 대조적으로 요양소 주변은 차분한 적막이 감돌고 있다. 검증 작업을 하기에 더할 나위 없이 좋은 환경이다. 제3의 개의 사체에 관해 기타무라 씨가 들은 9차 관측대원의 증언과 기타무라 씨의 증언을 비교 대조하면서 개들의 외견 정보를 재검증하기로 했다. 그런데 기타무라 씨의 증언을 살펴보니 의외로 개의 외견에 관한 내용이 많지 않다. 그게 마음에 걸렸다.

제3의 개 사체를 발견한 9차 관측대원에게 기타무라 씨가 청취 조사한 결과는 다음과 같은 세 가지로 집약되었다.

발견 장소는 가라후토견들의 계류지 근처.

그다지 크지 않은 체격.

검정색은 아니었던 털 색깔.

이 증언들을 바탕으로 기타무라 씨는 1982년 이후 고찰을 심화하며, 또렷하지는 않지만 어느 개가 제3의 개일지 추리해 왔다.

그 추리를 다양한 정황 증거와 새로운 검증, 자료 조사를 더해 좀 더 논리적으로 좁혀가고 싶다. 그러기 위해서는 제3의 개 후보인 행방불명된 여섯 마리의 털 색깔과 체격에 관한 정보를 더 많이 수집할 필요가 있다.

"선생님, 지금까지 증언에서는 여섯 마리의 털 색깔과 체격에 관한 정보가 충분하지 않습니다."

"아니, 그렇습니까?"

"네. 개들의 능력이나 성격에 관해서는 상세히 말씀하셨습니다. 그러나 털 색깔 또는 체격에 관해서는 증언이 거의 없습니다. 선생님, 개들의 외관상 특징은 해명의 기본입니다. 여섯 마리의 털 색깔과 체격, 이 두 가지에 집중해서 좀 더 자세히 말씀해 주시겠습니까?"

나는 재촉하듯 노트북 키보드에 손을 댔다.

기타무라 씨는 입을 열지 않았다. 한순간 무슨 말을 하려다가도 다시 멈추어 버렸다. 기타무라 씨는 필사적으로 기억의 문을 열려고 한다. 곁에서 바라보면 충분히 느껴진다. 입술을 깨물며 신음에 가까운 소리를 내면서 고개를 숙이고 있다. 3분이 지나고 5분이 지났다. 마침내 얼굴을 들고 이렇게 말했다.

"미안하지만 확실치 않습니다. 기억이 혼란스럽고 헛갈려서…."

"선생님. 침착합시다. 3차 월동대 때 개의 사체를 파냈을 당시의 증언에서는 시로는 하얀색, 데리와 앙코는 갈색이라고 말씀하셨습니다."

"흠, 시로는 하얬지요. 그것은 틀림없어요. 하지만 다른 다섯 마리는 어땠는지…. 생각이 나지 않아요."

나는 초조해하지 않았다. 이런 상황에서는 기다려야 한다. 한 해 동안의 경험상 기다리는 게 최선의 방법이었다. 그러다 작고 사소한 것이 계기가 되어 기타무라 씨의 기억이 되살아난 경험이 몇 번이나 있었다.

'관점을 바꿔 보자.'

지난 1년 동안에 우리는 공적 기록과 사적 기록을 굉장히 많이 수집했다. 기타무라 씨의 증언 내용에 따라서는 그런 자료를 입수해 확인할 필요가 있었기 때문이었다. 자료는 방대한 양이 되었다. 그중에 개에 관한 자료는 없었나? 어쩌면 중요한 자료를 놓쳤을지도 모른다. 아무튼 자료를 전부 다시 살펴보자.

검역 증명서

＊

만약 기타무라 씨가 손을 자유롭게 사용할 수 있는 상태라면 수집한 방대한 자료는 정연하게 정리되어 있었을 것이다. 그러나 불행하게도 그 작업은 자료를 난잡하게 쌓아 두는 나쁜 습관이 있는 나의 역할이었다. 여기서 무언가 찾는다는 건 예삿일이 아니다.

"선생님, 잠시 쉬시지요."

나는 기타무라 씨를 쉬게 하고 금방이라도 무너질 듯한 자료 더미와 마주했다. 윗부분부터 조금씩 집어 들고 살펴보기 시작했다. 희미하나마 개들에 관한 어떤 기록이 있었던 것 같은 근거 없는 확신이 있었다.

자료 뭉치가 30센티미터 정도 줄었을 때, 종이 한 장이 눈에 들어왔다. 개들의 리스트 영문 사본이었다.

⟨List of Sledge Dogs⟩

'썰매개 리스트'라는 뜻일 것이다. 그러나 이 자료에는 작성자 이름도 제출처도 쓰여 있지 않았다. 그런 문서가 있을 리 없다. 이 문서와 세트인 자료가 분명히 어디 있을 것이다. 계속해서 뒤적이다 드디어 한 장의 문서 사본을 발견했다. 먼저 본 리스트와 같은 양식이다. 원래는 서로 셀로판테이프로 붙어 있었던 모양인지 거의 같은 위치에 연갈색 테이프 흔적이 남아 있었다. 틀림없다. 이 두 장은 세트다.

⟨QUARANTINE CERTIFICATE FOR DOG⟩
개들의 검역 증명서다.

Name of Country(destination) Antarctica

목적지는 남극 대륙! 다음 문장을 읽는다.

Certified that the abovementioned dog which was sent
from the port of Tokyo of Japan has undergone a
complete quarantine inspection in accordance with the
provisions of the Rabies Prevention Law(일본의 도쿄항을
출발한 상기의 개가 광견병 예방법의 규정에 따라 완전한 검역 검사
를 마친 것을 증명한다).

Date: Oct. 30th. 1956 (날짜:1956년 10월 30일)

1956년 10월 30일은 1차 월동대를 태운 남극 관측선 소야호가 도쿄의 하루미 부두를 출항한 11월 8일에서 아흐레 전이다. 날짜를 보아도 모순은 없다. 발행 기관명은 Veterinary Quarantine Office Animal Quarantine Service(수의검역국 동물 검역소). 중요한 것은 그 다음의 'Attached Sheet(첨부된 문서)'라고 명기된 부분이다. 그 말은 별지가 있다는 뜻이다. 그 별지가 몇 장인지는 모르지만 적어도 〈List of Sledge Dogs〉이 그중 한 장인 것은 확실하다. 게다가 이 검역 증명서의 상부에는 희미하게 손글씨로 쓴 "성견 스무 마리 분"이라는 글자도 보인다. 리스트의 개들 숫자를

세어 보니 딱 스무 마리로 성별은 모두 수컷이었다. 1차 월동대의 썰매개는 수컷 스무 마리였다. 이 두 장은 공식 자료의 사본으로 봐도 문제없을 것이다.

나는 기타무라 씨의 어깨를 조심스레 흔들어 깨웠다.

"선생님, 혹시 이 자료를 기억하십니까?"

눈을 비비며 한동안 서류를 읽어가던 기타무라 씨가 나를 쳐다보았다.

"아니, 이런 놀라운 자료가…."

개들의 이름, 나이, 성별, 털 색깔, 몸무게, 몸높이, 몸길이가 적혀 있다. 리스트에 있는 스무 마리 중에는 행방불명이 된 여섯 마리도 포함되어 있었다. 우리는 먼저 털 색깔에 관해 기록한 이 영문 자료와 9차 월동대원들의 증언을 대조해 보기로 했다.

개들의 털 색깔은 사실 나이와 함께 달라지기도 한다. 예를 들어 구로시바견의 경우, 어릴 때는 검은색과 흰색의 콘트라스트가 확실한 개체가 많다. 그러나 노견이 되면 흰색이었던 부분이 갈색으로 변하기도 하고 전체적으로 희미한 색이 되기도 한다. 하지만 그것은 꽤 장수하는 개들의 경우다. 2년 동안 급격히 털 색깔이 변화하는 일은 없을 것이다. 우리는 리스트를 뚫어져라 바라보았다. 몇 분쯤 경과했을 때였다.

"앗!"

기타무라 씨가 갑자기 큰 소리를 냈다.

"왜 그러십니까?"

내 물음에 답하려다 기타무라 씨는 사레가 걸려 힘들어했다. 그런데도 말을 이었다.

"생각났습니다."

"오, 뭔가요?"

"제3의 개의 털 색깔입니다. 9차 대원에게 청취 조사했을 때 '희끄무레했다'고 말한 사람이 있었습니다."

'희끄무레하다니.'

9차 대원이 증언한 털 색깔 정보는 '적어도 검정색은 아니'라는 것이었다. 이 증언으로 개를 특정하기에는 아직 부족하다. 그러나 '희끄무레하다'면 범위를 상당히 좁힐 수 있다. 기억해 낸 정보가 정확하다면 이것은 꽤 의미 있는 발견이다. 다시 확인해 보자.

"선생님, 희끄무레했다고 한 게 틀림없습니까?"

"네. 조금 전 3차 월동 당시 사체를 발견했을 때 이야기하면서 '시로의 털은 하얬다'고 내가 말했지요?"

"네."

"그때 뭔가 걸리는 게 있었습니다. 그리고 이 영문 리스트의 시로의 털 색깔 표기를 보고 있으니 갑자기 생각이 났습니다."

그렇다. 기타무라 씨는 이렇게 사소한 계기나 작은 실마리로 기억이 되돌아오는 일이 있었고 나는 이 순간을 기다리고 있었다. 리스트를 보니 시로의 털 색깔은 'white', 흰색이다.

"이 'white'를 보시고 기억난 건가요?"

"네. 누구였는지는 잊었지만 9차 대원에게 청취 조사를 했을 당시, '희끄무레했다'고 했지요. 저는 그것이 'white'였는지 'whitish'였는지 재차 물었고 그는 'whitish'라 대답했습니다."

'White'는 '흰색', 'whitish'는 '희끄무레하다', '흰색을 띤다'는 뜻이다.

기타무라 씨는 오로라 연구를 위해 두 번이나 캐나다의 브리티시 콜롬비아 대학에서 연구 유학한 적이 있다. 논문도 영어로 작성하는 일이 많았기 때문에 영어의 느낌을 잘 아는 사람이다. 9차 대원도 대다수가 학자이며 영어 실력도 있었으리라 생각한다. 일본어보다 영어가 더 적확하게 표현해 주었을 수도 있다.

이것은 커다란 수확이었다. 그에 더해 리스트는 더 중대한 효과를 가져다주었다. 기재된 털 색깔을 몇 번이나 확인해 가는 동안 개들의 털 색깔에 관한 기타무라 씨의 기억이 한꺼번에 돌아온 것이다. 방금까지 '시로 외의 다른 다섯 마리의 털 색깔은 확실하지 않다'며 고개를 떨구었던 사람이다. 그랬던 사람이 지금은 자신감 넘치는 과학자의 표정으로 바뀌어 있었다.

"이 리스트에 있는 스무 마리의 털 색깔과 체격이 모두 생각났습니다."

우리 앞을 가로막고 있던 높고 두터운 장벽이 한꺼번에 사라졌다.

첫 번째 단서

＊

우리는 '털 색깔이 희끄무레했다'는 9차 월동대원의 증언을 판정 기준으로 삼아 리스트에 기록된 여섯 마리에 대해 조사해 가기로 했다. '희끄무레했다'면 몸 전체가 검은 개들은 제외시켜도 좋을 것이다. 여섯 마리 중 리스트에서 털 색깔이 'black', 즉 검정색이라 표기된 개는 후렌노쿠마뿐이다.

"후렌노쿠마는 새카맣고 털이 아주 길었습니다. 타로와 지로도 똑같이 검정색 털에 장모였어요. 그리고 아주 곱슬거리는 털이었습니다."

기억을 회복하기 시작하자 내용이 상세해졌다. 후렌노쿠마는 제외되었다. 남은 개는 다섯 마리 그리고 시로다.

"선생님, 시로는 제외할 수 없겠지요?"

"시로는 전신이 새하얬습니다. 갈수록 지저분해지기는 했지만요."

새하얬지만 월동 중에 점점 때가 탔을 것이다. 그렇다면 희끄무레한 것에 가깝지 않을까.

영문 리스트에 'Graysh Fawn'이라 기재된 리키. '잿빛을 띈 어린 사슴 같은 색'이라니, 이건 말 그대로 그레이존이다. 정확한 판단이 어려워 리키는 일단 보류하기로 했다. 그러자 때마침 낭보가 도착했다. 홋카이도 왓카나이시의 도시기획정책부에서 온 연락이었다. 1956년 왓카나이 훈련소에서 시작된 가라후토견들의 개썰매 훈련 사진을 찾아내 보내 준 것이었다. 개썰매의 선두를 달리는 개는 리키였다.

"오오, 이건 리키잖아."

사진을 보여 주자 반가웠는지 기타무라 씨의 얼굴이 쑥 다가왔다. 사진은 생각보다 선명했다. 흑백이었지만 농담의 식별이 확실히 가능했다. 리키의 전신 털 색깔은 균일하게 짙은 게 아니었다. 얼굴이나 가슴, 앞발은 거의 새하얗고 그 면적도 넓었다. 등이나 머리는 옅은 회색이었다. 첫 인상은 말 그대로 '희끄무레했다'. 리키도 제외할 수 없다. 판별과 직결되는 고마운 자료였다.

시간이 걸린 건 데리였다. 문서에는 'brown'이라고 표기되어 있었다. 갈색이다. 3차 월동시에 이루어진 사체 수색에 관한 질문을 했을 때도 기타무라 씨는 '데리와 앙코는 갈색'이라고 했다. 그러나 1982년에 기타무라 씨가 작성한 자료에 '데리는 회색늑대 색'이라 되어 있었다. 두 군데 정보에서는 갈색, 다른 한 군데 정보는 회색늑대 색이다.

"선생님, 이건 어떻게 된 겁니까?"

기타무라 씨는 곤혹스런 표정으로 대답했다.

"이 '갈색'이라는 게 참 애매해요."

우리는 갈색에 대한 이미지가 있다. 갈색 테이블, 갈색 구두, 갈색 양복, 어느 유명 브랜드의 가방 색깔, 갈색 토이푸들….

"이것들이 우리가 일반적으로 가지는 갈색의 이미지이지요. 그러나 그런 식으로 보이지 않는 갈색도 있답니다."

색에는 색상, 채도, 명도라는 세 가지 요소가 있다. 갈색을 채도로 분류해 가면 일반적으로 우리가 생각하는 '갈색' 느낌도 물론 있지만 '회색'처럼 보이는 경우도 있다고 한다.

"인간의 눈이 받아들이는 색의 정보는 의외로 애매하답니다."

그 말은 리스트에 'brown'이라고 표기되어 있다 해도 일반적인 갈색이라 단언할 수 없는 경우도 있다는 뜻이다. 농도나 털 길이, 빛의 상태나 주위 색깔 등에 의해 인상이 달라지는 경우도 있다는 것이다.

"이 영문 리스트를 작성한 사람의 영어 레벨이나 색에 대한 해석의 문제도 있겠지만 내가 1년 동안 남극에서 지켜본 데리의 털 색깔은 완전히 갈색이라고 할 수 없습니다."

그러나 기타무라 씨는 발굴 현장에서 갈색 털을 발견했을 때

'데리나 앙코의 털'이라 했다. 모순 아닌가.

"데리의 털은 빛을 어떻게 받는지에 따라 갈색으로 보일 때도 있었습니다. 그래서 갈색 털이 발견되었을 때는 혹시 모르니 데리의 이름도 언급했었지요. 하지만 1년이라는 시간을 통해 지켜본 데리의 털은 갈색으로 보인 경우보다 대부분의 경우 회색늑대 색이었습니다."

요컨대 데리는 '회색늑대 색'이고 그것은 '희끄무레'한 것이다. 제외할 수 없다. 그럼 앙코는 어떤가.

"데리와 달리 앙코는 분명한 갈색이었습니다. 그 점이 데리와 다르지요. 단, 가슴팍이 반달가슴곰처럼 하얬던 걸로 기억합니다. 하지만 나머지는 다 갈색이었어요."

반달가슴곰처럼 하얀 가슴팍. 그것은 쉽게 상상할 수 있다. 그러나 몸 전체를 보면 흰 부분이 적고 늘 갈색으로 보였으니 제외해도 되지 않을까. 그러나 기타무라 씨는 신중했다.

"서두르지 않아도 괜찮지 않을까요. 체격의 검증에서 어떤 결과가 나올지 지켜본 후 다시 확인하고 싶습니다. 털 색깔과 체격. 두 가지를 종합적으로 판단해 결론을 내도록 합시다."

기타무라 씨는 과학자의 얼굴로 말했다.

잭의 털 색깔은 'black and white'라고 기재되어 있었다. 기타무라 씨는 잭의 특징을 완벽하게 기억했다.

"정면에서 봤을 때 목, 가슴, 왼발, 왼쪽 반신이 새하얀 개였습니다. 그러나 나머지 부분은 거의가 검정색. 판다나 홀스타인 젖소처럼 흑백의 점박이 무늬가 있었습니다."

그 말은 사체 발견 당시 어느 방향을 보았나에 따라 결론이 달라진다. 그 정보는 없다. 그래서 일단 보류할 수밖에 없었다.

털 색깔을 통한 외견 판단은 끝났다. 후렌노쿠마를 제외한 다섯 마리가 남았다.

그리고 지금껏 마음에 걸렸던 한 마리를 대상에서 제외할 수 있었다. 1차 월동 중에 행방불명이 되었던 힛푸노쿠마다. 쇼와 기지는 1년 동안 인간이 부재한 장소였다. 아무도 없는 기지에 홀연히 돌아왔을 가능성은 없을까 하는 의문이 있었다. 그러나 힛푸노쿠마의 털은 후렌노쿠마와 같은 검정색. '희끄무레하다'는 증언과 들어맞지 않는다. 마음속 한켠에 늘 걸려 있던 이 문제도 해결되었고 이것으로 힛푸노쿠마도 제외되었다.

두 번째 단서

*

다음은 체격이다. 체격은 성장과 함께 커진다. 리스트가 작성된 것은 개들의 검역증명서가 발행된 1956년 10월 30일보다 전의 일이다. 제3의 개가 사망한 것은 일러도 1958년 2월 이후다. 리스트를 작성한 때부터 계산해 보면 적어도 1년 반 정도가 경과했고, 생존 시기를 길게 본다면 2년 이상 경과했을 가능성이 있다. 개체에 따라서는 체격이 커졌을 수 있다. 특히 어린 개들은 성장이 빠르다. 실제로 두 살이었던 앙코는 월동 중에 놀랄 정도로 커졌다. 타로와 지로도 방치된 1년 사이에 믿을 수 없을 만큼 큰 개로 성장했다. 후렌노쿠마나 다른 대형견이라고 착각할 정도였다. 어린 개들은 개체에 따라 급격히 성장한다. 그런 경우라면 리스트의 데이터와 오차가 크게 발생할 가능성이 생긴다. 이 점을 고려할 필요가 있다.

먼저, '그리 크지 않은 체격'이라는 9차 월동대원의 증언의 의미는 '중간 정도의 체격'이라 해석해도 좋을 것이다. 즉, 원래부터 대형견이었던 개들은 제외할 수 있다. 행방불명인 여섯 마리 중에서 가장 몸집이 컸던 개는 몸길이가 72센티미터나 되었던 앙코와 후렌노쿠마였다. 몸길이가 70센티미터를 넘은 대형견은 이 두 마리밖에 없다. 몸높이도 앙코는 64센티미터로 가장 컸다. 게다가 기타무라 씨는 앙코가 월동 중에 더 컸다고 했다.

"앙코는 출항 시 두 살. 어리고 식욕도 왕성했지요. 월동이 반 년 정도 지났을 때는 더 커져서 그 당시 가장 컸던 고로와 비슷할 정도로 거대해졌습니다. 제3의 개 사체 발견 당시의 체격 기록은 없다. 따라서 정확한 비교는 할 수 없다. 그러나 그 정도의 거구라면 방치된 후 어느 정도 야위었다 해도 중형견만 한 체격으로 줄어드는 일은 없을 것이다.

완전 아사로 판정된 고로의 해부 기록이 참고가 되었다. 고로의 생전 체중은 약 45킬로그램. 사체를 해부했을 때는 22킬로그램밖에 되지 않았다. 내장은 쪼그라들어 있었다. 그러나 몸길이에 큰 변화가 있었다는 기록은 없다. 몸길이에 현저한 위축이 확인되었다면 검시 기록에 남아 있었을 것이다. 앙코가 아사했다고 해도 중형견이라고 착각할 일은 없을 것이다.

"털 색깔을 검증할 때도 앙코는 언제나 갈색이었습니다. 체격도 매우 큰 편이라 증언한 정보와 합치하지 않습니다. 이중으로 가능성이 없는 앙코는 제외하도록 합시다."

기타무라 씨가 드디어 단언했다.

검역 시 몸길이 60센티미터 대의 '중형'이었던 리키는 여섯 살, 데리는 다섯 살이었다.

"이 두 마리는 고령이어서 급격히 몸이 커지는 연령은 아니지요?"

"네. 리키도 데리도 식욕은 그 나이의 다른 개들만큼 있었고 월동 중에 체격이 커지지도 않았습니다. 늘 중간 체형을 유지했습니다."

그러나 세 살이었던 잭은 어떤가. 어렸다. 거구가 될 수도 있지 않았을까?

"잭은 얌전해서 말이죠. 밥을 잘 안 먹어서 늘 걱정이었답니다. 항상 리키 정도의 크기였어요. 어린데 많이 자라지 않았습니다."

그럼 시로는 어떤가. 검역 시 체중은 29킬로그램. 썰매를 끄는 모든 개들 중에서 유일하게 20킬로그램 대의 초경량급 개였다. 중형견의 범주에도 들어가지 못했을 듯하다.

"시로는 검역 당시 두 살이었고 이제부터 가라후토견으로 성장하고 있는 중이었습니다. 특히 체력을 많이 소모하는 선도견이 된 후로는 식욕도 왕성해져서 시로에게는 밥도 많이 주었습니다. 월동한 지 반년 만에 시로는 아주 커져서 리키나 데리만큼 몸집이 불어났지요."

앙코가 제외되고 리키, 데리, 잭, 시로가 남았다. 이 네 마리 중에 제3의 개가 있다.

우리는 남은 네 마리의 후보를 좁혀가기 전에 개들의 생존을 둘러싼 최대 수수께끼를 살펴보기로 했다. 60년 이상이나 충분한 검증이 이루어지지 않은 먹이 문제다.

"이 문제는 우리가 쫓고 있는 제3의 개의 해명과 거의 직결된다고 믿고 있습니다."

생각해 보면 이것은 '타로와 지로의 기적' 이래 최대의 수수께끼로 남아 있다. 솔직히 제3의 개가 어느 개이건 간에 타로, 지로와 마찬가지로 먹을 게 없으면 살아남을 수 없다. 그런데 개들은 인간들이 남기고 간 말린 생선이나 도그 페미컨 같은 것에 전혀 손도 대지 않았다. 세 마리의 개는 어디선가 먹이를 찾았을 것이다.

먹이 문제는 타로, 지로와 재회했던 60년 전에도 수도 없이 논의되었다. 그러나 정보도 없고 과학적인 조사도 불가능했던 당시 사정상 이렇다 할 결론은 나오지 않았다. 몇 가지 가설이 부상했다가 사라지고 그중 몇 가지는 '가능성'만으로 남긴 했지만 충분한 검증을 할 수 없었다. '아무튼 살아남았으니 얼마나 다행이냐'는 맺음으로 흐지부지해져버렸다.

먹이 문제는 오랜 세월 막연한 상태로 해명되지 않고 있었다. 이 문제를 규명하는 과정에서 제3의 개의 정체를 밝힐 힌트를 얻을지도 모른다. 이것이 기타무라 씨가 끈질기게 고집하는 이유였다. '타로와 지로의 기적'을 둘러싼 최대 수수께끼인 먹이 문제는 제3의 개의 존재가 드러나며 갑자기 중대한 테마가 되었다.

먹이 문제의 해명은 신중해야 한다. 기타무라 씨는 두 단계로 검증해 가자고 제안했다.

먼저, 60년 전에 떠돌았던 몇 가지 가설을 검증하는 것이다. 그런 다음, 그 가설 중에서 세 마리 분의 먹이를 확보할 수 있다는 결론을 얻을 수 있는 가설을 판단한다. 검증 결과, 불가능하거나 불충분하다면 '세 마리는 어떻게 먹이를 확보했는가'를 해명할 설득력 있는 새로운 가설이 필요해진다.

우리는 다시 검증을 시작했다. 타로와 지로 그리고 제3의 개의
생명을 부지하게 한 먹이. 그것은 무엇이었나….

6

해
명

(2019년)

* 개썰매 탐사를 앞두고 훈련하고 있는 가라후토견.

최대 수수께끼, 무엇을 먹었나

＊

타로와 지로가 남극에서 살아남았다는 사실에 당시의 일본인들은 몹시 놀랐다.

〈남극에 버려졌던 가라후토견, 두 마리가 생존〉이라는 보도는 전 세계에 충격을 주었다. 쇼와 시대 최대 뉴스였고 그야말로 기적이었다.

그러다 한순간 사람들은 문득 궁금해졌다. 타로와 지로는 대체 어디서 먹을 것을 구할 수 있었나. 기타무라 씨는 이 수수께끼를 해명하는 데 집요하게 몰두했다.

"이 문제를 해결하는 것이야말로 제3의 개를 특정하는 일이 될 겁니다."

우리는 먼저 60년 전에 돌아다녔던 여러 소문과 가설에 대해 고찰해 보기로 했다.

1차 월동대가 철수할 때 쇠사슬 앞에 놓아 둔 사료는 며칠 분밖에 없었다. 2차 월동대가 곧 기지에 들어올 예정이었기에 그때까지 먹을 분량이면 충분하다고 판단했기 때문이었다. 그러나 갑자기 2차 월동이 중지되었고 쇼와 기지는 무인 지역이 되었다. 눈앞에 놓인 며칠 치 사료 따위 개들은 바로 먹어 치웠을 것이다.

그리고 1차 월동대가 철수할 때 바다표범 해체 장치에 고기 조각이 일부 남아 있었으나 그 또한 1년이라는 기간을 살아남기 위해서는 절대적으로 부족한 양이다.

쇠사슬에서 빠져나가지 못한 일곱 마리는 사망. 그중 한 마리를 해부한 결과 사인은 완전 아사였다. 쇠사슬에서 빠져나간 개들이 직면한 것은 살기 위해 필요한 먹이를 확보하는 문제였을 것이다. 도대체 어디서? 어떻게? 정보가 전혀 없는 가운데 실로 다양한 추리와 추측들이 신문과 잡지 등 미디어에 발표되었다.

가장 유력시 된 것은 '쇼와 기지에 남겨진 인간의 식료품을 먹었을 것'이라는 설이다.

'인간 식료품 섭취설'은 이해하기 쉽고 설득력이 있어 당시에는 꽤 지지를 받았다. 그러나 3차 월동대가 기지를 조사한 결과 건물이나 통로 내에 남겨 둔 인간의 식료품을 개들이 먹은 흔적이 없다는 사실이 밝혀지면서 이 가설은 사라졌다.

그래도 기타무라 씨는 1차 월동대 철수 당시 남겨진 인간용 식료품에 관한 기록을 수집해 달라고 요청했다.

"이미 부정된 가설인데도 필요할까요?"

내 질문에 기타무라 씨는 당연하다는 듯 대답했다.

"그렇다 하더라도 확인은 해야 합니다."

기타무라 씨의 논리에는 흔들림이 없다. 수집된 자료 중에서 가장 신뢰할 만한 것은 〈식량위원회에 보고하는 쇼와 기지 식량 재고 조사〉였다. 1차 월동대의 조리 담당이었던 스나다 마사노리 씨가 쓴 책의 말미에 게재되어 있었다. 보고서에는 1958년 2월 1일 현재 식품 재고는 알파쌀(갓 지은 밥을 급속 건조시킨 것), 우동, 된장, 대두, 당근, 유바(두부 가공식품), 한천, 주스, 주류 등 87품목이라 되어 있었다.

중요한 것은 이 식료품들을 "철수할 때 재점검하고 보존에 충분히 주의하며 남겨 두었다"고 명기한 점이다. 즉, 1차 월동대는 천연 냉동고에 바닷물이 들어와 못 쓰게 된 식료품은 그대로 두고, 피해를 입지 않은 것들 중에서 건물이나 통로에서도 보존 가능한 식료품은 옮겨 와 보관했다. 건물 내부나 바깥에 두었던 식료품들도 2차 월동대가 들어오면 바로 사용할 수 있도록 정리와 수납을 했고 엄중히 보관되어 있었다.

　나가타 다케시 3차 관측대장도 쇼와 기지의 건물을 조사한 직후, 기지 내부는 거의 완전한 형태로 보존되어 있고 식료품도 이용할 수 있다는 내용을 일본 상부 기관에 보고한 바 있다. 이런 기록들을 확인하다 보면, 엄중히 보관된 인간의 식료품들을 개들이 먹는다는 것은 불가능했다고 볼 수 있다.

　"이걸로 인간의 식료품을 먹었다는 설은 배제할 수 있겠네요. 문제는 개들용 식료품입니다. 이건 좀 쉽지 않을 것 같습니다."

　기지에는 계류된 개들 앞에 놓아 두었던 며칠 분량의 먹이 외에도 상자에 든 한 달 치 북어, 건조 청어, 도그 페미컨 등이 놓여 있었다. 그러나 이것들에는 입을 댄 흔적조차 찾아볼 수 없었다. 게다가 2차 월동대가 도착하면 곧바로 개들에게 먹이를 주어야 하는데, 익숙치 않은 2차 대원들이 바로 먹이를 찾을 수 있도록 먹이 상자를 열어 둔 상태였다. 즉, 개들도 쉽게 찾아 먹을 수 있는 상태였다는 것이다. 그런데도 개들은 북어 한 마리 먹지 않았다. 이 점은 아주 큰 의문이다. 꼼꼼히 살펴볼 필요가 있다. 우리는 또 다른 가설의 검증을 서둘렀다.

다양한 가설

✳

먼저, 동족포식설이 있다.

'개들끼리 서로 잡아먹었다'는 가설은 그 당시 꽤 화제가 되었다. 타로와 지로가 줄에 묶인 채 죽은 개들을 먹었다는 것이다. 1차 월동대원 중에도 동족포식설에 동의하는 사람이 있었다. 동물학에서는 1,500종이 넘는 동물의 동족포식이 확인된 바 있다. 결코 특이한 행동은 아니다. 그래도 국민들은 믿고 싶어하지 않았다. 그리고 다행히 3차 월동대에 참가한 기타무라 씨가 발견한 개들의 사체는 매우 깨끗한 상태였다. 동족포식설도 배제되었다.

그러나 타로, 지로가 다른 개들을 먹지 않았다는 정보는 그다지 크게 보도되지 않았다. 애견인들이나 일부 국민들은 가슴을 쓸어내렸으나 일반적으로 널리 알려지지는 않았다. 그래서 동족포식설은 완전히 부정되었음에도 불구하고 흥미 본위의 형태로 다양하게 전해져 오늘날까지 그렇게 믿고 있는 사람들이 의외로 많다. 옛날이나 지금이나 자극적인 이야기를 믿고 싶어 하는 사람들은 늘 있는 법이고 그것을 기타무라 씨는 매우 유감스럽게 생각했다.

"동족 포식은 없었습니다. 이 사실을 제대로 전하지 못한 건 우리 대원들에게도 책임이 있습니다. 재검증을 하는 과정에서 다시 한번 이 동족포식설을 강력하게 부정하고자 합니다."

기타무라 씨가 이미 부정된 가설이라도 재확인이 필요하다고 말한 배경에는 이런 이유가 있었다.

실로 기이한 설도 많았다. 예를 들어, 얼음이 갈라진 틈에서 물고기를 잡아 먹었다는 설이다. 고양이가 어항의 금붕어를 노리는 느낌일까. 만약 그랬다간 물에 빠져 살아 나오지 못했을 것이다.

남극에 서식하는 도둑갈매기 알을 훔쳐 먹었을 것이라는 설, 도둑갈매기들이 떨어트린 포획물을 주워 먹었을 것이라는 설 등 다양한 설이 있었지만 그것들은 곧 사라졌다.

동물학 전문가들이 주장한 설 중에 당시 '유력하지는 않으나'라는 단서 하에 펭귄 포식설과 바다표범의 분변을 먹었을 것이라는 설이 있다.

"사실 펭귄 포식설에 관해서는 대다수의 1차 월동대원들이 의문시했습니다. 개들은 펭귄을 공격하기는 했지만 먹은 적은 없거든요. 그러나 당시의 일본에는 개들을 방치하고 온 월동대의 반론 따위를 들어 줄 만한 분위기가 아니었습니다."

기타무라 씨는 1차 월동 시 개들이 펭귄에게 어떤 식으로 접근했는지 설명하기 시작했다.

"후렌노쿠마나 힛푸노쿠마 같은 공격적인 개들은 남극에 도착한 직후부터 펭귄들을 공격했습니다. 한 번인가 두 번 펭귄을 먹기도 했습니다만, 바로 뱉었습니다. 그 후로는 먹은 적이 없었어요."

3차 월동대가 기지로 들어간 1959년에 기타무라 씨는 쇼와 기지 부근에서 펭귄의 사체를 몇 구 발견했다. 1차 월동대가 철수하기 전, 기지 근처에 펭귄의 사체는 없었다. 타로나 지로, 또는 목줄을 빼고 도망간 다른 개들 중 하나가 죽었을 것이다. 하지만 먹은 흔적은 없었다. 또한 기타무라 씨는 3차 월동 중에 타로, 지로가 펭귄을 공격하는 장면을 목격했다. 1차 월동 때는 그 두 마리가 펭귄을 공격하는 일이 없었기 때문에 새삼 놀랐다. 그러나 역시 먹지는 않았다.

그것으로 방치된 기간에 타로와 지로가 펭귄을 먹지 않았다는 증명이 될 수는 없다. 눈 아래에는 타로와 지로가 먹어치운 펭귄의 사체가 있을지도 모를 일이다. 그러나 1차 월동 시 가라후토견들은 펭귄을 죽이기는 했어도 먹지는 않았다. 한편, 개들을 위해 가져온 식료품은 서로 빼앗아 먹을 정도로 맛있게 먹었다. 기지 내에는 개 사료가 언제든 바로 먹을 수 있는 상태로 많이 남아 있었다. 이런 정황으로 봤을 때, 개들이 배가 고팠다면 먼저 가까이 있는 개 사료를 먹었을 것이다. 사료는 전혀 건드리지 않고 굳이 펭귄을 잡아먹었을 것이라는 가설은 상당히 억지스럽다. 3차 월동대가 사료가 남아 있는 것을 확인한 시점에 펭귄 포식설은 사실상 사라졌다.

바다표범 분변을 먹었다는 설은 어떤가. 우리는 그 전 단계로, 가라후토견이 바다표범을 포획할 수 있는지에 대해 고찰했다. 지금까지 모은 자료나 환경성의 공식 사이트를 보면 현재 남극권에는 얼룩무늬 물범, 웨델 물범, 게잡이 물범, 로스 물범, 남방 코끼리 물범 등 다섯 종이 서식하고 있다.

"쇼와 기지 근방에서 볼 수 있었던 것은 웨델 물범이었습니다. 기지 주변에서 서식하는 시기는 10월부터 다음 해 3월 정도까지고 그다음엔 다 없어져요."

기타무라 씨가 말한 웨델 물범은 엄청난 거구다. 수컷의 대략적인 몸길이가 2.5미터에서 2.9미터 정도, 무게는 400에서 500킬로그램이나 된다.

몸무게는 고작해야 수십 킬로그램에 몸길이는 70센티미터 전후인 가라후토견 몇 마리가 이 물범들을 사냥할 수 있을까. 실제로 1차 월동 중에 후렌노쿠마나 몇몇 사나운 베테랑 개들이 몇 번쯤 바다표범을 공격하려고 시도했지만 번번히 실패했다. 싸움에 노련한 그 개들도 불가능했던 것이다. 경험치가 없는 타로, 지로만으로 바다표범을 잡는 것은 불가능하다.

여기서 등장하는 것이 '바다표범 분변을 먹었다'는 설이다.

타로, 지로가 바다표범을 사냥하는 것은 불가능하지만 습격은 할 수 있고 놀란 바다표범이 분변을 떨어트렸을 수 있다. 그 분변에 미처 소화되지 않은 새우나 크릴새우 등이 남아 그걸 먹었을 것이라는 설이다.

기타무라 씨에게 견해를 구했다.

"개들이 바다표범의 똥을 먹는 것은 1차 월동 중에 목격했습니다. 깜짝 놀랐지요. 다른 것도 아니고 똥이었으니까요."

"맛있었을까요?"

그다지 상상하고 싶지는 않다.

"똥 같은 걸 먹고 냄새도 안 나나? 저도 그렇게 생각했습니다. 그러나 해체한 바다표범의 생고기가 더 지독한 냄새를 풍겼습니다. 개들은 그걸 아주 맛있게 먹었지요. 그러니 똥은 아무렇지도 않았을 것 같아요."

그러나 기타무라 씨는 바다표범의 분변을 얻기 위해서는 위험을 감수해야 한다고 했다.

"개들이 다가가면 바다표범은 얼음 구멍으로 뛰어들어가 물속으로 도망칩니다. 그 뒤를 따라가다 잘못해서 얼음 구멍에라도 빠지면 개들은 눈 깜짝할 사이에 죽고 맙니다."

하긴 그런 위험을 감수해 가며 바다표범의 똥을 얻기보다는 기지에 있는 개 사료를 먹는 게 안전하다.

"게다가 3차 월동 때는 바다표범의 분변을 먹은 흔적이 전혀 없었습니다. 다른 문제도 있습니다. 기지 주변에 있던 바다표범들은 겨울이 되면 기지에서 100킬로미터 이상 떨어진 르쪼우홈만의 안쪽 깊은 곳으로 가 버립니다. 방향 감각이 발달하지 않은 어린 타로와 지로가 거기까지 가서 바다표범의 분변을 먹은 후 길을 잃지 않고 기지로 돌아올 가능성은 아주 낮다고 봅니다."

여기까지 고찰한 결과 펭귄 포식설은 사실상 사라지고 바다표범 분변식설도 그다지 현실적이지 않은 것으로 보인다.

그러나 타로와 지로 곁에는 제3의 개가 존재했다. 세 마리라면 어땠을까?

먼저 펭귄 포식설에 관해서는 사체는 있었지만 먹은 흔적은 없었다. 이것은 중요한 물증이다. 제3의 개한테도 펭귄은 그다지 매력적인 먹이가 아니었던 것 같다. 펭귄 포식설은 배제할 수 있다.

바다표범의 분변은 어떤가. 바다표범이 있는 곳 근처에는 얼음이 갈라진 곳이나 구멍이 있을 가능성이 높다. 위험하다. 그것은 제3의 개가 함께 있었다 해도 마찬가지다. 제3의 개가 어느 개였든 타로나 지로보다 한 살에서 다섯 살은 많다. 개들의 연령은 상당히 중요하다. 나이를 먹을수록 상대의 역량을 간파하거나 위험을 알아차리는 능력이 커진다. 타로, 지로보다도 경험이 풍부한 베테랑 개라면 그런 위험한 곳에 타로, 지로가 가기 전에 못 가도록 경고하지 않았을까. 바다에 빠지면 그걸로 끝이다.

60년 전에는 인터넷도 라이브카메라도 없었다. 지금보다 훨씬 정보가 없는 상황에서 남극을 경험한 적 없는 동물행동학 전문가들이 필사적으로 생각해 낸 펭귄 포식설, 바다표범 분변식설을 3차 월동대가 확인한 사실이나 현재의 풍부한 지식이나 정보를 바탕으로 비판하고 싶지는 않다.

"당시 학자들이 진지하게 고찰했던 노력은 그것대로 평가해야 한다고 생각합니다. 과학이란 본디 실패와 실수의 연속이기 때문이지요"라고 기타무라 씨가 말했다.

그리고 어쩌면 아직도 세상에 남아 있을지도 모를 펭귄 포식설이나 바다표범 분변식설에 대해서도 이번 기회에 명확히 배제하고자 하는 것이 기타무라 씨의 의도였다.

그럼 대체 무엇을 먹었단 말인가.

기지에 있었던 인간의 식료품도 개 사료도 전혀 먹지 않았다. 펭귄을 죽인 흔적은 있으나 먹지는 않았다. 바다표범의 분변을 먹기에는 너무 위험했고, 3차 월동 시에도 그런 모습을 보이지 않았다.

"선생님, 그럼 이 세 마리는 도대체 어디서 먹을 것을 구했을까요?"

세 곳의 먹이 창고

*

7월이 되었다. 후쿠오카시는 1일에서 15일까지 하카타 기온 야마카사 축제로 시끌벅적해진다. 이 축제는 시내에 있는 구시다 신사의 봉납 행사로 지금은 후쿠오카의 여름을 대표하는 행사가 되었다. 높이 약 3미터, 무게가 약 1톤이나 되는 가마를 장식한 '야마카사'를 하카타 사람들은 '야마'라고 부른다. 이 야마를 남자들이 어깨에 메고 시내를 질주한다. 이 시기에 TV에서는 과거의 야마카사 질주 영상을 거의 매일 볼 수 있다.

7월의 후쿠오카는 덥다. 기온이 매일 30도를 넘나드는 가운데 기타무라 씨의 건강이 염려되었다. 그러나 기타무라 씨는 오히려 예전보다 생기가 있어 보였다. 검증 작업이 중요한 국면에 다다른 것이 적당한 생기와 긴장감을 준 건지도 모르겠다. 우리는 먹이 문제에 초점을 맞추고 월동 일지 등의 자료를 다시 읽으며 1차 월동 시작부터 기타무라 씨의 기억을 총정리했다. 개들의 먹이 문제와 직접 연관이 없는 사항도 다 포함해서 꼼꼼히 체크했다. 그러나 단서가 될 만한 것을 찾지 못한 채 시간만 흘러갔다. 내 머릿속은 미로에 빠졌는데 그사이 기타무라 씨의 머리는 기민하게 가동하고 있었다.

어느 날, 기타무라 씨가 다음 취재일을 정해 주었다.

"사흘 후에 오실 수 있습니까?"

"물론입니다."

기타무라 씨가 날짜를 미리 정할 때는 반드시 무엇인가 진전이 있었다는 뜻이다.

사흘 후, 나는 약속한 시간보다 훨씬 늦게 도착했다. 오후 네 시를 지나고 있었다. 야마카사 축제로 시내가 인파로 가득 차 도로가 혼잡했기 때문이었다.

"늦어서 죄송합니다."

사과하며 방에 들어서자 기타무라 씨는 책상 앞에 앉아 있었다. 눈앞에는 식료품에 관해 기타무라 씨가 증언한 자료들이 놓여 있었다. 평소에는 가벼운 화제 거리로 이야기를 시작했는데 이날은 바로 본론이 나왔다.

"알았습니다. 개들이 뭘 먹었는지요."

나는 오히려 맥이 빠지는 느낌이었다. 그렇게 쉽게 결론이 나왔다고?

어느 날 욕조의 물이 넘치는 것을 보고 아르키메데스의 원리를 발견한 아르키메데스나, 사과가 떨어지는 것을 보고 만유인력의 법칙을 발견한 뉴턴처럼 제3의 개의 수수께끼를 찾는 데 유력한 가능성이 있는 먹이 문제를 해명할 답이 하늘의 계시처럼 기타무라 씨에게 떨어지기라도 했다는 말인가? 과거에 자주 있던 지어 낸 이야기 같은 느낌으로 말이다. 그러나 현실은 역시 밋밋한 법이다. 영화나 드라마와 다르다.

개들은 무엇을 먹었나. 나는 기타무라 씨의 증언을 기록하기 위해 노트북을 열었다. 그날 기타무라 씨는 매우 컨디션이 좋았다. 말투도 명확하고 내용도 정연했다. '사흘 후'는 자신의 생각을 정리하는 데 필요한 시간이었을까.

"개들의 먹이 창고가 세 군데 있었습니다."

1차 월동대 개 담당자는 놀랄 만한 사실을 실로 가볍게 전했다.

"제1 먹이 창고. 개들한테는 이곳이 가장 중요했습니다. 천연 냉동고!"

'천연 냉동고?'

그곳은 전혀 예상하지 못한 장소다. 그러나 잠시만. 거긴 바닷물이 들어와 식료품이 못 쓰게 되어 버린 곳이 아닌가. 천연 냉동고는 기지에서 약간 떨어진 해빙역에 있었다. 기타무라 씨의 기억으로는 기지의 동쪽이었다. 기지 옆에 있는 것이 편리하지만 눈을 파 내려갔을 때 곧바로 바윗덩어리와 부딪혔다. 기온도 지표와 별로 다르지 않아서 냉동고로 쓸 수 없는 곳이었다. 그래서 어쩔 수 없이 기지에서 좀 떨어진 해빙역에 만들었는데 그곳에 바닷물이 침수한 것이다. 냉동육이 물에 잠겼고 대원들은 냉동고 바닥에 고인 물을 퍼내며 피해를 면한 식품들을 옮겼다. 그래서 그곳에 남은 것은 바닷물에 잠긴 고기뿐이었다. 그곳이 개들의 먹이 창고였다고? 나는 노트북에서 천연 냉동고에 관한 증언 부분을 찾았다.

[기타무라 씨의 증언]

1차 월동이 시작된 지 얼마 지나지 않은 1957년 5월. 요리 담당인 스나가 대원이 하얗게 질린 얼굴로 식당에 뛰어들어왔다.

"대장님, 냉동식품이 못 쓰게 되었습니다!"

그것은 너무나도 충격적인 문제였다. 남극에서는 식료품 보급이 불가능하다. 일본에서 가져온 식재료 말고는 아무것도 없다. 천연 냉동고의 해수 침입, 그것은 월동대에 매우 심각한 사건이었다.

1차 월동대에는 전기 냉동고가 비품으로 구비되어 있었지만 다른 기재가 모자랐는지 무슨 문제가 있었는지 모르겠지만 결국 사용하지 못했다. 그때 야영의 천재라 불린 니시보리 에이자부로 1차 월동대장이 고안한 것이 자연을 이용한 천연 냉동고였다. 눈얼음을 2.5미터 정도 파내어 가장 깊은 곳에 제일 중요한 식재인 육류 냉동제품을 대량으로 보관했다. 월동대원 전원이 매일 호화로운 식사를 할 수 있을 만큼의 분량이 있었다. 그러나 언제부턴가 천연 냉동고 바닥에 해수가 스며들기 시작해 나도 다른 대원들도 경악했다. 식료품이 사라진다는 것은 죽음을 의미하기 때문이다. 바닷물에 침수되어 못 쓰게 된 것은 냉동고의 바닥 부분에 쌓아 둔 육류들이었다. 우리는 젖은 포장을 모두 벗겨내고 그 안의 고기 상태를 점검했다. 바닷물이 꽤 많이 스며들어 있었다. 조금이라도 피해를 줄여야 했다. 우리는 다른 식품들이 젖지 않도록 조심하면서 빈 상자나 빈 깡통을 이용해 필사적으로 바닷물을 퍼냈다. 그 작업을 하는 동안 대원들의 옷은 바닷물로 흠뻑 젖었다. 엄청난 한기를 느꼈다. 작업을 서둘렀다. 피해를 입지 않은 식료품을 바깥으로 옮겼다. 바닷물에 잠겼던 고기 종류는 그대로 두었다. 그 고기들은 악취가 심했다. 하지만 썩은 것은 아니기 때문에 요리 담당인 스나다 대원이 조리해 대원들에게 제공했다. 그러나 냄새 때문에 거의 대부분을 남겼다. 이 고기를 개들에게 주었더니 좋아라 하며 먹길래 신기했다. 생각해 보면 개들은 바닷물에 잠긴 고기보다 더한 악취가 나는 바다표범 고기도 잘 먹었다. 인간이 포획하고 아귀를 해체하듯 매달아 고기를 잘랐다. 그 작업만으로도 악취는 극심하다. 그러나 개들은 바다표범의 생고기를 우적우적 잘도 먹었다.

"그러니까, 바닷물에 잠겼던 천연 냉동고에 있던 고기는 인간이 먹을 만한 것은 못 되었으나 개들에게는 진수성찬이었다, 그런 말씀입니까?"

"네. 인간들의 실패가 오히려 이 세 마리를 구한 셈이지요."

제1 먹이 창고

*

그러나 나는 이 가설에 의문을 가졌다.

'개들이 천연 냉동고에 들어갈 수 있나? 입구에는 자물쇠가 있었을 테고.'

"선생님, 천연 냉동고 가설은 흥미롭습니다. 하지만 개들이 열쇠로 입구를 열고 들어갈 수는 없지 않을까요?"

내 의문에 기타무라 씨는 평소와 달리 크게 소리 내어 웃었다.

"열쇠 같은 건 처음부터 없었어요. 블리자드가 불어 대고 영하 수십 도 이하로 내려가는 남극에서 열쇠로 뭘 잠그기라도 했다가는 얼어붙어서 열지도 못하게 될 게 뻔합니다. 게다가 고립된 남극 땅에서는 도둑 걱정도 필요 없지요."

듣고 보니 그렇기는 하지만 열쇠가 없더라도 냉동고 입구에 문은 있지 않았을까? 그럼 개들이 열 수 없다.

"덧붙이자면 천연 냉동고에는 문도 없었답니다. 제가 그리 말씀 드렸을 거예요. 눈얼음으로 덮어 두었다고."

나의 의문을 꿰뚫어 본 듯 기타무라 씨가 말했다.

그랬던가? 증언 내용을 체크했다. 확실히 그대로였다. 도둑맞을 우려가 없으니 엄중한 문도 필요 없었다. 남극은 그야말로 상식이 통용되지 않는 극지.

"천연 냉동고의 입구는 그 언저리에 있는 눈을 긁어모아 대충 덮개를 만들었을 뿐이고, 그 눈을 치우고 식품을 꺼냈다가 다시 눈으로 덮는 식이었지요. 개들에게 그런 허술한 눈 덮개 따위는 묵직한 앞발 한 방이면 단번에 무너질 겁니다."

그러나 또 한 가지 의문이 있다. 바닷물에 젖은 고기가 천연 냉동고 안에 있다는 사실을 개들이 어떻게 알았을까? 잠깐, 어딘가 이것과 관련된 증언이 분명 있었다. 조금 전의 그 증언 부분을 스크롤해서 내려갔다. 찾았다.

[기타무라 씨의 증언]

생각해 보니 천연 냉동고 바닷물 침수 사건으로 대원들이 구슬땀을 흘리는 동안 주변에 있던 개들이 우리를 쳐다보고 있었던 것이 생각난다. 누군가가 "개들은 맘 편하게 저러고 있으니 좋겠네" 하며 불평하던 것을 기억한다.

이 증언 부분에는 상당히 끌리는 부분이 있다. 몇 마리의 개들이 우왕좌왕하는 대원들을 관찰하고 있었다. 그중 한 마리가 제3의 개였을까.

천연 냉동고는 당시의 개들을 묶어 둔 곳에서 어느 정도 떨어진 곳에 있었다. 그런데도 가까이에 개들이 있었던 이유가 있다. 식료품을 급히 옮겨야 했기 때문에 개썰매가 필요했고, 소형 썰매와 함께 개들 몇 마리를 데리고 왔기 때문이었다. 그래서 제3의 개는 이 천연 냉동고에 맛있는 고기가 많이 있다는 사실을 알고 있었다. 기지에서 사람들이 떠난 후 제3의 개는 냉동고에 들어가 타로, 지로와 함께 마음껏 고기를 먹었다. 그랬기 때문에 세 마리의 개들은 쇼와 기지를 떠나지 않았던 것이다. 북어나 말린 청어 그리고 도그 페미컨 같은 건 거들떠보지도 않았다. 기지 안에 대량으로 남아 있던 개들을 위한 식료품이 없어지지 않았던 의문도 이걸로 풀렸다.

'와우, 천연 냉동고였단 말인가.'

"선생님, 대단하십니다!"

나는 진심으로 그렇게 생각했다. 이것은 현장에 있었던 사람만 떠올릴 수 있는 추리다.

기타무라 씨는 초고층 지구물리학의 난해한 수식을 풀어 낸 듯, 뿌듯한 웃음을 지었다. 그리고 말했다.

"며칠 전부터 기억이 불쑥불쑥 되살아났어요. 이 천연 냉동고를 떠올렸을 때는 오랜만에 흥분했습니다. 그러자, 신기하게도 제2, 제3의 먹이 창고도 떠오르지 뭡니까. 단, 저 스스로 다시 검토하고 납득할 만한 시간이 필요했습니다."

그래서 사흘의 여유가 필요했던 거구나.

"그래서 말인데 두 번째 먹이 창고는…."

그때 방문을 두드리는 소리가 들렸다. 시설의 직원이 들어왔다.

"기타무라 씨, 저녁 식사 시간이에요."

벌써 저녁 시간이 되었다. 오늘 대폭 지각한 것이 후회스러웠다. 아쉽지만 오늘은 여기까지다. 그러나 약간의 불안감이 있었다.

'다음번에 왔을 때 제2, 제3의 먹이 창고에 관한 이야기를 잊어버리시면….'

기타무라 씨의 관찰력은 예리하다.

"다음에 만날 때는 잊어버릴 수도 있겠네요."

그리고 지시했다.

"그럼 이것만 메모해 주십시오. 데포와 고래."

'데포와 고래?'

"그 메모만 있으면 만약 잊어버렸다 해도 다시 떠올릴 수 있을 겁니다."

불안은 남았지만 다음 방문을 약속하고 자리를 떠났다.

제2, 제3의 먹이 창고

*

'제발 기억하고 계시길. 데포와 고래.'

약속한 그날. 나는 기도하는 심정으로 기타무라 씨를 찾아갔다.

문을 열자 기타무라 씨는 책상 위에 앉아 있었다. 지난번 만났을 때와 마찬가지로 독서등을 켜고 책상 위의 문서를 보고 있었다. 가까이 다가가 보니 그 문서는 보쓴누텐의 개썰매 탐사에 대해 증언한 부분이었다. 먹이와 상관없어 보이지만.

"선생님, 그럼 바로⋯."

"걱정하셨지요? 실은 저도 그랬습니다. 잊어버릴 것 같았어요. 하지만 그날 이후 이 문서를 계속 읽고 있었기 때문에 문제없습니다. 다 기억하고 있어요."

기타무라 씨는 다정한 사람이다. 내 걱정도 해 주셨다.

"먼저, 데포에 관해서입니다."

데포는 등산할 때 식량이나 연료, 장비 등을 루트상의 몇 군데 지점에 보관하는 임시 저장소를 말한다.

"그 데포가 개들의 제2 먹이 창고였습니다. 그리고 고래가 제3의 먹이 창고였지요."

나는 이 이야기의 전개가 전혀 보이지 않았다. 기타무라 씨의 설명에 따르면 데포는 1957년 10월 보쓴누텐 개썰매 탐사 때 제작되었다고 했다. 보쓴누텐 탐사는 거의 한 달이나 걸리는 장기 탐사였기 때문에 리스크를 줄이기 위해 넉넉한 양의 식량을 실어 출발했다. 예측 못한 사태로 부득이하게 탐사 일정이 지연되면 식량이야말로 목숨줄이기 때문이다. 그러나 탐사는 예상보다 순조로웠다. 그렇게 되면 대량의 식량은 오히려 방해가 된다. 썰매의 무게가 개들에게 부담이 되기 때문이다. 그래서 식료품 일부를 썰매에서 내려 예정에 없던 임시 데포를 만들었다. 썰매의 중량이 가벼워지면 개들의 부담도 줄고 그만큼 힘이 덜 든다. 보쓴누텐에 도착했다가 기지로 귀환하는 도중에 식료품이 필요해지면 이 데포에 보관했던 것들을 다시 썰매에 실으면 된다. 합리적인 작전이었다. 기타무라 씨가 식료품 준비 담당자였기 때문에 어떤 식품을 어느 정도 넣어 두면 되는지 계산하는 일은 어려운 일이 아니었다. 여러 차례 검산을 거친 후 상당히 많은 양의 식량을 넣어 두었다고 했다.

여행 시 지참하는 식량은 칼로리가 높은 것들이 많다. 소량으로도 체력을 유지해야 하기 때문이다. 그 말은 개들에게도 고칼로리의 영양식이었다는 얘기다. 게다가 기지를 출발하기 전에 식료품들을 단단하게 감싸고 있던 포장을 다 풀었다. 가능한 무게를 줄이기 위해서였다. 나무 상자나 몇 겹으로 감싼 포장을 다 없애면 무게는 확실히 줄어든다. 통조림은 깡통을 따서 내용물만 꺼내고 빈 용기는 기지에 버리고 왔다. 어차피 내용물은 다 얼어 있었기에 아무런 문제가 없었다. 그 결과, 본디 개들이 어떻게 할 수도 없는 통조림 고기들조차 수월하게 먹을 수 있는 상태로 보관되어 있었다는 이야기다.

기지에 남겨진 후, 제3의 개와 타로, 지로는 천연 냉동고에 있던 물에 젖은 고기를 마음껏 먹었을 것이다. 하지만 개들도 가끔은 다른 음식을 먹고 싶지 않았을까?

제3의 개는 타로, 지로를 데리고 이 데포에 갔을 것이라고 기타무라 씨는 추측했다. 데포에는 콘비프, 보일드 치킨, 돼지고기 등심, 건조 베이컨, 건조 소시지, 참치, 염장 연어, 왕새우, 참치 플레이크 오일 절임 등 평소 먹던 젖은 고기와는 사뭇 다른 음식들이 다량으로 보관되어 있었다.

그럼 제3의 개는 어떻게 이곳에 식량 데포가 있다는 것을 알았을까?

기타무라 씨의 설명으로는 데포를 제작할 때 개들은 근처에서 썰매에 연결된 채 누워 있거나 쉬고 있었다. 개들은 식료품 하역 작업을 하는 기타무라나 기쿠치 그리고 나카노 대원의 움직임을 지켜보고 있었다. 통조림 고기는 종이로 쌓여 있었을 뿐이고, 다른 고기나 소시지 같은 것들도 임시로 포장된 수준이었기 때문에 후각이 뛰어난 개들은 그것이 무엇인지 눈치챘을 것이다. 혹시나 얻어먹을 수 있을까 내심 기대했을지도 모른다. 베테랑 개라면 이 보물 창고를 잊을 리가 없다. 보쓴누텐 개썰매 탐사 때 만든 데포야말로 제3의 개와 타로, 지로에게 중요한 제2의 먹이 창고가 되었을 것이다.

자, 그럼, 고래는 또 무엇인가?

기타무라 씨의 설명이 이어졌다. 보쓴누텐 첫 등정을 완수한 개썰매단은 순조롭게 귀환하는 중이었다. 그러다 도중에 오두막처럼 보이는 묘한 것을 발견했다. 당연한 일이지만 남극에 오두막이 있을 리 없다. 가까이 가 보니 그것은 거대한 고래의 사체였다. 거대한 갈비뼈가 건물의 기둥처럼 보였던 것이다. 지붕이나 벽처럼 보였던 것은 고래의 껍질이었다. 껍질에는 지방과 살점이 아직 붙어 있었다. 그 당시에는 이런 거대한 생물이 썩지도 않고 천천히 풍화되어 가는 자연의 신비를 느끼며 그곳을 '구지라곶'이라 이름 짓고 자리를 떠났다.

고래의 잔해라는 것을 깨닫기 전까지는 이 정체불명의 존재에 두려움이 있었기에 개들을 몇 마리 풀어 데리고 갔다. 개들은 고래의 잔해 곁에서 끊임없이 킁킁거리며 냄새를 맡았다. 마른고기처럼 생긴 이 물체가 '먹을 것'이라는 걸 바로 알지 않았을까. 제3의 개는 그때 데리고 간 개들 중에 있을 수 있다. 만약 그 장소에는 없었다 해도 멀리서 고래의 잔해가 보이기 시작했을 때 모든 개가 일제히 격렬하게 반응하며 짖었다. 제3의 개는 이 고래의 잔해를 기억 속에 새겨 두었을 것이다.

그렇게 고래의 잔해는 제3의 개와 타로, 지로에게 제3의 먹이 창고가 되었을 것이다. 이 내용들은 검증을 재개했을 때 기타무라 씨의 증언 속에 분명히 포함되어 있었다. 그것이 개들의 먹이 문제와 연결될 줄을 그때는 몰랐다. 오늘 기타무라 씨의 설명은 이제껏 들은 이야기 중에서 가장 명료했고 이해하기 쉬웠다. 그리고 매우 중요한 내용이었다.

쇼와 기지 근처에 있던 천연 냉동고, 보쓴누텐 탐사 때 만든 식량 데포 그리고 고래의 잔해. 이 세 곳이 제3의 개와 타로, 지로에게 충분하고도 넘칠 만큼의 먹이를 제공했을 것이다. 그렇기 때문에 기지에 남아 있던 마른 생선들과 사료는 건드리지 않았던 것이다. 맛도 없는 펭귄을 공격해서 잡아먹을 필요도 없었다. 위험을 감수하며 바다표범의 분변을 찾지 않아도 되었다. 이제까지의 수수께끼가 눈 녹듯 사라지는 느낌이었다.

"어떻습니까? 이게 먹이에 관한 '기타무리 식 가설'입니다만, 혹시 질문이라도 있으신지요?"

대학에서 강의하는 듯한 느낌으로 기타무라 씨는 나에게 웃음 지어 보였다.

너무나도 논리 정연한 설명에 나는 하마터면 전면적으로 모든 것을 수용할 뻔했다.

　그러나 잠깐만, 중요한 문제가 있다. 이 문제를 해결해야 한다. 방향과 거리의 문제다.

　쇼와 기지에서 데포나 고래의 잔해가 있는 곳까지는 100킬로미터 이상 떨어져 있다. 개썰매는 인간의 지시에 의해 움직인다. 전진, 우회전, 좌회전, 정지. 인간은 개썰매의 파일럿이다. 위치를 측정하고 주행거리계를 확인하며 현재 위치를 확인하면서 나아간다. 어디를 보아도 같은 풍경으로 보이는 남극의 설원에서 정확하게 목표 지점에 도달해 기지로 돌아올 수 있는 것은 인간의 기술력과 과학 지식 덕분이다.

　물론 선도견의 방향 감각은 매우 뛰어나다. 그러나 그 재능을 살리는 건 인간에 달려 있다. '보쓴누텐을 향해 달리라'고 명령한다고 개들이 달릴 수 있는 게 아니라는 뜻이다. 인간이 조종을 하기 때문에 개들은 목적지에 도달할 수 있다. 무인화된 쇼와 기지에서 제2, 제3의 먹이 창고로 제3의 개와 타로, 지로는 자력으로 갈 수밖에 없다. 방향을 가르쳐 주는 인간이 없다. 과연 100킬로미터 이상 떨어진 먹이 창고나 고래 잔해가 있는 곳까지 세 마리가 정확히 당도할 수 있다는 말인가? 그런 의문을 제기했다.

　"선생님, 개썰매는 인간의 조종이나 제어가 있기 때문에 목적지로 갈 수 있는 게 아니겠습니까? 개들끼리 간다는 건 불가능하지 않을까요?"

"그 말씀도 맞습니다. 지금까지 여러 번 말씀드린 것처럼 개들의 방향 감각은 탁월합니다만 개체에 따라 차이가 있습니다. 타로, 지로는 어리고 경험도 부족했지요. 방향 감각도 좋지 않아 개썰매 무리 중에서는 2군이었어요."

"그럼, 타로와 지로만으로 제2, 제3의 먹이 창고로 간다는 건…."

"불가능합니다. 달리 말해, 미숙한 타로와 지로를 이끌고 그런 대원정이 가능한 개라면 베테랑 중에서도 아주 뛰어난 방향 감각을 지닌 개여야 할 겁니다."

"결론적으로 제3의 개를 특정하기 위해서는 뛰어난 방향 감각을 지닌 개여야 한다는 게 핵심이라는 말씀이시군요."

"그렇습니다. 뛰어난 방향 감각을 갖고 있을 것. 그것은 절대 불가결한 요소입니다."

'흠. 탁월한 방향 감각을 가진 개라면 인간 없이도 목적지에 도달할 수 있을지도 모르겠군.'

"그뿐이 아닙니다. 두 가지 더 빠트릴 수 없는 요소가 있습니다. 뭔지 아시겠습니까?"

기타무라 씨가 내게 물었다.

"글쎄요? 체력? 후각?"

기타무라 씨가 조용히 웃었다.

"물론 그것들도 필요하지요. 중요한 것은 강한 보호 본능과 리더십입니다."

그게 무슨 말인가.

"잘 들어 보십시오. 100킬로미터에 이르는 빙원에는 크레바스나 크랙 같은 위험한 장소가 있을 수 있습니다. 무사히 완주하기 위해서는 판단력이 충분하지 않은 어린 개 두 마리를 지켜보면서 안전하게 이동하게 하는 보호 본능이 있어야 합니다. 무슨 일이 있어도 두 마리를 지켜 내겠다는 그 마음 말입니다. 또한 그 두 마리가 자신의 지시에 따르도록 통솔하는 역량도 필요합니다. 보호 본능과 두 마리를 목적지까지 이끌 수 있는 리더십, 이 두 가지가 필요합니다."

그렇다. 제3의 개는 단순히 방향 감각만 뛰어난 게 아니라 어린 두 마리를 보호하고 이끌고 통솔하는 능력이 있어야 한다.

'보호 본능과 리더십이라.'

이 점에 대해 더 깊이 고찰해 본다면 타로와 지로가 왜 기지를 이탈한 다른 개들을 따라가지 않았나 하는 또 하나의 의문을 풀 수도 있을지 모르겠다.

목줄에서 빠져나간 개들은 기지를 벗어나 사라졌는데도 타로와 지로만은 기지에 남았다. 이에 대해 당시는 '개는 귀소본능이 있다. 어릴 때 남극에 온 타로와 지로한테 쇼와 기지는 고향이나 마찬가지였을 것이다. 그래서 떠나지 않았을 것'이라는 의견이 유력했다.

그러나 다른 의견도 있었다. 미숙한 두 마리만 기지에 남는 것보다는 경험이 풍부한 개들과 함께 행동하는 것이 생존률이 높아진다는 것이다. 얼룩말, 아프리카 영양, 물소 같은 야생 동물들이 무리 지어 행동하는 것은 종의 생존율을 높이기 위해서다. 살아남겠다는 생존 본능보다 고향, 즉 기지에 남겠다는 귀소 본능이 이긴다고 말할 수 있느냐는 반론이었다. 확실히 일리가 있다.

그러나 그 두 마리 곁에 먹이가 어디에 있는지 알고 있으며 보호 본능과 리더십을 갖춘 베테랑 가라후토견이 남아 있었다면 두 마리의 어린 개는 안심하지 않았을까. 귀소본능도 있었을 것이다. 하지만 그보다는 의지할 수 있는 제3의 개가 기지에 남아 있었기 때문에 타로와 지로도 기지를 떠나지 않았다. 이 논리는 성립할 것 같다.

타로와 지로의 기적이 일어났을 때 세계가 놀랐다.

"1년 동안 남극에 방치되었던 어린 형제 개가 서로 힘을 합쳐 살아남았다."

그것은 사람들이 받아들이고 싶어하는 아름다운 이야기였다. 그렇기에 많은 사람이 기뻐하고 눈물을 흘렸다. 60년 동안 아무도 의심하지 않고 믿어 왔던 아름다운 이야기다.

하지만 실제로 쇼와 기지에는 타로와 지로를 지켜 준 제3의 개가 함께 있었다.

그 개는 살아남는 데 가장 필요한 먹이의 소재지를 알고 있었다. 또한 탁월한 방향 감각을 지니고 있어 100킬로미터가 넘는 먹이 창고까지 헤매지 않고 도달했다가 다시 똑바로 쇼와 기지로 되돌아올 능력이 있었다. 그것이 타로와 지로에게 충분한 먹이를 제공하고 생명을 연장시켰다.

세기의 기적을 탄생시킨 것은 타로와 지로의 능력만이 아니었다. 물론 어린 개 치고 뛰어난 감각과 강인한 생명력이 있었으나 그것만으로 극한의 땅 남극에서 살아남는 것은 쉽지 않다. 강한 보호 본능과 뛰어난 리더십을 지닌 제3의 개가 어린 두 마리를 구하고 이끌었기 때문에 기적이 일어났다. 타로와 지로를 살게 했다.

이렇게 무엇을 어떻게 먹고살았을까에 관한 의문을 푸는 과정에서 '보호 본능이 강하고 리더십이 뛰어난 개'라는 제3의 개의 성격이 부상했다.

털 색깔과 체격에 관한 증언을 통해 제3의 개 후보로 남은 개는 시로, 리키, 데리, 잭, 이 네 마리다.

이 중에서 보호 본능과 리더십을 겸비한 제3의 개에 가장 어울리는 개는 과연 어느 개인가?

보호 본능과 리더십

❋

　먹이 문제의 수수께끼를 풀어 가는 과정에서 '보호 본능'과 '리더십'이라는 두 개의 키워드가 부상했다. 이 관점에서 제3의 개를 찾아보기로 했다. 그러나 수백 페이지에 이르는 남극 관측 공식 기록에 개들의 보호 본능이나 리더십에 관한 기록이 있을 리 만무했다. 그것을 알고 말할 수 있는 이는 오직 한 사람. 1차 월동대의 개 담당자이면서 1차 월동대 유일의 생존 대원인 기타무라 씨다. 뜻밖에도 보호 본능과 리더십에 관한 에피소드는 기타무라 씨의 증언 중에 꽤 많이 등장했다.

[기타무라 씨의 증언]

1956년 홋카이도 왓카나이시 가라후토견 훈련소. 갑작스럽게 홋카이도 전역에서 모집된 가라후토견들은 다들 신경이 예민해져 있었다. 자신의 영역이나 주인 곁을 떠나 알지도 못하는 수십 마리의 개들이 있는 낯선 장소로 보내졌기 때문이다. 어느 개나 스트레스가 쌓였다.

날마다 누가 최고인지를 겨루는 싸움이 벌어졌다. 싸움을 하지 않는 개들은 모르는 척한다. 그런데 단 한 마리, 의외의 행동을 보이는 개가 있었다. 그 개도 서열을 정하는 싸움에는 눈

길을 주지 않았다. 그러나 사나운 개가 몸집 작은 개나 어린 개, 나이 많은 개를 필요 이상 공격하면 반드시 사이에 끼어들었다. 그 자신이 결코 싸움에 강한 편은 아니었다. 중재를 하는 탓에 자신이 다치는 일도 있었다. 하지만 상대가 지쳐 쓰러질 때까지 투지를 잃어버리지 않았다. 가라후토견을 잘 아는 훈련사 고토 나오타로 씨조차 놀랐다.

"이 개는 굉장한 리더가 될 거야. 리더에게는 동료를 지키는 기개가 필요하지. 이 개는 그걸 갖추고 있어."

동료를 지킨다. 그것은 그 개의 강한 보호 본능의 발현이리라. 현저한 예가 타로와 지로한테 어떻게 대하는가였다. 막 훈련소에 온 타로와 지로는 아직 어린 강아지들이었다. 사나운 성견한테 당하지 않도록 담당자들도 주의를 기울여야 했다. 그러나 그럴 필요가 없었다. 타로와 지로 곁에는 반드시 그 개가 있었기 때문이다. 타로와 지로도 본능적으로 그 개를 보호자라고 여긴 것일까. 곁을 떠나지 않았다. 타로와 지로가 표적이 되는 일은 없었다.

내가 훈련소에 간 것은 훈련소 개설 후 몇 개월이 지난 후였기 때문에 이러한 이야기는 가라후토견 훈련사인 고토 씨나 홋카이도 대학 극지연구그룹의 학생들에게 들은 것이다. 타로와 지로를 지키려고 하는 행동은 남극에서도 마찬가지로 나타났다.

썰매개들은 건물 밖에 묶여 있으면서 먹을 것을 얻는다. 개들의 식욕은 굉장하다. 곁에 있는 개의 먹이도 먹으려 한다. 어린 타로와 지로의 먹이는 늘 다른 개들이 노리는 대상이었다. 그러나 그 개는 타로, 지로와 수십 미터 떨어진 거리에 묶여 있었기 때문에 이 사실을 알지 못했다. 상황이 달라진 것은 가에루섬 개썰매 탐사 때였다. 어떤 개가 평소처럼 타로와 지로의 먹이를 가로채려고 했다. 그러나 거기에는 그 개가 있었다. 모든 개가 썰매에 연결된 상태였기 때문에 모두 한곳에 모여 있었다. 타로와 지로의 먹이를 빼앗으려는 개한테 그 개는 맹렬히 짖어 댔다. 양쪽 귀를 수평으로 눕히고 콧등에 주름을 꽉 잡은 채 무서운 얼굴로 위협했다. 나도 처음 보는 무서운 얼굴이었다. 먹이를 뺏으려 했던 개도 사나웠지만 이 개의 놀랍도록 무서운 반응에 기가 죽었는지 몸을 돌려 앉았다. 그 개는 타로와 지로가 먹이를 다 먹을 때까지 주변을 노려보고 있었다. "마치 아버지 같군요"라고 기쿠치 대원에게 말했던 기억이 있다.

개 담당이던 기타무라 씨의 이러한 증언은 구체성이 있다. 현장에 있었던 사람만 말할 수 있는 설득력 있는 에피소드다. 그러나 의문도 있었다. 어미 개라면 이해할 수 있다. 모성 본능이 있으니

자기가 낳은 새끼를 필사적으로 지킬 것이다. 그러나 아비 개도 아닌 수캐가 왜 강아지들을 돌보는가.

"그 당시에도 그 점이 신기하고 궁금했습니다."

기타무라 씨도 이유를 알고 싶다고 했고 나는 지시에 따라 필요한 자료를 모았다.

동물행동학에 관한 자료를 읽어 보니 그와 같은 행동을 하는 수캐는 결코 '아버지 대역'을 하는 것이 아니라는 연구가 꽤 있다는 사실을 알게 되었다. 어린 개들이 불쌍하기 때문에 보호하는 것이 아니다. 어린 개들을 지키는 것은 무리의 세력을 유지하는 일이다. 무리의 신진대사를 도모하는 일이라 할 수 있다. 그런 큰 그림 속에서 나오는 행동이라는 것이다.

예를 들어 코끼리 리더는 무리가 위험에 빠지면 어른 코끼리를 지휘해 무리를 동그란 형태로 만들게 한 후 그 속에 어린 코끼리들을 넣고 보호한다. 무리 전체의 생존 가능성을 높이기 위해서는 동료를 잃으면 안 된다. 어린 코끼리는 언젠가 전사가 된다. 또는 차세대를 생산한다.

그 개도 그런 본능과 지혜를 갖추고 있었다. '아버지 대신'이 아니라 리더로서. 그것은 무리를 유지하기 위해 계승되어야 하는 지혜다. 리더에게 보살핌을 받으며 자란 강아지들은 나중에 새로운 강아지들을 지키는 개로 성장할까.

"타로와 지로가 딱 그렇게 자랐답니다."

기타무라 씨가 3차 월동 시의 체험을 들려주었다. 3차 월동대는 일본에서 강아지 세 마리를 데리고 왔다. 생후 3개월 된 어린 강아지들이었다. 1차 월동대가 썰매개 열다섯 마리를 방치한 사건 이후 개썰매용으로 다시 가라후토견을 남극으로 보내는 일은 국민들의 반감이 클 것으로 예상되었다. 그 세 마리는 대원들의 심리적 지원을 위한 반려견 자격이었다. 그러나 생각지도 못한 타로와 지로의 생환으로 새로운 문제에 직면하게 되었다. 전투력 따위 전무한 어린 세 마리와 1년간 방치당한 후 역경을 딛고 늠름한 가라후토견으로 성장한 타로와 지로가 과연 1년 동안 함께 월동할 수 있을까 하는 우려였다.

3차 월동대에 참가한 기타무라 씨가 타로, 지로와 이른바 '기적의 재회'를 맞이했던 순간 두 마리는 기쁨에 겨워 기타무라 씨의 품으로 달려든 것이 아니었다. 사실은 당시 보도와 정반대였다. 두 마리는 기타무라 씨를 경계해 머리를 낮추고 으르렁거리며 위협했다. 1년이나 버림받았던 걸 생각하면 이상한 일도 아니다. 그 후 두 마리는 기타무라 씨에게는 마음을 열었으나 다른 대원들에게는 좀처럼 경계를 풀지 않았다. 그런 타로와 지로였기 때문에 신참인 어린 강아지들에게도 적의를 품지는 않을까. 만약 어린 개들이 공격이라도 당한다면 잠시도 버티지 못할 것이다.

"사고가 생기기 전에 대책을 세워야 합니다."

"강아지들은 건물 안에 두고, 타로와 지로는 바깥에 묶어 두어서 격리해야 합니다."

하지만 대원들의 걱정은 기우였다. 타로와 지로는 오히려 적극적으로 강아지들을 보호했다. 지로는 하루의 거의 대부분을 강아지들 곁에서 지냈다. 강아지들의 행동을 지켜보면서 위험한 해수역 근처에 가려고 하면 크게 한 마디 "멍!" 하고 짖어서 강아지들을 제지했다. 어떨 때는 강아지들을 데리고 다니면서 눈 아래 숨겨 둔 먹이를 주기도 했다. 타로는 그런 네 마리한테서 조금 떨어진 낮은 언덕에서 주위를 살폈다. 마치 강아지들에게 해를 끼치는 적이라도 나타나지 않나 경계하듯이.

"3차 월동 때는 '오랫동안 방치되었기 때문에 외로웠나 보다'고 생각하면서 타로와 지로가 강아지들을 보살피는 행동에 의미를 두지 않았습니다."

그렇게 술회하는 기타무라 씨는 이번 검증의 막바지에 다다라서야 이 점에 대해 고찰하는 중요성을 느끼고 있었다.

타로와 지로는 제3의 개한테 어디에 먹이가 있는지 배웠고 먼 곳으로 이동하는 노하우를 전수했다. 그리고 남극에서 살아남는 방법을 배웠다. 제3의 개한테 보호받았던 경험이 세 마리 강아지를 만난 순간 타로, 지로의 보호 본능의 스위치를 누른 게 아닐까. 이번에는 자신들이 그 역할을 할 차례이며, 세 마리 강아지를 포함한 다섯 마리가 무리를 지어 어린 것들을 지키고 집단을 유지해야한다는 의지가 생긴 것은 아닐까. 이른바 무리의 세대 교체라고할 수 있다. 기타무라 씨의 이 발상은 신선했다.

제3의 개가 1차 월동 중에 남극에서 지킨 것은 타로와 지로만이 아니었다. 약하고 붙임성이 없었던 아카, 얌전했던 구로와 페스, 노견 데쓰. 이들은 늘 사나운 개들의 표적이 되기 쉬웠다. 그럴 때마다 나서서 막아 준 개는 언제나 그 개였다. 무리를 짓고, 무리를 지키고, 무리를 강하게 한다. 보호 본능에 충실하고 뛰어난 리더십을 발휘한 제3의 개. 기타무라 씨는 자신이 증언한 내용을 고찰하며 마지막 검증 작업에 들어갔다.

남은 후보

*

지금까지의 검증에서 남은 제3의 개 후보는 데리, 잭, 시로, 리키다.

데리는 가라후토견과 셰퍼드의 믹스견이다. 셰퍼드는 충성심이 강하고 순종적이다. 경찰견으로 활약하는 개도 많다. 그러나 그것은 유년 시절부터 정식 훈련을 받았을 경우다. 교육을 잘 받지 못하면 단순히 공격적인 개가 될 수도 있다. 데리는 그런 훈련을 받지 않았는지 공격적이었고 다른 개가 집적거리기라도 하면 반드시 되갚았다. 타로와 지로는 데리를 두려워하며 가까이 가지 않았다. 데리는 타로와 지로에 전혀 관심을 갖지 않았다. 보살피려는 행동을 보인 적도 없었다. 한편, 체력이 좋지 않아 썰매를 끌면 제일 먼저 지쳤다. 썰매를 끌 때 개들은 서로의 상태를 늘 감지한다. 전체적으로 맞추어 움직이지 않으면 균형이 무너져 위험해지기 때문이다. 썰매를 끌 때 데리는 다른 개들로부터 신뢰받지 못했고 의지되는 동료가 되지도 못했다. 체력의 문제였지 게으름을 피우거나 꾀를 부린 것은 아니었다. 여러 마리가 함께 끌어야 하는 개썰매의 일원으로는 적성에 맞지 않는 개를 남극에 데려온 인간이 나빴다. 보호 본능이 희박하고 동료들한테 신뢰받지 못한 데리는 안타깝지만 리더십도 없었다.

잭은 겁이 많았다. 가에루섬에서 기지로 귀환할 때, 기지까지 10킬로미터 남은 지점에서 기쿠치 대원이 개들을 썰매에서 풀어 주었다. 기지가 저 멀리 보이는 지점이었다. 모든 개가 안심한 표정으로 마음껏 설원을 뒹굴거나 뛰어갔다. 대원들이 탄 설상차는 기지로 향했으나 개들의 모습은 점차 멀어져 갔다. 잠시 동안의 자유를 만끽하고 싶은 것이다. 그러나 잭은 설상차에서 떨어지지 않으려고 필사적으로 따라왔다. 버리고 갈 것 같아 두려웠던 걸까. 월동 중에도 대원들이 개들의 행동을 제지하고자 채찍이라도 들면 바로 깨갱거리며 울며 도망쳤다. 채찍을 두려워했다. 아마도 인간도 두려워했을 것이다. 얌전한 성격이라 다루기는 쉬웠으나 쉽게 남을 의지했다. 보호 본능을 보인 적도 없고 리더십은 아예 없었다. 타로와 지로를 보호하며 작은 무리를 이끌 성격이 아니다. 오히려 싸움을 잘하는 후렌노쿠마나 데리의 비호 아래 있으면서 추종했을 가능성이 크다.

제3의 개의 필요조건인 강한 보호 본능과 리더십. 그중 어느 것도 갖고 있지 않은 데리와 잭은 제3의 개에서 상당히 벗어난 것으로 보인다.

시로는 눈에 띄지 않는 존재였다. 마이페이스다. 다른 개들과 문제를 일으키지 않았다. 동시에 다른 개들끼리의 싸움에도 관심이 없었다. 나는 나, 너는 너였다. 타로, 지로와 사이는 좋았다. 그러나 그것은 보호 본능보다는 친구 같은 감각이었다. 리더십은 어떤가. 선도견으로서의 능력이 꽃을 피우며 시로는 성장했다. 주변을 둘러보게 된 것이다. 다른 개들의 상태를 주시하게 되었다. 그러나 그것은 썰매를 끌고 있을 때뿐이었다. 개썰매의 선도견으로서 리더

십은 타고났다. 그러나 쇼와 기지에서 다른 개들 사이에서 리더로
서 역할을 한 적은 없었다. 무리에는 리더를 정점으로 하는 엄격
한 위계질서가 있다. 애매한 관계는 무리를 붕괴시키기 때문이다.
그런 의미에서 시로는 너무 젊었다. 그렇기에 보호 본능은 친구 수
준이었고 리더십은 이제 성장하려는 상태였다.

"시로도 유망하고다 생각했지만 역시 제외해야겠군요. 그렇다
면…."

"남은 개는 그 개뿐입니다."

슈퍼 도그 *Super Dog*

*

"자, 이제 마지막 정리를 하도록 합시다."

[먹이의 확보]

쇼와 기지에는 더할 나위 없이 좋은 먹이 창고가 있었다. 바닷
물 침수 사건이 있었던 천연 냉동고다. 거기에는 개들이 좋아하는
젖은 고기들이 엄청나게 남아 있었다. 또한 대원들은 기지에서
100킬로미터 떨어진 곳에 콘비프나 건조 소시지를 넣어 둔 식량
데포를 만들었다. 그리고 그 근처에는 건조육 같은 고래의 잔해가

있다. 그 개의 기억력이라면 천연 냉동고가 어디에 있는지, 대원들이 어떻게 냉동고에 들어갔는지 기억할 것이다. 식량 데포나 고래의 잔해도 마찬가지로 분명히 기억하고 있을 것이다. 그러나 100킬로미터나 떨어진 식량 데포나 고래 잔해가 있는 곳까지 정확하게 도달하려면 뛰어난 방향 감각이 필요하다. 또한 인간의 도움 없이 단독 행동만으로 찾아갈 수 있는 능력도 필요하다. 방향 감각이 뛰어난 개들이 있었다. 데쓰, 아카, 벡, 몬베쓰노쿠마, 시로가 그랬다. 그러나 남극의 설원에서 혼자서 행동하고 자력으로 기지까지 살아 돌아온 경험을 한 개는 이 개뿐이다. 단독 행동의 경험은 개가 홀로 이동할 때 중요한 지침이 된다.

기타무라 씨의 증언에 따르면 그 가라후토견의 행방불명 사건이 일어난 것은 1957년 8월 유트레섬을 중심으로 한 첫 번째 개썰매 탐사 때였다. 15일 아침, 그 개는 캠프지에서 모습을 감추었다. 필사적으로 찾았지만 아무 데도 없었다.

"개 한 마리가 혼자서 남극에서 헤맨다면 오래 살 수 없을 거야."

기타무라 씨도 다른 대원들도 절망적인 심정이었다.

그러나 16일 저녁이 되자, 그 개는 혼자 힘으로 쇼와 기지에 돌아왔다. 아마도 몇 번이나 방향을 잃고 루트를 수정했을 것이다. 인간의 지시 없이 움직인 단독 행동은 원래부터 뛰어났던 그의 방향 감각을 더욱 향상시켰을 것이다. 그런 개라면 100킬로미터 떨어진 제2, 제3의 먹이 창고 정도는 자신의 영역이라 느꼈을 수도 있다.

[무리와 리더십]

혼자서 남극의 설원을 헤매다 쇼와 기지로 귀환한 유일한 개. 이 경험을 기타무라 씨는 방향 감각과는 다른 관점에서 중요하게 여겼다. 고독하게 남극을 헤매는 동안 그 개는 공포심에 사로잡혔을 수도 있다. 과연 혼자서 기지로 돌아갈 수 있을지 불안했을 것이다. 고향 홋카이도에는 길러 준 가족들이 있다. 쇼와 기지에는 가라후토견 친구들이 있다. 위험했던 단독 행동으로 그가 절실하게 느낀 것은 무리의 중요성 아니었을까.

무리 짓는 것은 안전한 일이다. 생존 가능성을 높이기 위해서는 단독으로 있는 것보다 무리를 이루는 것이 낫다.

1차 남극 관측을 지원하기 위해 가라후토견들은 어느 날 갑자기 살던 집에서 떨어져 나와 집단으로 살게 되었고, 남극에서 공동생활을 강요받았다. 어떤 의미에서 억지로 무리 짓게 된 것이다. 인간이 있으면 무리의 리더는 인간이다. 그러나 인간이 없으면 개들끼리 무리 짓고 살아야 한다. 자신의 리더십을 발휘하며.

쇠사슬의 속박에서 벗어난 개는 여덟 마리. 그러나 두 그룹으로 갈라졌다.

다섯 마리는 기지에서 도망치고 싶었다. 리더였던 인간들이 사라진 기지에 미련은 없다. 그보다 고향인 홋카이도로 가자.

하지만 타로와 지로는 기지를 떠나려고 하지 않았다. 어렸을 때 남극에 오게 된 두 마리한테 쇼와 기지는 고향이나 마찬가지였기 때문이다.

그 개는 생각했을 것이다. 크랙도 크레바스도 없는 쇼와 기지가 가장 안전한 곳이다. 그것은 홀로 남극을 헤맸던 경험과 네 번에 걸친 탐사로 뇌리에 새겨져 있었다. 그리고 먹이도 있다. 기지를 벗어나는 것은 리스크가 크다. 경험을 쌓은 베테랑을 포함한 큰 무리를 만들어 쇼와 기지 근처에 머무는 것이 가장 좋다. 그러나 베테랑 개들은 기지를 버리고 떠날 것 같다. 어떻게 할까? 도주파 다섯 마리의 베테랑 개들과 무리를 지을까, 잔류파인 타로, 지로와 함께할까.

생사를 가를지도 모를 궁극의 선택. 그 개는 후자를 택했다.

기타무라 씨는 말한다.

"그 개는 타로와 지로를 동정해서 기지에 남은 것이 아닙니다. 물론 보호 본능도 있었겠지요. 그러나 그 이상의 것이 그 개의 결심을 뒷받침했겠지요. 어떤 의미에서 지극히 엄격하게. 나는 그렇게 생각합니다."

"그게 무엇입니까?"

"생명 가진 존재로서 본능이지요. 즉, 어느 쪽과 무리를 지었을 때 살아남을 가능성이 높은지 견주어 봤겠지요. 그리고 후자가 높다고 판단한 거지요. 왜냐하면….”

기타무라 씨는 이렇게 분석했다.

기지에서 벗어나는 선택을 한 다섯 마리의 베테랑 개 중에는 전투력이 탁월한 개도, 방향 감각이 뛰어난 개도 있었다. 개별 능력은 훌륭하지만 팀워크는 어떤가. 그 개들과 함께 질서를 지키며 행동할 수 있을까. 싸우고 덤비는 버릇이 있는 개도 있고 제멋대로인 개도 있다. 어쩌면 무리를 이루지 못하고 흩어져 버릴 수도 있다. 무리를 지었다고 해도 통솔하기 힘들 수도 있다.

한편 타로와 지로는 그가 리더십을 발휘하면 잘 따를 것이다. 왓카나이 훈련소 시절부터 돌봐 주었기에 신뢰도 두텁다. 그 개가 지닌 방향 감각, 위험 감지 능력, 경험치에 의한 지혜와 지식은 최고라는 자부심이 있다. 단지 고령이라는 점이 불안하다. 타로와 지로는 경험이 거의 없고 솔직히 말해 걸림돌이다. 그러나 무엇보다 젊다. 월동 1년간 아주 빨리 성장했다. 앞으로 더 강해지고 든든해질 것이다. 지혜와 경험이 있는 베테랑과 전투력 있는 젊은 두 마리. 이 세 마리의 구성은 밸런스가 좋다. 경험치가 낮은 어린 개들만으로는 뜻밖의 사태에 대응하기 힘들고 때에 따라서는 치명적일 수도 있다. 베테랑 개들로만 이루어진 무리는 쇠퇴한다. 고령화된 무리에는 미래가 없다. 적절한 연령 구성의 집단이라면 무리의 성과는 높을 것이다. 즉, 타로와 지로가 그 개를 의지한 것처럼 그 개도 타로와 지로가 필요했을 것이다. 그는 장래가 기대되는 타로, 지로와 무리를 이루었다. 먹이가 풍부한 쇼와 기지를 거점으로 살아남기 위해 합리적인 판단을 했다. 물론 결과적으로 그는 힘이 다했다. 그러나 무리라는 점에서 생각해 볼 때 최종적으로 66.7퍼센트의 생존율을 달성했다. 수치상으로 그의 판단은 옳았다 할 수 있다.

희끄무레한 중형견.
풍부한 먹이의 소재를 아는 개.
뛰어난 방향 감각을 지닌 개.
위험한 단독 행동을 경험함으로써 무리의 중요성을 자각한 개.
보호 본능이 강하고 리더십이 있는 개.
경험에 의한 지혜와 통찰력을 지닌 개.
무리를 지키려는 본능에 눈 뜬 개.

그런 슈퍼 독은 단 한 마리밖에 없다.
기타무라 씨는 새로운 증언과 새로운 기록으로 짜여진 길고 긴 검증의 여행을 마무리했다.

"제3의 개는 리키입니다. 리키 외에는 없습니다."

생각해 보면 그것은 37년 전에 기타무라 씨가 직감적으로 세운 추론이기도 했다. 그러나 그 단계에서는 아직 막연했을 뿐, 납득할 수 있는 정황과 논리를 갖춘 것이 아니었다. 오랜 시간이 지나 새로 검증을 하면서 기억의 재생과 새로운 자료의 고찰을 거듭한 결과 드디어 확신할 수 있는 결론에 다다랐다. 물론 절대적인 증명은 아닐 수 있다. 그러나 1년이 넘는 시간 동안 과학적 접근을 시도한 하나의 성과다.

"드디어 도달했군요."

"네. 미수(88세)를 축하하는 뜻일까요."

드디어 손에 넣은 확신. 여든여덟이 된 초고층 지구물리학자는 희미하게 웃었다.

1950년대의 기적이 낳은 수수께끼는 20세기를 통과해 21세기에 풀렸다.

'나는 선도견'

＊

3차 남극 관측대가 도착하기 전에 리키는 숨을 거두었다.

조용히 깊은 눈 속에 파묻혔다.

리키의 사인으로 가장 가능성이 높은 것은 수명이다. 일본을 떠날 때 리키의 나이는 남극으로 간 개들 중 최고령인 여섯 살이었다. 기지에 방치된 시점에 이미 일곱 살을 넘겼다. 당시 가라후토견의 평균 수명이 일곱 살에서 여덟 살이었던 점을 고려하면 리키에게 남은 시간은 그다지 길지 않았다. 노쇠 사망이라 단정할 수는 없지만 수명이 다하고 있었음을 부정할 수도 없다.

죽음이 가까워졌을 때 리키는 무슨 생각을 했을까.

고향인 홋카이도의 아사히카와, 함께 살았던 가족들의 웃는 얼굴, 날마다 개썰매 훈련을 했던 왓카나이 훈련소, 보쓴누텐 탐사 때 마지막 질주, 선도견 위치에 섰을 때의 환희, 갑작스럽게 남극에 남겨졌을 때의 절망, 타로와 지로를 돌보며 지낸 나날들….

기타무라 씨는 1년 동안 이어진 증언 과정에서 기억이 서서히 돌아오면서 어떤 의문이 들었다고 한다. 왜 리키는 완고할 만큼 쇼와 기지에 머물려고 했을까. 먹이도 있고 타로, 지로가 기지를 떠나려 하지 않았기 때문에? 물론 그 이유도 있을 것이다. 그러나 그뿐 아니다. 기타무라 씨는 이렇게 생각했다.

'리키가 기지를 떠나지 않은 것은 인간들이 돌아올 거라고 믿었기 때문이 아닐까?'

개들에게는 죽음이라는 개념이 없기에 언제까지나 인간을 기다리는 일이 고통스럽지 않다는 설이 있다. 잘 알려진 이야기 중 하나가 '충견 하치'에 관한 일화다. 견주였던 일본제국대학의 우에노 히데사부로 교수가 죽은 것도 모르고 10년 동안 매일 도쿄 시부야역 앞에서 주인의 귀가를 기다렸던 아키타견 하치. 개들이 주인을 계속 기다리는 사례는 세계 각지에서 볼 수 있다. 의심스러운 이야기도 많지만 과학적인 실험 기록도 많이 남아 있다.

자신들이 기지를 버리고 먼 곳에 새로운 거처를 정하게 되면 인간이 기지로 돌아왔을 때 재회할 수 없다. 그러므로 기지에 있어야 한다. 그렇게 생각한 것이 아닐까. 기지에서 언제 올지 모르는 인간을 기다리는 것은 충견 하치의 이야기 같은 미담이 아닌, 좀더 신중하고 철저한 전략이었을지도 모른다. 기지에 머물러 있으면 인간과 재회할 가능성이 있다. 그렇게 되면 이 무리는 지킬 수 있다. 그런 삶에 대한 본능, 리더로서의 냉철한 판단이 그를 기지에 머물게 했다고 가정할 수는 없을까.

1차 월동대의 개썰매단은 1년 동안 약 1,600킬로미터를 주파했다. 당시의 최신식 설상차가 주파한 거리보다 100킬로미터나 더 달렸다. 아무도 예상치 못했던 성과. 그것은 인간과 가라후토견들의 유대로 새겨진 피와 땀과 신뢰의 숫자다.

리키가 숫자 같은 걸 알 리 없다. 그러나 본능은 기억하고 있다. 인간들과 힘을 합쳐 광활한 남극을 달렸다는 사실을. 그 일체감은 더할 나위 없는 기쁨이었다는 것을.

가라후토견만으로 개썰매는 움직이지 않는다. 인간이 신호를 보내도 개들과 관계에서 신뢰가 없으면 가라후토견들은 달리지 않는다. 인간과 개들의 교감이 이루어졌을 때 개썰매는 비로소 움직인다.

리키는 달렸다. 리더견으로, 선도견으로.

그렇기 때문에 쇼와 기지를 떠나지 않고 오랫동안 기다리고 있었던 것이다.

개썰매를 조종할 어떤 남자가 돌아와 줄 때를.

기타무라 씨는 조그맣게 숨을 내쉬며 나를 바라보았다. 그리고 말했다.

"타로, 지로와 재회했을 때…"

목소리가 갈라진다. 감정이 밀려오는 표정이다.

"리키는 바로 우리 곁에 잠들어 있었어요. 그렇게 오래 기다렸는데…"

* * *

쇼와 기지는 적막에 싸여 있었다.

어느 정도 시간이 지났을까.

이제 조금만 더 기다리면 올 거야. 반드시 다시 올 거야. 그런데 왜 이렇게 졸리지?

리키의 머리 위로 천천히 눈이 쌓인다.

단정하게 앞발을 모으고 엎드린 자세로 리키는 이제 눈을 뜨려고 하지 않는다.

건장하게 잘 자란 타로와 지로가 리키를 감싸듯 양쪽에 앉아 있다.

나이 든 리더가 이제 움직이지 않는다. 걱정이다.

두 마리는 리키의 얼굴을, 발을, 열심히 핥는다.

순백의 눈이 천천히 리키의 몸을 덮는다.

타로와 지로가 리키의 몸에 더 바짝 붙는다. 두 마리의 뜨거운 생명력이 리키에게 전해진다. 마지막 힘을 다해 리키는 살며시 눈을 뜬다.

그리운 얼굴이 보인다.

손에 들고 있는 것은 개썰매용 채찍.

그래, 개썰매다.

눈얼음을 힘차게 밟으며 질풍처럼 내달렸던 썰매.

맨 앞에 선 개는, 선도견인 나!

자, 얼른 명령을!

"리키, 출발이다! 투(전진)!"

그 호령을 기다렸다. 썰매를 끌 것이다.

일어서야지.

나는 선도견이다.

블리자드 속을 헤매다 쇼와 기지로 살아 돌아온, 단 한 마리의 가라후토견.

연표

1956년 기타무라 다이이치 25세

3월, 홋카이도 왓카나이시에서 가라후토견 훈련 개시.

11월 8일, 남극 관측선 소야호 도쿄 하루미 부두 출항.

1957년 기타무라 다이이치 26세

2월 15일, 소야호 남극에서 출항. 1차 남극 월동 개시.

8월 12일~15일, 유트레섬 개썰매 탐사. 리키 행방불명 사건. 벡 사망.

8월 28일~9월 4일, 가에루섬 개썰매 탐사. 힛푸노쿠마 행방불명.

10월 16일~11월 11일, 보쏜누텐 개썰매 탐사.

11월 25일~12월 10일, 프린스 올라프 해안 개썰매 탐사. 데쓰 사망.

1958년 기타무라 다이이치 27세

2월 11일, 1차 월동대 철수 완료.

2월 14일, 쇼와 기지에 남은 2차 월동대원 3명이 암컷 시로코와 강아지들을 데리고 소야호에 귀선.

2월 24일, 2차 월동 계획 취소. 수캐 15마리를 쇼와 기지에 두고 떠남.

1959년 기타무라 다이이치 28세

1월 14일, 기타무라 3차 월동 대원, 살아남은 타로와 지로 재회.

3월 16일, 남은 13마리 중 7마리 사망, 6마리 행방불명을 확인하고 가라후토견 수색 작업 종료. 사망한 개는 수장.

1960년 기타무라 다이이치 29세

10월 10일, 4차 월동대원 후쿠시마 신 대원 조난.

1968년 기타무라 다이이치 37세

2월 9일, 9차 월동대원이 후쿠시마 신 대원의 시신 발견. 직후 1차 월동대 철수 시 남겨진 가라후토견 1마리 사체 발견.

1982년 기타무라 다이이치 51세

봄, 기타무라 씨가 무라코시 노조미 대원으로부터 9차 월동 개시 전 가라후토견 사체 발견 사실을 듣다.

1983년 기타무라 다이이치 52세

7월, 영화 〈남극 이야기〉 개봉.

1994년 기타무라 다이이치 63세

기타무라 씨가 티벳 고원에서 쓰러짐. 제3의 개 검증 작업 중지.

2018년 기타무라 다이이치 87세

봄, 기타무라 씨, 제3의 개 검증 작업 재개.

감수를 마치며

기타무라 다이이치

남극이라는 단어를 들으면 지금도 많은 분들이 '타로와 지로의 기적'을 떠올릴 것 같다. 남극 관측 1차 월동대원으로 개들과 깊은 인연을 맺었고, 3차 월동 때 타로, 지로와 재회를 이룬 장본인으로서 아주 기쁘게 생각한다. 한편 늘 마음에 걸리는 일도 있다. 그것은 타로, 지로 외의 다른 가라후토견들의 운명이다.

나는 1차 월동대의 썰매개 책임자였다. 1958년 쇼와 기지를 철수할 때 열다섯 마리의 가라후토견을 2차 월동대에 인계하는 것이 마지막 임무였다. 2차 월동대는 이미 남극에 도착해 있었고 1차 월동대 철수 후에 기지로 들어올 예정이었다. 일시적으로 기지는 무인 상태가 된다. '그동안 개들이 도망가지 않도록 대처하라'는 지시가 있었기에 담당자였던 나는 개들의 목줄을 평소보다 더 단단하게 조여서 묶어 놓았다.

그러나 생각지도 못했던 일이 발생했다. 2차 월동을 포기하게 되면서 결과적으로 개들은 사람 없는 기지에 남겨지게 되었다. 나는 몹시 후회했다. '그때 목줄을 그리 **빡빡하게 매는 게 아니었는데…**' 목줄이 느슨하면 풀고 달아날 가능성이라도 있는데 나는 개들이 살아남을 가능성을 빼앗은 셈이다. 그런 생각이 들자 귀국 후에도 마음이 편치 않았다.

고민 끝에 결심했다. '개들은 남극에서 숨을 거두었을 것이다. 내가 목줄을 조였기 때문이니 내가 마무리를 지어야 해.' 내 방식의 매듭 짓기다. 다시 남극으로 가 눈더미에 묻힌 열다섯 마리를 찾아내 정성껏 장례를 치루어 주는 것 외에 다른 방법은 없다고 생각했다. 나는 3차 월동대에 지원했다.

뜻밖에도 타로와 지로가 살아 있었다. 하지만 일곱 마리는 차가운 주검으로 발견되었다. 암울한 히간의 날(춘분과 추분 전후 일주일 정도. 일본에서는 성묘 가는 시기-옮긴이)에 옹굴의 바다에 묻었다. 눈물조차 나오지 않는 깊고 아득한 슬픔이었다. 목줄만 남아 있던 여섯 마리는 기지에서 도주한 것으로 보이며 행방불명으로 처리되었다.

그후 나는 초고층 지구물리라는 내 본업 연구가 바빠져 남극과 연관되는 일이 점차 줄어 들었다. 그러던 어느 날, 경악할 만한 사실을 알게 되었다. 사실은 남극의 쇼와 기지에 타로와 지로 이외에 다른 제3의 개가 존재했다는 것이었다. 그러나 그런 사실을 인지한 지 10년 이상이나 지나 제3의 개는 역사 속에 묻혀 버렸다.

나는 천명을 느꼈다. 제3의 개의 정체를 밝혀내겠다고 결심했다. 그것이 남극 관측대원으로 활동하다 목숨을 잃은 이름 없는 가라후토견들을 위한 진혼이라 여겼다. 연구 생활을 하며 짬짬이 시간을 내어 조금씩 정보를 모았다. 막연한 인상론을 펼친 적도 있었지만 그것은 과학적인 검증이라 할 수 있는 수준이 아니었고 세상에 알려지지도 않았다. 모두가 납득할 만한 수준을 목표로 조사를 진행하던 중 나는 돌연 병으로 쓰러졌고 검증을 계속할 수 없게 되었다. 검증이 불가능해졌다. 견디기 힘든 고통의 세월이 눈 깜짝할 사이에 흘러갔다.

2018년이 되어 갑자기 새로운 움직임이 생겼다. 조력자가 나타난 것이다. 제3의 개에 관해 나의 추론을 뒷받침할 검증을 재개하게 되었다. 하지만 그러기 위해서는 1차 월동, 3차 월동에서 일어난 일들을 가능한 많이 기억해 내야 한다. 솔직히 자신은 없었다. 60년이나 지난 일이다. 이제 많은 것들을 기억하지 못하게 되었다. 그러나 오랜 시간 증언을 이어 가는 동안 나의 머릿속에서 신기한 현상이 일어났다. 완전히 잊었다고 여겼던 일들이 정연하지 않고 단발적이었지만 불쑥불쑥 떠올랐다. 단편적인 증언의 조각들을 맞쳐 가는 동안 한 줄기 가닥이 보이기 시작했다. 게다가 새로운 기억마저 되돌아왔다. 퍼즐의 마지막 한 조각처럼 기억의 공백이 메워지며 꼴을 이루었다.

이번에 감수한 작품은 내가 증언하고 기억한 내용을 축으로 새로 입수한 공식 자료들을 검증한 고찰이다. 논문이나 보고서가 아닌, 어느 과학자에 의한 '하나의 검증'이라는 것을 알아주시면 고맙겠다. 내가 이 작품을 감수할 때 필자에게 부탁한 점은 단 한 가지였다. 남극에서 활약한 것은 타로와 지로만이 아니었다. 모든 개가 최선을 다했고 죽어 갔다. 그 점을 많은 분이 알아주셨으면 하는 것이다. 1차 월동 중에 목숨을 잃은 벡과 데쓰, 자신의 의지로 쇼와 기지를 떠난 자존심 강한 힛푸노쿠마, 인간에게 방치되어 아사한 일곱 마리, 행방을 알 수 없게 된 다섯 마리, 살아남은 타로와 지로, 그리고 제3의 개가 있었다. 남극을 달리던 열여덟 마리의 가라후토견 모두에게 골고루 빛이 비추어지길 바란다.

검증 작업 도중인 2018년 12월에 1차 월동대원이었던 사쿠마 도시오 씨의 부고를 들었다. 열한 명이었던 월동대원 중 이제 나는 마지막 생존자가 되었다.

이번 작업을 위해 국립극지연구소의 전면적인 협조를 얻을 수 있었다. 특히 내가 있는 곳까지 세 번이나 직접 방문해 주신 나카무라 다쿠지 소장님께 진심으로 감사를 드린다. 그리고 오랫동안 분실했다고 생각했던, 내가 촬영한 사진들이 모두 극지연구소에 보존되어 있다는 사실도 처음 알았다. 아니 그 기억도 떠올랐다. 감사하다.

미수(88세)를 넘긴 나에게는 두 가지 소원이 있다. 하나는 남극 기지에 가는 것이다. 60년이라는 세월을 뛰어넘은 남극의 공기가 나를 감싸 줄 것이다. 그곳에서 그리운 개들이 나란히 나를 맞이해 줄 것이다.

다른 한 가지는 교토로 돌아가는 것이다. 그곳에는 과학자로서 라이벌이면서 영원한 벗이었으며 일본의 남극 관측 월동대 최초의 희생자였던 고 후쿠시마 신 군이 잠든 묘가 있다. 그의 무덤은 죽마고우이자 승려인 미야기 야스토시 군이 정성스럽게 지켜주고 있다. 이것도 신기한 인연이다. 나의 월동대원으로서 마지막 증언을 담은 이 책을 그의 무덤에 바치고 싶다.

맺는말

가에쓰 히로시

'타로와 지로의 기적'이 일본 전국에 놀라움과 감동을 불러일으
킨 것은 1959년 1월의 일입니다. 신문이나 라디오에서 날마다 타
로와 지로에 관한 이야기를 쏟아 냈습니다. 그만큼 충격적인 '사건'
이었습니다. 그해에는 커다란 뉴스가 많았습니다. 당시 황태자 아
키히토 신노와 쇼다 미치코 씨가 결혼해 '밋치(미치코의 애칭 – 옮긴
이) 붐'이 일기도 했고, 도쿄가 1964년 하계 올림픽 개최지로 선정되기
도 했으며, 요미우리 자이언트의 나가시마 시게오 선수가 텐란(일본의 황
족이 관람하는 무도나 스포츠 시합 – 옮긴이) 경기에서 한신의 무라야
마 미노루 투수로부터 역사적인 끝내기 홈런을 기록한 해이기도
했습니다. 그런 굵직한 뉴스가 많았는데도 타로와 지로가 남극에
서 살아남았다는 빅뉴스는 국민들의 마음을 사로잡고 놓아 주지

않았습니다.

학교에서는 교사들이, 가정에서는 부모들이 입을 모아 '타로와 지로는 대단해', '타로와 지로를 본받아 열심히 해야지'라고 했는데, 당시 어린이였던 저는 남극이라는 장소의 이미지조차 떠오르지 않았고, 그저 '대단한 일이 있었구나' 하는 정도가 기억에 남아 있습니다. 타로와 지로 이야기는 부모가 자식에게 또 자식이 그의 자식에게 들려주며 전해졌고 영화로도 만들어졌기 때문에 대다수의 일본인이 잘 알고 있습니다.

저도 신문기자가 된 후로 '언젠가 타로, 지로와 관련 이야기를 글로 써 보고 싶다'고 생각한 적이 있습니다만, 설마 이렇게 현실이 될 줄은 몰랐습니다. 저에게 행운이 찾아온 것은 2018년 초봄이었습니다. 정말 우연히도 남극 관측 1차 월동대의 썰매개 담당이었던 기타무라 다이이치 씨가 생존해 계시다는 사실을 알게 되었습니다. 2018년은 '타로와 지로의 기적'으로부터 60년이 되는 기념적인 해여서 다시 없을 기회라 생각했습니다.

'진실은 현장에 있다.' 취재의 철칙이라고도 할 수 있는 이 말을 기자 초년생 시절부터 선배들에게 귀가 따갑도록 듣고 또 들었습니다. 진실을 알고 있는 사람은 현장에 있던 사람뿐입니다. 개들을 남극에 남겨 둔 채, 1년 후 다시 월동대원이 되어 개들의 운명을 알게 된 사람은 기타무라 다이이치 씨 단 한 사람뿐입니다.

무슨 일이 있어도 직접 이야기를 듣고 싶다. 왜 개들을 남극에 버려두고 왔어야 했나. 어떤 심경으로 3차 월동대에 지원했나. 두고 온 다른 개들은 어떻게 되었나. 타로와 지로는 어떻게 살아남을 수 있었던 것인가. 무엇보다 그 사건을 기타무라 씨 자신은 어떻게 생각하고 있는가.

오랜 기간 동안 인터뷰에 응해 주신 기타무라 씨는 아주 지적이며 차분한 분이었습니다. 하시는 말씀마다 개들에 대한 애정과 신뢰, 감사로 가득했습니다. 고령이시라 체력적으로 힘들었을 텐데도 늘 웃음을 잃지 않고 증언해 주셨습니다. 아주 오래전 일이기도 해서 연대가 헷갈리는 일도 있었지만, 그 내용은 놀랄 정도로 구체적이고 면밀했습니다. 그것들을 시간 순으로 배열하고 정리하니 남극에서 일어난 일들이 생생하게 되살아났습니다.

처음에는 타로와 지로 이야기를 듣고 싶다고 생각했으나 기타무라 씨가 '제3의 개'를 언급한 후로 취재 방향과 목적이 완전히 달라졌습니다. 1년 반에 이르는 증언 속에는 제3의 개뿐 아니라 지금껏 알려지지 않았던 많은 개 이야기가 있습니다. 그 내용은 그저 놀라움으로 가득했고 결과적으로 이 책이 되었습니다.

이 책은 1차 월동대 마지막 생존자가 된 기타무라 다이이치 씨의 증언과 추론을 토대로 공식 자료, 공적 자료와 대조해 최대한 사실 관계를 확인한 후 구성한 하나의 이야기입니다. 60년 전에 일어난 일이기에 해명할 수 없는 부분도 있습니다. 이 책이 세상에 나온 것을 계기로 앞으로도 이 테마를 기타무라 씨와 함께 따라가 볼 생각입니다.

집필할 때 실로 많은 분의 지원을 받았습니다. 국립극지연구소가 제공해 주신 공식 자료는 정확도를 기하는 점에서 아주 큰 도움이 되었습니다. 홋카이도 왓카나이시 정책부 지방창생과 홍보팀은 가라후토견 훈련과 그와 관련된 귀중한 자료, 사진 등을 제공해 주셨습니다. 홋카이도청,《홋카이도 신문》독자센터 및 왓카나이지국, 옛 일터인《니시닛폰 신문》에서도 많이 협조해 주셨습니다.

끝으로 이 책이 나오게 된 계기를 말씀 드리고 싶습니다. 저는 한때 여행사를 경영한 적이 있는데 업계 지식이 전무한 완전 초보 사장이었습니다. 난처하고 힘들 때 전부터 알고 지내던 전직 항공사 간부였던 데라사키 도미시게 씨가 도움을 주셨습니다. 그리고 함께 '여행미래연구회'라는 모임을 만들게 되었습니다. '인생을 풍요롭게 만드는 여행이란 무엇인가'를 생각하고 제안하는 동아리였습니다. 이 모임에 참가했던 분 중에 여행사 '소텐 여행'의 호우리 도모유키 사장이 있었습니다. 호우리 사장은 '기타무라 다이이치와 함께 떠나는 남극 투어'를 기획했고 실제 기타무라 씨와도 오래 알고 지낸 사이라고 했습니다. 그것이 인연이 되었습니다. 여행

미래연구회의 존재와 호우리 사장의 도움이 없었다면 이 책은 세상에 나오지 않았을 것입니다. 사람과 사람의 인연이 우연히도 역사에 매몰된 비화를 남극의 얼음 속에서 파헤쳐 낸 것입니다.

2020년 2월 1일

가에쓰 히로시

참고 자료

이 책은 일본 남극 관측대 제1차 월동대원 기타무라 다이이치 씨의 새로운 증언에 기초해 기타무라 씨의 추론을 축으로 엮은 이야기입니다. 집필할 때 스스로 취재한 메모 외에 아래 문헌을 참고했습니다.

도서

『カラフト犬物語：南極第一次越冬隊と犬たち 生きていたタロとジロ』(北村泰一著、教育社)

『南極越冬隊タロジロの真実』(北村泰一著、小学館文庫)

『ニッポン南極観測隊 人間ドラマ50年』(小野延雄、柴田鉄治編、丸善)

『極 白瀬中尉南極探検記』(綱淵謙錠著、新潮文庫)

『アムンゼン 極地探検家の栄光と悲劇』(エドワール・カリック著、新関岳雄、松谷健二訳、白水社)

『南極点への道』(村山雅美著、朝日新聞社)

『スコット 南極の悲劇』(ピーター・ブレント著、高橋泰邦訳、草思社)

『犬の行動学』(エーベルハルト・トルムラー著、渡辺格訳、中央公論新社)

『犬の行動と心理』(平岩米吉著、築地書館)

『南極の食卓 越冬隊員の胃袋日記』(砂田正則著、淡交新社)

『色彩科学講座1 カラーサイエンス』(編集者：日本色彩学会・鈴木恒男編、朝倉書店)

『色彩科学選書1 色の科学 その心理と生理と物理』(金子隆芳著、朝倉書店)

『色の秘密 最新色彩学入門』(野村順一著、文藝春秋)

자료

• 南極観測第一次越冬隊記録

　• 南極地域観測隊報告(観測部門)昭和三二年四月五日、日本学術会議南極特別委員会

　• 南極地域観測隊報告(設営部門)1、昭和三二年四月五日、同

- 南極地域観測隊設営関係資料（２）昭和三二年四月一五日、同

- 南極地域観測隊食糧に関する報告（１）昭和三二年四月一五日、同

- 南極地域観測隊食糧に関する報告（２）同

- 南極のための医学関係資料 その１ 一九五八年八月一八日、同

- 南極のための医学関係資料 その２ 同

- 南極のための医学関係資料 その３ 同（越冬隊中野隊員の報告）、同

- 第一次越冬隊 各部門越冬報告概要一九五八年三月七日作成、三月二六日報告、同

- 南極地域予備観測隊が携行した食糧品明細書、昭和三二年四月一日　同

- 南極観測第三次越冬隊報告（一九六〇年三月二〇日付 南極特別委員会 日本学術会議）

- 第八次南極地域観測隊　越冬隊報告 一九六七―一九六八

- 第九次南極地域観測隊（夏隊）報告 一九六七―一九六八

- 日本南極地域観測隊 第九次越冬隊報告 一九六八―一九六九

- QUARANTINE CERTIFICATE FOR DOG（犬用検疫証明書）一九五六年一〇月三〇日

이 책을 만들며 일본 국립극지연구소 소장 나카무라 다쿠지 씨, 아카이브실의 노모토보리 다카시 씨, 오사카 아키코 씨, 홍보실의 고하마 히로미 씨, 국립극지연구소·릿쇼 대학 명예교수 요시다 요시오 씨, 홋카이도청, 왓카나이시, 홋카이도 신문사, 니시닛폰 신문사, 규슈 대학, 도시샤 대학 등 많은 기관과 관계자에게 협조를 받았습니다. 여러분의 후의에 진심으로 감사드립니다.

- 사진 · 자료 제공 : 일본 국립극지연구소

- 지도 제공 : 쇼각칸

그 개의 이름은 아무도 모른다

1판 1쇄 발행일 2024년 3월 15일

글 가에쓰 히로시 **감수** 기타무라 다이이치 **번역** 염은주
펴낸곳 (주)도서출판 북멘토 **펴낸이** 김태완
편집주간 이은아 **책임편집** 변은숙 **편집** 김경란, 조정우 **디자인** 행복한물고기, 안상준
마케팅 강보람, 민지원, 염승연
출판등록 제6-800호(2006. 6. 13.)
주소 03990 서울시 마포구 월드컵북로 6길 69(연남동 567-11) IK빌딩 3층
전화 02-332-4885 **팩스** 02-6021-4885

 bookmentorbooks.co.kr bookmentorbooks@hanmail.net
 bookmentorbooks__ bookmentorbooks

※ 잘못된 책은 바꾸어 드립니다.
※ 이 책은 저작권법에 따라 보호를 받는 저작물이므로 무단 전재와 무단 복제를 금합니다.
※ 이 책의 전부 또는 일부를 쓰려면 반드시 저작권자와 출판사의 허락을 받아야 합니다.
※ 책값은 뒤표지에 있습니다.

ISBN 978-89-6319-572-8 03830